王维集

董乃斌
王继洪 ○ 注评

凤凰出版社

诗中有画
画中有诗

屈己求进，跟后来的清高表现有所不同。

王维登进士后，曾任太乐丞，因所辖伶人舞黄师子违规而受牵连，被谪济州，在那里一待五年。此阶段王维心存怨望，有过隐居的念头。但当张九龄任宰相、中书令时，王维又献诗给张，望其汲引，说明他用世之心未泯。果然，在被任为右拾遗，并以监察御史身份出使河西的那段时间，王维从政热情颇高。开元二十五年（737）张九龄被李林甫挤出朝廷，王维也并未随之立即结束政治生涯。在整个天宝年间，王维仍在朝廷供职，官位稳步升迁，同时购置辋川别业，半官半隐，亦官亦隐，直到下一个致命打击降临。

安史之乱对许多盛唐诗人来说，都是生命的转折点。李白、杜甫、王维、储光羲、郑虔等人在乱中、乱后尝尽艰辛与屈辱，各有各的不幸，只有高适在平乱中

王维（701—761），字摩诘，祖籍太原祁县（今山西省晋中市祁县），后迁蒲州（今山西省运城市永济市），是唐诗史上与李白、杜甫齐名的大诗人，盛唐山水诗派的杰出代表。他的父亲处廉，官至汾州司马。其母博陵崔氏，奉佛唯谨，师事禅宗北宗的大照禅师三十余年，对王维兄弟的思想影响很大。

王维早慧，15岁离家到长安，以卓越的诗文、绘画和音乐等才艺深受贵戚权豪们的青睐。《旧唐书·王维传》载：「维以诗名盛于开元、天宝间，昆仲宦游两都，凡诸王驸马豪右贵族之门，无不拂席迎之，宁王、薛王待之如师友。」薛用弱《集异记》中的「郁轮袍」故事更具体地敷演了王维借助岐王之力获得公主保荐，当上京兆解头，顺利登进士第的传说。⁰¹王维青年时代积极谋身，有意仕宦，并且和普通士人一样夤缘干谒，

●01·薛用弱《集异记》，与《博异志》合刊，中华书局点校本1980年版。

痴迷地在佛教中求解脱，走向忘机与虚无。

王维母亲师事的大照和尚是禅宗北宗的大师。王维本人从29岁起，在长安跟从大荐福寺道光禅师学习属于华严宗的顿教，直到道光和尚去世。后来，王维又与禅宗南宗的高僧交往，还为禅宗六祖慧能撰写了碑文。王维在佛教各宗派间自由徜徉，古人称王维为"诗佛"，与诗仙李白、诗圣杜甫并列。不过，我们不可因此而忽略王维世界观的根本仍是儒家思想。

唐朝是一个儒、道、释三家并存、互渗而又有所斗争的时代，但儒家思想占着政治上的主导地位。故唐朝士人虽常不同程度地具有这三种思想，但归根到底，仍必须以儒家思想为核心，或至少为门面。杜甫不用说了，即如李白，固然有浓重的道家道教思想，曾受箓炼丹，拜道士为师，而王维则虔心信佛，吃斋念经带发修

攀上了高位。王维的不幸是他成了乱军的俘虏，并被授予伪职。乱平之后，朝廷对附逆者分六等治罪，王维亦在其中。幸好王维因一首哀伤唐室的《凝碧诗》和已成高官的弟弟王缙力保，比缺乏奥援的储光羲、郑虔命运好得多，[01]但毕竟已成了罪臣。"秽污残骸，死灭余气，伏谒明主，岂不自愧于心？仰厕群臣，亦复何施其面！踣天内省，无地自容。"[02]这便是王维此时心境与形相的写照。这以后，王维人虽在朝，官职还有所升迁，但终是虚与委蛇、尸位食俸而已。《旧唐书·王维传》：

"维弟兄俱奉佛，居常蔬食，不茹荤血，晚年长斋，不衣文采。……在京师日饭十数名僧，以玄谈为乐。斋中无所有，唯茶铛、药白、经案、绳床而已。退朝之后，焚香独坐，以禅诵为事。"他向皇帝请求出家，不获允，更便做了隐于朝廷的居士，从此心境日益枯淡而沉寂，

● 01·史载：储光羲拼死逃脱，到达唐肃宗所在的灵武，却被投入狱中，乱平后流放岭南，死于贬所。郑虔被贬至台州，亦死于贬所。王维则被"责授太子中允"。请参《新唐书》三人本传。

● 02·王维《谢除太子中允表》，陈铁民《王维集校注》卷十一，中华书局1997年版，1003页。

贵、明贤、庸勋、长老、爱亲、礼新、亲旧，见《国语·周语》）和令德之忠、锡类之孝，是儒家行为准则。「共被」和「含食」，则是儒家宣扬兄弟友爱和仁慈之典故。其他如《裴仆射济州遗爱碑》《苗公德政碑》等文，也都正面宣扬儒家政治思想和伦理观念。安史乱后王维任集贤学士，曾有《奉敕详〈帝皇龟镜图〉状》，持鲜明的儒学标准批评《帝皇龟镜图》，特地指出《图》的某些观点与《老子》和佛经类似，是它的不可取之处。[01]可见，王维在履行公务时，是以唐朝廷的统治意识和主流话语——儒家规范行事，而排斥释道之言的。这在其晚年所写的《与魏居士书》中表现得最为明显。

王维的思想也有道家成分，老庄经典他同样熟读。

这从上举《详〈帝皇龟镜图〉》中已可见端倪。还有如

●01·陈铁民《王维集校注》卷十一，1017—1021 页。

行，成了居士。然而，他们思想的主心骨，却还是以孔孟为代表的儒家学说。王维和李白、杜甫一样，也是持「达则兼济天下，穷则独善其身」的处世态度，也是以明君、贤相，即贤人政治为理想，也是遵循「天地君亲」「父慈子孝兄友弟悌」之类社会伦理的。

王维虽自幼接触佛教，但儒家经典是熟读于胸的，在社会和官场，他也只能以儒家教条持身和衡人。其文章凡涉政治宦绩、伦理道德者，无不标示鲜明的儒家规范。这里试举一例。《京兆尹张公德政碑》赞扬张公：

「心在四教，语称七德；目视六籍，口诵《九歌》；怀君子令德之忠，保诗人锡类之孝；悌有过于共被，慈有逾于含食。」[1]四教（儒家以诗、书、礼、乐教士，谓之四教）、六籍（即六经：诗、书、礼、乐、易、春秋）、《九歌》（屈原作品），均为儒家经典。七德（尊

● 01 · 陈铁民《王维集校注》卷八，688 页。

富的生活和情感；风格也很多样，诗评家们用"词秀调雅，意新理惬""浑厚闲雅""澄淡精致"等语赞美他的诗风。

而他最脍炙人口的《九月九日忆山东兄弟》，"独在异乡为异客，每逢佳节倍思亲"，特别是后一句，几乎已成古往今来一切游子的口头禅。又如《相思》："红豆生南国，春来发几枝？劝君多采撷，此物最相思。"在中国更是家喻户晓，妇孺皆知。

年轻时的王维也和许多大诗人一样，关心、同情女性。他曾为被宁王强夺的饼师之妇创作《息夫人》诗，被后人传为一个动人的故事。[01]他有《洛阳女儿行》之作，以流丽的笔调描绘富家女儿的豪奢生活，而对贫女寄予深深同情。又有《班婕妤三首》《西施咏》等诗，以咏史方式对女性命运深深表关切。说到王维的咏史诗，

●01·见孟棨《本事诗·情感》。丁福保《历代诗话续编》本，中华书局1983年版。

《贺古乐器表》记述荒诞无稽的道家传说，并纯用道家语汇予以阐释。至于《贺玄元皇帝见真容表》《贺神兵助取石堡城表》等文，仅从标题即能看出其道家道教的性质。王维与道士亦有来往，《送王尊师归蜀中拜扫》诗可证。他的诗中又有「白法调狂象，玄言问老龙」的话，[01]前句言以佛法克服迷妄之心，后句言向道家求问玄思妙想，可见，只要有助清心见性，他是佛道兼采的。事实上，庄禅思想本就交汇互通，禅学往往利用老庄的隐喻和语言，在追求形而上的超脱体验上，庄禅更是相通一致。信佛崇禅的王维，完全可以同时具有老庄式的清静无为，禅家的淡泊与道家的逍遥，在王维身上和生活中也就可以不分彼此。

作为一个诗人，王维也不是单一的。他的诗作题材广阔，以即景记事或抒情为多，真实地记录了作者丰

● 01 ·《黎拾遗昕裴秀才迪见过秋夜对雨之作》，陈铁民《王维集校注》卷五，432 页。

书晁监还日本》《和贾舍人早朝大明宫之作》等。这类诗在王维创作中占了相当大的比重。

当然，人们称颂王维为山水田园诗大师，也是有道理的，因为这类诗，王维不但写得多，而且写得好，影响大，起到了树立高标、开宗立派的作用。

自唐人殷璠的《河岳英灵集》以来，对王维诗歌艺术的品评阐论多矣。其中不乏精辟之言，如殷璠：「维诗词秀调雅，意新理惬，在泉为珠，着壁成绘，一句一字，皆出常境。」司空图：「王右丞、韦苏州澄淡精致，格在其中，岂妨于道举哉？」苏轼：「味摩诘之诗，诗中有画；观摩诘之画，画中有诗。」[01]都是我们熟知的。另有一些言论，揭示王维诗歌艺术的重要特色，也很值得注意。如宋人张戒说：「摩诘心淡泊，本学佛而善画，出则陪岐王及贵主游，归则屧饫辋川山

●01·殷璠语，见《河岳英灵集》卷上。司空图语，见其《与李生论诗书》。苏轼语，见《东坡题跋》卷五《书摩诘蓝田烟雨图》。

其题材还涉及楚狂接舆、信陵君和侯嬴、秦始皇、李陵、陶渊明等，历史人物的作为和命运常触发他更深地思索现实人生的种种困厄和问题。

从少年时代离开家乡起，长安固然是他居留较久之地，但也曾因公因私去过许多地方，近的如济州、淇上、嵩山、洛阳，即今山东、河南一带，远的到过河西边塞的凉州（今属甘肃）和时属边徼的岭南（今广东广西一带），一路经行之处，往往留下登临观光和描述当地民情风俗的诗作，像《登河北城楼作》《宿郑州》《早入荥阳界》《晓行巴峡》《使至塞上》《凉州赛神》《汉江临眺》以及《鱼山神女祠歌》等便是其中名篇。此外，王维还有大量送别、赠答与应酬之作，表现了友情、亲情，其中有很多佳制，如《哭孟浩然》《戏赠张五弟諲》《送丘为落第归江东》《送綦毋校书弃官还江东》《送秘

泊之音，写山林闲适之趣，如辋川诸诗，真一片水墨不着色画。"[01]与苏轼所论相同，而更具体。如说："王右丞诗不用禅语，时得禅理。"又说："意太深，气太浑，色太浓，诗家一病，故曰'穆如清风'，右丞诗每从不着力处得之。"[02]这些话可谓深入一层，切中肯綮。

王维最富禅意的诗并不是那些充斥佛语和专门词汇的作品，如《登辨觉寺》《青龙寺昙壁上人兄院集》之类。

诗，首先应该是诗，是美的载体，能给人以审美愉悦的艺术品。从读者角度说，知道王维信佛，或懂得一点禅宗的人，读王维诗固然可以另有体会，而即使先不管这些，王维的那些好诗，仍然能给人以美感，启人以深长的思致，这才是最重要的。

王维首先是一个关爱生命、具有博大爱心的人，所以他的《桃源行》《淇上即事田园》《凉州郊外野望》

●01·明王鏊《震泽长语》卷下。
●02·二语分见清沈德潜《说诗晬语》卷下、《唐诗别裁》卷一。

水，故其诗于富贵山林，两得其趣。"[01]指出了王维诗歌风格的两个侧面，一是有山林隐逸之风，一个是有朝堂富贵之气。后者不但本身重要，而且一定程度地渗入前者，两者的无间结合才是真正的王维、完整的王维、不同于一般穷愁潦倒之士的"这一个"王维。

今人多从王维信佛角度阐论其诗，特别是山水田园诗的禅味。但究竟什么是诗歌的禅味？禅味的诗有何美学价值？这些问题仍然大有探讨余地。在这方面，古人的某些论述值得注意。古人中有的非常强调王维诗禅，如明李梦阳云："王维诗高者似禅，卑者似僧，奉佛之应哉。"清王士禛甚至说："陶如佛语，韦如菩萨语，王右丞如祖师语也。"[02]这些话空灵缥缈，不着边际。相反倒是另一些并不标榜佛禅的评论，更为切合王维诗的实际，也更富有启发性。如说："摩诘以淳古淡

● 01·张戒《岁寒堂诗话》卷上。
● 02·李梦阳语，出《空同子·论学上篇》。王士禛语，见《带经堂诗话》卷一。

恒，经常假借大自然来使人感受或领悟。……在欣赏大自然风景时，不仅感到大自然与自己合为一体，而且还似乎感到整个宇宙的某种合目的性的存在。这是一种非常复杂的高级审美感受。」[1]于是在王维笔下便产生出许多浸透着大自然灵气而又充满诗人独特感受的诗作。

尤其需要指出的是，从他心中笔底汩汩流出的不是刻意雕琢、搜词觅句而得、不免拘谨局促的匠气之作，而是清新自如、流畅恬洁、似浅实深的通神之诗。这些诗不用禅语，而得禅意。但也可以从另一角度论之：「诗到极则，不过是抒写自己胸襟，若晋之陶元亮，唐之王右丞，其人也。」[2]上面所举那些写景或描写日常生活的诗，就属这里所谓的极则之作。它们虽无一字涉禅，却是一个信禅居士眼中笔下的人生和世界，普通

●01·李泽厚《庄玄禅宗漫述》，见其《中国古代思想史论》，人民出版社 1986 年版，210 页。
●02·徐增《而庵诗话》。

《终南别业》《渭川田家》《辋川闲居》《山居秋暝》《新晴野望》等诗，虽是写景物为主，却绝不作出尘之念，而是富于人情味、乡土气，读来有一种亲切感、温馨感。禅宗固然要求人们悟道，而且相信有佛缘者终能猛然觉醒——顿悟，但禅宗并不主张取消人们的日常生活，相反，认为在日常生活的点点滴滴中思考领悟，有可能顿悟得道，即所谓"平常心是道"。王维正是本着这样的平常心来为人和作诗的，他真诚地全身心地拥抱大自然，大自然对王维的诗心也给了格外多情的养护，使得诗人的心灵比一般人更多更深入地与大自然呼吸相通。无论是作为一个诗人，还是作为一个禅宗信徒，王维对大自然都有着特殊的感情，说他是大自然的恋人和宠儿，实在毫不过分。"禅宗非常喜欢讲大自然，喜欢与大自然打交道。它所追求的那种淡远心境和瞬刻永

能等同于）禅所追求的意蕴和『道体』，而并不神秘。」

从禅宗思想的根本特征来理解和参悟王维诗的禅意，可能更为具体深刻，也更切合王维诗歌的真实。

本书从王维近四百首诗和数十篇文章中选录了近二百首诗和三篇文章，所依据的版本，主要是清人赵殿成的《王右丞集笺注》和陈铁民的《王维集校注》。选目和品评由董乃斌负责，注释由王继洪负责，并由董乃斌统改全稿。由于水平限制，选目、注释与品评或有不当乃至错误之处，恳盼读者与同行方家批评指正。

得很，平凡得很，然而绝不能说没有禅味，绝不是不深刻。至于以《辋川集》为代表的五言绝句，更是「每从不着力处得之」、非禅而禅的佳制。这些诗不用典，无难字，看似平淡无奇，谁都能懂，谁都知道它美。它们表述的是诗人独特的个体直觉体验，诗人生活在大自然的爱抚之中，时时感受到它的灵动之美，他手中虽没有摄像机，但却能把他眼中所见或动或静的景致，用极其简洁的文字记录下来，不但使那一瞬变成了永恒，而且使一幅有限的画面成就了无限。要说禅意，那就在其中了。所以李泽厚又说：「许多禅诗实际比不上具有禅味的诗更真正接近于禅。例如王维的某些诗比好些禅诗便更有禅味。……它们通过审美形式，把某种宁静淡远的情感、意绪、心境引向去溶合、触及及领悟宇宙目的、时间意义、意绪、永恒之谜……从而几乎直接接近了（虽未必

一

诗 选

一

九月九日忆山东兄弟 01

注·释

● 01·本诗题下有作者小注："时年十七。"其时王维在长安。九月九日：即重阳节，古以九为阳数，故曰重阳。这一天人们要佩戴茱萸囊或插茱萸，外出登高，饮菊花酒，以为可以避灾。山东：古人常指崤山、函谷关以东之地，包括今山西、河南、河北和山东一带，作者蒲州（今山西永济）人，蒲州在崤函以东，而其时作者在异乡长安，故称家乡兄弟为"山东兄弟"。

● 02·茱萸（zhū yú）：又名"越椒""艾子"，是一种常绿带香的植物。

独在异乡为异客，

每逢佳节倍思亲。

遥知兄弟登高处，

遍插茱萸少一人。02

品·评

这是王维早年诗作，写的是少小离家独自在外，又偏逢佳节，眼见他人团聚欢会，不由得倍感孤单、苦思亲人的心情。诗虽将本人处境平平叙来，并未故作惊人之笔，但首句"独在异乡为异客"，一个"独"字引出两个"异"字，却将当下凄清境遇和彷徨心态充分表现出来。紧接着，"每逢佳节倍思亲"一句便如深深的叹息从肺腑间自然涌出。正如前人所评："口角边说话，故能真得妙绝，若落冥搜，便不能如此自然。"（《唐诗正声》引吴逸一语）这是诗人之情，也是古往今来无数离乡人心中难排之情，王维无意中做了他们的代言人，遂使这一句平平常常的话成了千古不朽的名句。此诗后两句构思巧妙——明明是自己思念山东兄弟，却不直说，倒说是兄弟们登高遍插茱萸之时，必定会想起缺席的自己来。古人称这种写法叫"从对面说来"，或者叫"倩女离魂法"。诗人的灵魂仿佛离开身体飞到了思念的人身边，看到了对方的神貌心态，从而使感情的抒发更深了一层。后来白居易《自河南经乱关内阻饥兄弟离散各在一处因望月有感聊书所怀》中"共看明月应垂泪，一夜乡心五处同"以及李商隐《无题》诗"晓镜但愁云鬓改，夜吟应觉月光寒"等句，也都采用了这种由诗者从此地设想所思之人在异地情景而使诗意曲折加深的写法。

送綦毋潜落第还乡

01

圣代无隐者，英灵尽来归。 02

遂令东山客，不得顾采薇。 03

既至君门远，孰云吾道非？ 04

江淮度寒食，京洛缝春衣。 05

置酒临长道，同心与我违。 06

注·释

●01·綦毋潜：綦毋（qí wú），复姓。綦毋潜，字孝通，虔州南康（今江西赣州）人，盛唐诗人。落第：应试未中。诗题一作《送别》。

●02·英灵：此指才华出众之士。

●03·东山客：原指东晋谢安，此处比喻綦毋潜。谢安曾隐居会稽东山。采薇：《史记·伯夷列传》载，周武王灭殷后，"伯夷、叔齐耻之，义不食周粟，隐于首阳山，采薇而食之"。后以"采薇"指隐居生活。

●04·君门远：指未能中第入仕。君门，王宫之门。一作金门，汉武帝曾令优异之士在金马门待诏。吾道非：《史记·孔子世家》载："（孔子受困于陈蔡之时）乃召子路而问曰：'《诗》云：匪兕匪虎，率彼旷野。吾道非耶？吾何为于此？'""既至"两句，意谓綦毋潜此次应试落第，并非自己的过错。

●05·"江淮"二句：将去江淮度过寒食节，到东京洛阳时应是缝制春衣的时节了。这是作者对朋友回乡路线和时令的构想。寒食：旧时民俗节日，在清明节前一二日。相传春秋时，晋公子重耳被迫逃亡国外十九年，贤臣介之推追随侍奉，曾割自己腿肉熬汤，献给重耳。后重耳回国继位，即晋文公，论功行赏却忘了介之推，介之推遂侍母隐居绵山。后文公悔悟，搜山不成，竟烧山逼其出仕，之推抱树被焚死。晋民同情之推的遭遇，相约在其忌日禁火冷食，之后相沿成习，谓之寒食节。京洛：古时洛阳曾建都，故称。一作京兆。

●06·临长道：一作长安道，又作长亭送。"同心"句，语出《古诗十九首·涉江采芙蓉》"同心而离居"和《凛凛岁云暮》"同袍与我违"。同心：此指知己。违：离，分别。

行当浮桂棹，未几拂荆扉。

远树带行客，孤城当落晖。

吾谋适不用，勿谓知音稀。 *07*

品·评　綦毋潜和唐朝许多文士一样，应试多年，才得一第。他是开元十四年（726）进士及第的，那么，王维这首送他落第还乡的诗，自然只能作于这以前。王维开元九年（721）登科并释褐为太乐丞，不久就因其管辖的伶人越规舞"黄师子"，受累被贬为济州司仓参军，直到綦毋潜及第，他还没被调回长安。推算起来，开元九年（721）王维或曾与綦毋潜同科考试，王维中试，綦毋潜却落第了。綦毋潜黯然返乡，王维就写了这首诗送他。诗的基调是温婉的抚慰和开导。前三联概述时势和落第，时势虽属"圣代"，却又有人怀才不遇，岂不令人怀疑起"吾道非"来？从语气看，作者之意显然是否定的，诗人正是以此安慰朋友。下六句写旅途，从赴京应试到落第还乡，既切合綦毋潜的实际情况，又概括了一般士子的应举生涯。应该说，以上都写得稳妥平允，出彩的是下一联"远树带行客，孤城当落晖"，这是诗人对行走在还乡路上的朋友的想象，乃顺前文自然引出。诗人的神思追随着远去的朋友，仿佛看到他穿行在树林之间，人形树影都难以分辨了，又仿佛看到他在落日余晖中抵达了某个小城……前人评这两句，曰："'带'字、'当'字极佳，非得画中三昧者，不能下此二字。"（高步瀛《唐宋诗举要》引《青轩诗缉》）其实这两句的妙处更在于表达了作者对友人感情的深挚，他的一颗心仿佛也随着友人去了。不过，诗写到这里还不能煞尾，于是再接上两句明白劝慰的话。这两句的意思不错，却未免直露了些，然而不写又收不了尾，这是一个不好处理的矛盾。诗的结句往往最见妙思和功力，王维后来有许多诗的结尾就比这一首处理得好。

敕借岐王九成宫避暑应教 01

注·释

● 01·敕：皇帝谕告臣下之诏令。岐王：李范，唐睿宗第四子，玄宗隆基之弟。九成宫：即隋仁寿宫，在凤翔府麟游县西，贞观中改名九成宫。应教：赵殿成《王右丞集笺注》云："魏晋以来，人臣于文字间，有属和于天子曰应诏，于太子曰应令，于诸王曰应教。"

● 02·帝子：指岐王。丹凤阙：唐大明宫南面的正门称丹凤门，宫门前的高大楼观称阙，亦称象魏。天书：指诏敕。翠微宫：非实名，即指九成宫，因其宫在山中，多翠微之气也。

帝子远辞丹凤阙，

天书遥借翠微宫。 02

隔窗云雾生衣上，

卷幔山泉入镜中。

林下水声喧语笑，

岩间树色隐房栊。

●03·吹笙向碧空：据《列仙传》，周灵王
太子晋，好吹笙，作凤凰鸣，游伊、洛间，
后为道士浮丘公接引成仙。

仙家未必能胜此，

何事吹笙向碧空？[03]

品·评

王维自15岁赴长安，便以自己的才华逐步为上层社交圈所赏识。史载："维以诗名盛于开元、天宝年间，昆仲宦游两都，凡诸王驸马豪右贵势之门，无不拂席迎之，宁王、薛王待之如师友。"这段生活经历对他颇重要——他本有机会由此寻求奥援，跻身官场。退一步说，与皇亲国戚的接触，至少让他大大增长了见识。后来的事实是王维并未就此攀缘上去，倒对豪贵奢华的生活产生了厌烦，开始向往山林乡间的隐居生活。王维的思想品性由此可见一斑。

但是，在唐开元七、八年（719—720）间他积极参与进士考试的时候，与岐王的交往还是比较密切的。期间，他随岐王到九成宫避暑，写下了这首与主人唱和的"应教"诗。

诗之首联叙岐王奉命离开长安到九成宫避暑之事。两句系倒装，即本该第二句在前，先说皇帝下敕书允借九成宫，然后才是岐王离京前往。中二联描写九成宫的景色，也透露了王维此时的好心情。前人对此有很精当的评析："右丞诗中有画，如此一诗，更不逊李将军（思训）仙山楼阁也。'衣上'字，'镜中'字，'喧笑'字，更画出景中人来，尤非俗笔所办。"（《增订唐诗摘钞》卷三引黄生语）其实此时王维尚年轻，"诗中有画，画中有诗"和自然冲淡的独特风格尚未臻成熟，中间四句虽佳，不免还有点用力雕琢的痕迹。不过，本诗对九成宫环境景致的描绘，确已表现出王维善于捕捉景象和缔构画面，使之富于诗意的才能。

诗的结尾说：九成宫的幽雅舒适远胜天上，何必像周灵王太子那样去求仙呢？方东树说："收句乃合应制人颂圣口吻。"（《昭昧詹言》卷十六）也就是说，颂到了点子上，话说得恰合身份。王维毕竟是官场中人，在颂圣方面还是很有一手的，对此以后我们还会有所领略。

被出济州 01

微官易得罪，02 谪去济川阴。03

执政方持法，04 明君无此心。05

闾阎河润上，　井邑海云深。06

纵有归来日，　多愁年鬓侵。07

注·释

● 01·被出：被贬谪为外官而离开京城。诗题一作《初出济州别城中故人》。

● 02·微官：诗人时任太乐丞，官阶从八品下，掌管邦国祭祀宴会用的音乐舞蹈。得罪：获罪。

● 03·谪（zhé）：降调官职。济川：济水，古代中国四渎之一，源于河南省王屋山，流经山东，与黄河并行入海。阴：水之南为阴。济川阴：指济州之地。唐济州故城在今山东长清西南，天宝年间为黄河淹没。

● 04·持法：执法。史载唐代有"五方师子舞"，师子即狮子，五方师子即青、赤、黄、白、黑五色狮子，为天子享宴之乐。伶人所舞的黄师子只是其中之一，王维未料到会以此获罪。

● 05·无：一作照。

● 06·闾阎：乡里，亦泛指民间。《史记·苏秦列传》："太史公曰：'夫苏秦起闾阎，连六国从亲，此其智有过人者。'"河润上：受黄河滋润的土地。《庄子·列御寇》："河润九里，泽及三族。"井邑：市井，集镇。海云深：济州临海，云气浓重。

● 07·侵：渐进。"纵有"二句谓即有重归京城的一天，只怕那时岁月已渐渐把自己的双鬓染白。

品·评　这首诗作于唐开元九年（721）秋。此年春，王维进士及第，解褐为太乐丞。不久就因伶人舞黄师子案牵连，被贬谪到济州做司仓参军，遭到了仕途上的第一次打击。离开长安时，王维作了这首诗。看得出来，他的心情是郁闷的。但此时的王维还没有太多的牢骚。他在诗里替执政者开脱，更强调皇帝本无贬逐自己之意。再说济州也是王道乐土，他想象那里该是同样沐浴在朝廷的恩泽雨露之下的吧。他只是担心，岁月易逝，年华易老，万一长期留滞济州，那就糟了。这层意思在诗末明白写出，其引动上方（诗的潜在读者）怜悯之心的意图是明显的。

登河北城楼作 01

注·释

● 01·河北：县名，唐属陕州，天宝元年改名平陆，治所在今山西省运城市平陆县。
● 02·傅岩：山岩名，地势险峻，一称傅险，传说商代贤臣傅说未仕前在此版筑。"井邑"二句写登城楼所见河北县形势，村镇和客栈都在云雾缭绕的山岩上。
● 03·极浦：远处的水滨。
● 04·广川：广阔的河流。此指黄河。

井邑傅岩上，客亭云雾间。02

高城眺落日，极浦映苍山。03

岸火孤舟宿，渔家夕鸟还。

寂寥天地暮，心与广川闲。04

品·评

此诗初显王维写景抒情的才能。题既已写明"登城楼作"，故首联开门见山，形象而概括地写出河北县高峻的地势。颔联始点出"高城"和放目眺望之意，随即把一轮落日和苍山远水摄入镜头，使画面更为恢弘完整。颈联仍是写景，但又有显示时间过程的功效。诗人在城楼上流连很久，直待孤舟傍了河岸，岸上起了炊烟，渔人和倦鸟都回到了栖宿之处，他还依依未去。尾联乃以抒情作结道：这时天地是那样寂寥空旷，我的心情也像辽阔而平静的黄河那样安闲。全诗结构严谨，层次分明，情景俱胜，典雅清丽，洵为佳作。有论者以为此诗当作于王维赴济州途中，可从。

宿郑州

注·释

● 01·周人：洛阳人，周平王东迁，建都洛阳。郑人：郑州人，郑州，春秋时为郑国。
● 02·俦（chóu）侣：伙伴，亲友。
● 03·宛：唐南阳郡宛县，今河南省南阳市宛城区。洛，洛阳。东汉时宛洛为两大繁华都市，习惯常并称，此以宛洛指洛阳。霖：古人称连续下三天以上的雨为霖。晦：暗。
● 04·京水：河名，源出荥阳市东南，自郑州以上谓之京水，以下叫贾鲁河。金谷：指金谷园，晋代石崇在洛阳西北所建的一座豪华园林。
● 05·穷边：偏僻边远之地。徇：营求。微禄：微薄的俸禄。

朝与周人辞，　暮投郑人宿。⁰¹

他乡绝俦侣，⁰²孤客亲僮仆。

宛洛望不见。　秋霖晦平陆。⁰³

田父草际归，　村童雨中牧。

主人东皋上，　时稼绕茅屋。

虫思机杼悲，　雀喧禾黍熟。

明当渡京水，　昨晚犹金谷。⁰⁴

此去欲何言，　穷边徇微禄。⁰⁵

品·评

唐之郑州，辖境和治所与今河南郑州相近，是王维出京东行需经之地，此诗当亦为其赴济州途中所作。诗系古体，从旅程着笔娓娓写来，至三、四句而入于抒情，突出的是旅途的孤单。"孤客亲僮仆"一句历来被认为感情真实，语气沉至。以下写他所见的平原秋霖之景和农家日常生活，用语浅显而脱俗。在雨中劳作的农夫、牧童，热情待客的主人，主人家的茅屋和绕屋的菜蔬，鸟雀的喧噪显示着还算丰足的收成，这些都令人想起陶渊明田园诗的意境，其平和闲雅的语调，更是颇具彭泽风韵。当然，这首诗也有自己的特色，秋虫的低吟被感受为织妇的机杼悲思，以及对前途的忧叹、对此行的懊悔，都打上了不同于陶诗的个人印记，毕竟这时王维还年轻，又刚刚遭到贬谪，心情还不可能像晚年的陶渊明那么恬淡。

早入荥阳界 _01_

注·释

● _01_·荥（xíng）阳：唐县名，属郑州管辖，在今河南荥阳市。

● _02_·荥泽：古泽薮名。《尚书·禹贡》有"荥波既猪（潴）"语，至西汉时已埋塞为平陆，其地约在今河南省郑州市西北。荥泽既已淤为旱地，王维怎能泛舟而入呢？赵殿成《王右丞集笺注》解释道："盖谓泛舟大河（黄河），以入荥阳之界耳。荥阳、荥泽，地本相连，取古文之名，以为今地之称，诗家盖多有之。"今姑从其说。

● _03_·兹邑：指荥阳。雄藩：指地理位置重要的州郡城市。

● _04_·河曲：黄河河道弯曲之处。间阎：里巷。隘：狭窄，此指民居拥挤使里巷显得湫隘。

● _05_·田畴（chóu）：田地，此指田里的农作物。野：一作晚。

泛舟入荥泽，_02_ 兹邑乃雄藩。_03_

河曲间阎隘，_04_ 川中烟火繁。

因人见风俗，　入境闻方言。

秋野田畴盛，_05_ 朝光市井喧。

渔商波上客，　鸡犬岸旁村。

前路白云外，　孤帆安可论。

品·评　诗人在郑州借住于农家，来到荥泽，见到的却是一个不小的城市，他竟称之为"雄藩"。本诗描写荥泽人口众多，市镇繁茂，加上今秋年成不坏，农村和商贸均呈现一片兴旺景象。诗人还注意到当地风俗和方言都很有特色，概括凝练地咏出"因人见风俗，入境闻方言"这一联富于社会学内涵的诗句。可惜受诗歌这种体裁的限制，未能展开更详细的描述。荥泽市民的安乐生活使诗人更感自身的孤单和飘零，自己的目的地还远，前路渺茫，孤舟一叶，那心情还好得了吗？全诗结束于此，前后形成鲜明对照，又形成一种悠远伤感的情调，使人读之回味无穷。

渡河到清河作

01

注·释

● 01·河：及首句的"大河"均指黄河。清河：唐置贝州清河郡，此指郡治所在地的清河城。在今河北省邢台市清河县。

● 02·"积水"句：指黄河汇聚百川之水，水势浩瀚，远接天际。

● 03·"天波"二句：谓舟行至天水相接的混茫之处，眼前突现千万人家的大都市。天波：形容黄河浩瀚远达天边。开拆：裂开。郡邑：指聊城县。

● 04·旧乡国：指王维所在的济州。或云指作者故乡，与诗情不甚相合，故不取。淼（miǎo）漫：形容水势浩渺。

泛舟大河里，积水穷天涯。*02*

天波忽开拆，郡邑千万家。*03*

行复见城市，宛然有桑麻。

回瞻旧乡国，淼漫连云霞。*04*

品·评

此诗虽短，却写了一段不短的行程。从济州出发，目的地为清河县，需先渡过黄河，到达博州，然后继续西行，才能到贝州州治所在的清河县。故有的论者以为诗中的"郡邑"应指博州的聊城县，后面的"城市"才是清河县（陈铁民《王维集校注》卷一），此说可取。

诗的前半写渡黄河，气势相当雄伟。首句叙事，以"大河"称黄河，虽一字之异，但已建造势之功。二句"穷天涯"，更写出黄河之浩瀚辽阔，把地上之水与无穷的天涯联成了一片。最妙是第三句，也许是大河拐了一个弯，在仿佛是水尽头的地方，连天之水突然开拆，眼前展现的竟是"郡邑千万家"的雄奇景象！诗人忍不住惊呼，读者对诗人的用笔则只有叹服。诗人继续西行，就又看到了一个城市，那里是一片桑麻富庶的景象。这时他回首瞻望出发地济州，那当然是在水天云霞的远方了。或说"旧乡国"指作者故乡，未免拘于字面了。结尾一笔，如电影中的远拉镜头，把读者的目光引向极远，使人遐想无尽，是王维诗，也是中国古诗常用的手法，很值得借鉴学习。

喜祖三至留宿 ⁰¹

门前洛阳客，⁰² 下马拂征衣。

不枉故人驾， 平生多掩扉。⁰³

行人返深巷， 积雪带余晖。

早岁同袍者， 高车何处归？⁰⁴

注·释

- 01·祖三：名咏，排行第三，盛唐诗人。唐开元十三年（725），祖咏擢第授官赴任，途经济州，王维留其住宿，并作此诗。
- 02·洛阳客：祖咏系洛阳人，故称。
- 03·"不枉"二句：不枉故人驾，意谓"不敢委屈老朋友光临寒舍"。枉驾，是对客人来访的敬词。扉：柴扉，指居处的外门。两句是说，自己一向闭门谢客，不敢让友人屈驾来访。言下之意对祖咏来访表示惊喜。
- 04·同袍：喻共患难、同命运的好友。《诗经·秦风·无衣》："岂曰无衣？与子同袍。"高车：对祖咏所乘车子的尊称，犹言"大驾"。二句谓：咱们早年就是知交，今晚你还归向何处呢？表达留友住宿之意。

品·评

王维和祖咏是多年知交，也都无例外地浮沉于官海之中，当王维谪居济州时，能与途经的老友重聚，心情的欣快可想而知，这心情便流泻于好几首诗中，本诗即为祖咏初抵时王维殷勤留宿而作。

首联写祖咏来到。次联诗面说的是，自己一向不愿委屈他人下顾，所以总是掩扉闭门。这也许是事实，但言外其实还含有因为不愿巴结别人，在济州很感寂寞无聊之意，对同一事实是可以有不同理解的。所以今日祖咏不期而至，当然给他带来一份惊喜。不过，这层意思就表现得更含蓄了。三联的"行人"应是兼指祖咏和别的外出者，他们在冬日积雪的傍晚，带着落日的余晖返回位于深巷的家中，祖咏也正在这时来拜访王维。需要注意的是，这一联除可能是实写外，应该还有另一层意思。我们都知道，祖咏有一首著名的诗，题为《终南山望积雪》，据说是他应试时所作。唐朝的应试诗一般规格是五言六韵，即十二句，但祖咏只写了四句就交卷了。考官问他怎么回事，他答曰："意尽。"这个行为当时广为热议，而诗也从此传扬开来。诗云："终南阴岭秀，积雪浮云端。林表明霁色，城中增暮寒。"积雪无疑是这首诗的中心意象。那么，王维诗中"积雪带余晖"一句是否跟祖咏的诗有点关系？这很值得考虑。王维在创作此诗时会不会想起朋友的佳句，来个一语双关，说祖咏带着他因终南积雪诗而赢得的声名来到济州，让自己也分享了一点光荣的余晖呢？这样理解，诗意也就更为淳厚。尾联按诗题规定，当然应是表达留宿之意，但又似乎不止于此。须知王维是贬谪屈居济州，祖咏则因赴任经过济州，可他们都是不安于此，不会停留于此的啊。这两位"早岁同袍者"，他们的志向是乘坐高车大马，是驰骋远翔，他们的前途本该不可限量，而归宿又在哪里呢？所以，尾联既表达了诗人对未来的迷茫，又表达了他不甘现状的宏远志向。

齐州送祖三

01

注·释

- *01*·诗题一作《送别》，写作时间同《喜祖三至留宿》。齐州：唐州名，治所在今山东省济南市。祖三即祖咏。祖咏过齐州后，继续东行赴任，维送至齐州，并作本诗赠行。
- *02*·南浦：此非实指，系借用南朝梁江淹《别赋》"送君南浦，伤如之何"句意，以表伤别。
- *03*·东州：泛指齐州以东某州郡，唐时已属边远地区。
- *04*·为报：请告诉。故人指祖咏。憔悴尽者，憔悴到了极点，兼指作者与祖咏。

送君南浦泪如丝，*02*

君向东州使我悲。*03*

为报故人憔悴尽，*04*

如今不似洛阳时。

品·评　《全唐诗》卷125-128《王维集》中有两首题目同为《齐州送祖三》的诗，一首七绝，就是本篇，题一作《送别》；另一首五律，题一作《河（淇）上送赵仙舟》。王维的七绝不多，却少而精。这一首就写得感情强烈而丰沛，虽诗面明白如话而意蕴深厚，有一唱三叹之致。首联述事，叙中含情，"泪如丝""使我悲"，直抒胸臆，毫不隐晦，二人挥泪相别的情景如在目前。次联"为报故人憔悴尽"，他要告诉的对象当然是故人祖咏，"憔悴尽"的主角则是作者本人，然而却也不妨包含对方在内，因为"如今不似洛阳时"，说得显然应是两个人——他们在洛阳曾有过一段愉快的生活。诗的令人回味，就在这一联，甚至就主要在这末一句，因为它把人们的思绪引向回忆与对比，而又并不说出到底回忆些什么，越是不说出就越能让人浮想联翩，让人想象他们当年在洛阳是多么快乐而今天又与那时多么的不同。这就和有些诗末尾的写景句有意给一个空镜头，把读者目光引向辽阔远方的效果相似。

寒食汜上作

01

注·释

● 01·寒食：寒食节，见《送綦毋潜落第还乡》注05。汜（sì）上：汜水之上。汜水源出河南省郑州市巩义市东南，北流经汜水镇西，注入黄河。诗题一作《寒食汜水山中作》，又作《途中口号》。

● 02·广武城：有东、西二城，故址在今河南省郑州市荥阳市东北广武山上。楚汉相争时，项羽、刘邦曾分别屯兵东、西城，隔涧对峙。

● 03·汶阳：指汶水之北。汶水今名大汶河。济州在汶水之北，作者自济州西归，故自称"汶阳归客"。

广武城边逢暮春，⁰²

汶阳归客泪沾巾。⁰³

落花寂寂啼山鸟，

杨柳青青渡水人。

品·评

开元十四年（726）王维济州司仓参军任满，离任西归，过广武而作此诗。时值暮春，景色本很宜人，但作者心情复杂，既惋惜过往的四年，又迷茫于此后的岁月，归途中乃竟有"泪沾巾"之举。而透过泪眼看到的景物，则是相当凄清的"落花寂寂"和津口忙碌的渡水之人。"落花寂寂啼山鸟"初现后期《辋川集》等诗的意境，"杨柳青青渡水人"亦可与后来的《阳关三叠》遥相呼应，此二句声律相对，画面鲜明，韵味深长，绝诗以其作结，诗家称之为"对结体"。这种体格须是语尽、意完，而富有余思，即话虽短少而意思完足，且能使人遐想无尽。故明人谢榛《四溟诗话》评曰："绝句如王摩诘'广武城边逢暮春'（下略）与'渭城朝雨'一篇。韦应物'雨中禁火空斋冷，江上流莺独坐听。把酒看花想诸弟，杜陵寒食草青青'，皆风人之绝响也。"

淇上送赵仙舟 01

注·释

● 01 · 淇：指淇水，在今河南北部，古为黄河支流，源出林县东南，流经今淇县，注入卫河。赵仙舟：唐开元、天宝时人，生平事迹不详。诗题一作《齐州送祖三》，又作《河上送赵仙舟》。

● 02 · 祖帐：古人习俗，出门上路前先祭路神，叫祖祭，简称祖。祖帐，即为进行祖祭所设的帐帷，这里指饯行的酒席。荒城：指作者送别赵仙舟后暂居之地。

相逢方一笑，相送还成泣。

祖帐已伤离，荒城复愁入。 02

天寒远山净，日暮长河急。

解缆君已遥，望君犹伫立。

品·评　开元十五、十六年间（727—728），王维曾有居留淇水附近某地之迹，诗当作于是时。送别，在王维作品中算得上一个常见主题。本诗所送的赵仙舟，不知其何许人，但王维与他作别却很动感情。清人贺裳评曰"写得交谊蔼然，千载之下，犹难为怀"（《载酒园诗话》又编）。不过，我们从"相逢方一笑"的情景来估量，他们的友谊或许未必就有多久多深，然而，竟至于"相送还成泣"，竟至于赵仙舟已解缆启行很久，而王维还久久站在岸边目送着他的小船不肯离去。何以如此？关键还在于诗人自己的心情。自己郁闷无绪，更加上朋友离去，本就失落，想到送行之后还要回到那暂居的"荒城"，怎不愁上加愁？这也许就是他站在河边久久不归的缘故。而这时，他所看到的景致便也是"天寒远山净，日暮长河急"，那情调是几分暗淡凄清，加上几分躁动惶急了。本来，相同的景色在心情不同时看起来就会是很不一样的啊。

不遇咏

注·释

● 01·北阙：宫殿北面正门的门楼，当时谒见、言事、献书等皆至北阙，故可代指朝廷。寝：止息，搁置。此句谓上书欲效力于朝廷而毫无回音。

● 02·登：庄稼成熟。不登：收成不好。此句谓种田又总是没有收成。

● 03·百人会：此处泛指朝廷的盛大集会。预：参与。

● 04·五侯门：汉元帝将其舅王谭等兄弟五人同日封侯，世称"五侯"。此处泛指王侯权要。此句谓不甘心屈身巴结权贵。

● 05·河朔：黄河以北的地方，泛指北方。

● 06·茂陵：汉武帝刘彻的陵墓，在今陕西咸阳兴平县东北。《史记·司马相如列传》："相如既病免，家居茂陵。"此处借用其事，既喻指己家，亦隐然以司马相如自比。

● 07·春风动杨柳：唐郭元振《春歌》云："陌头杨柳枝，已被春风吹。妾心正断绝，君怀那得知？"此或借其意谓妻子对自己的思念。

北阙献书寝不报，⁰¹

南山种田时不登。⁰²

百人会中身不预，⁰³

五侯门前心不能。⁰⁴

身投河朔饮君酒，⁰⁵

家在茂陵平安否？⁰⁶

且此登山复临水，

莫问春风动杨柳。⁰⁷

今人作人多自私，

我心不说君应知。

●08・济人：救助别人。拂衣：《后汉书・杨彪传》述孔融语："孔融鲁国男子，明日便当拂衣而去，不复朝矣。"表示决绝潇洒之态。徒尔：徒然，白白地。

济人然后拂衣去，

肯作徒尔一男儿！ [08]

品·评

不遇者，怀才不遇也；《不遇咏》者，舒愤懑而明志向之咏叹也。据诗可知，王维应有河朔之行，受到友人款待，酣饮后一时兴起，乃敞怀抒写心志，牢骚积郁而意气风发，是王维诗中少见的豪放之作。诗的第一位接受者就应该是设宴款待王维的主人（诗中称其为"君"）。

起三句以三事状写时运之蹇，处境之困：北阙上书无人理睬，南山种田没有收成，眼看他人得志，唯独自己遭冷落。面对如此景况，怎么办？第四句一个转折，"五侯门前心不能"——五侯门前我不是到不了，只是我不肯低首下心，绝不乞怜哀告而已！这一句便让诗人从精神上傲然站立了起来。这是第一段。

接着四句写的是今日之事：来到河朔，足下（君）为我设宴，不由得想起家来，家里的人都安好吗？这里的茂陵之家应是诗人的家，或主要是指诗人的家，因为这句诗的意思不仅在表达念家之情，更暗含以司马相如自比之意，司马相如也曾有过怀才不遇的经历。这样理解更切合诗意。当然，也不排除顺便捎带着提到主人的故家，带有问候对方之意。下面又是一折：虽然想家，但且莫问闺中人在春风杨柳的季节多么思念我们，且让我们一起登山临水，抓紧易逝的年华，尽情享受吧！这一折透出了少年的豪气，在王维诗中尤足珍贵。

最后的四句调子越来越高。前两句批判世人，发泄不满，按王维的个性，不到十分激昂，十分酒醉，不会说出如此尖锐猛烈的话来。后两句则几乎可与李白式的大言媲美。李白的"功成拂衣去，摇曳沧州傍""功成谢人间，从此一投钓""终与安社稷，功成去五湖"，我们是听惯了的，现在也听一次王维的狂吟，欣赏一次他的狂态，恐怕会格外惊喜吧。

送从弟蕃游淮南

01

读书复骑射， 带剑游淮阴。 02

淮阴少年辈， 千里远相寻。

高义难自隐， 明时宁陆沉。 03

岛夷九州外， 泉馆三山深。 04

席帆聊问罪， 卉服尽成擒。 05

归来见天子， 拜爵赐黄金。

忽思鲈鱼鲙， 复有沧洲心。 06

注·释

●01·从弟：堂弟。蕃（fán）：王维堂弟之名。淮南：淮南道，唐贞观年间所置，辖境在淮河以南、长江以北及汉水以东地区，相当今江苏、安徽两省及湖北部分地区。

●02·淮阴：地名，今江苏省淮安市，因汉韩信封淮阴侯而著名。

●03·宁：岂，难道。陆沉：此指隐居，典出《庄子·则阳》："方且与世违，而心不屑与之俱，是陆沉者也。"郭象注："陆沉，人中隐者，譬无水而沉也。"

●04·岛夷：指海岛上的少数民族，语出《尚书·禹贡》"岛夷卉服"。九州：传说中我国古代中原行政区划，泛指中国大陆。此句谓来犯的敌寇本居住于九州外的海岛上。泉馆：犹泉室，神话中的水下居室，为鲛人（传说中的人鱼）所居。此指敌寇在海上的居所。三山：传说在渤海中的三座神山，蓬莱、方丈和瀛州。

●05·席帆：犹挂帆，或谓以席为帆，亦通。卉服：原指用草叶制成的衣裳，为原始先民所着，亦指绨葛一类粗布衣裳。此以之代指"岛夷"。史载：开元二十年（732）九月，渤海靺鞨（mò he，唐时东北少数民族建立的地方政权）攻登州（今山东蓬莱），杀刺史，唐发兵从海陆两路讨之。赵殿成《王右丞集笺注》曰："诗中所云岛夷、泉馆、席帆、问罪，疑蕃于是时从诸将泛海往攻者也。"二句谓唐从海上征靺鞨，以问其攻登州之罪，靺鞨人多被擒。

●06·"忽思"二句：意谓王蕃忽然萌发了归隐的念头。鲙（kuài）：细切的鱼肉。沧洲心：浪迹江湖之心。

●07·蒹葭（jiān jiā）：芦苇。渚（zhǔ）：水中的小洲。云梦：古湖名，本为二湖，分跨今湖北省境大江（长江）南北，江南为梦，江北为云，后世淤成陆地，并称云梦。
●08·青门：古长安城东南门，原名霸城门，因门为青色，又称青门。骎骎（qīn）：马疾行之貌。
●09·新丰：古镇名，故城在今陕西省西安市临潼区东。自长安城往东到潼关，路必经此。

天寒蒹葭渚，　日落云梦林。⁰⁷

江城下枫叶，　淮上闻秋砧。

送归青门外，　车马去骎骎。⁰⁸

惆怅新丰树，⁰⁹空余天际禽。

品·评

从题目可知，这是王维送别堂弟王蕃出游淮南的诗。王蕃事迹不详，但在王维笔下却颇有一点英雄气，他曾参与讨伐靺鞨的海战，因此建立了功勋。然而他不稀罕皇帝的赏赐和官位，竟然离职出游想去隐居，真是一个奇人。

诗的首段六句，回溯王蕃与淮南的渊源。王蕃早年习文练武，曾游历淮南。淮南在汉代曾出过英雄人物韩信，王蕃竟能在此地树立很高威信，引得当地许多少年朋友千里追随着他。只此一事已足见王蕃的不同凡响。像这样才高志远的人，又遇上政治清明的时代，怎么可能"陆沉"似的隐居不出呢？

果然，第二段六句就写了王蕃参与征靺鞨的海战，写他建立功勋，获得封赏。他的志向和理想都实现了。

然而，王蕃却蔑视功名利禄，第三段六句，前两句写王蕃决心仿效古人，抛弃这一切回淮南隐居——于是，才有了王维的送行。后四句是诗人的想象：王蕃将经过芦苇丛生的江渚、日落时分的云梦泽，到达枫叶飘零的江城，在他的目的地淮南听到遍地的捣衣砧声。

写完了这些，诗笔回到送行的主题。末四句叙送行经过，王蕃出长安东南门，车马不一会就走远了，估计他很快会到达新丰镇，诗人仍在惆怅地瞭望，只看见辽阔天空中飞着的鸟儿。

为人送行且鲜明地刻画出此人形象，诗意的层次丰富而结构谨严，可以说是这首诗的主要特色。

送崔兴宗

01

注
·
释

● 01·崔兴宗：王维内弟，亦为好友。王维另有《秋夜独坐怀内弟崔兴宗》，应即此人。

● 02·"君王"二句：史载唐玄宗自开元二十二年正月至二十四年九月居东都洛阳，天下求仕游宦者一时云集东都，崔兴宗也将前往，故王维有诗相送。二句所写即指此情形。

● 03·塞：关塞，要塞。迥（jiǒng）：远。三国曹植《杂诗》之一："之子在万里，江湖迥且深。"迥，一作阔。

● 04·"方同"二句：菊花节谓重阳节，洛阳扉喻指崔兴宗在洛阳的居所。二句谓自己将于重阳节时前往洛阳，请崔兴宗在家中相待。

已恨亲皆远，　谁怜友复稀。

君王未西顾，　游宦尽东归。 *02*

塞迥山河净， *03* 天长云树微。

方同菊花节，　相待洛阳扉。 *04*

品
·
评

开元二十二年（734），王维正闲居于长安，崔兴宗有洛阳之行，乃有此送行之诗。

诗为五律，每联皆有特色。首联表现了王维重亲情和友谊的秉性，也向我们暗示了崔兴宗亲戚兼友人的身份。

次联本为说明崔兴宗东行原因，却又道出了一段历史，就是唐玄宗离开长安久居洛阳造成政治中心的偏移。皇帝久久未及西顾，洛阳成了朝政中枢所在，这必然会使求仕者和游宦者产生"到东都如同归家"的念头。再看一看《资治通鉴》，这几年又正是李林甫下功夫谋取权位，唐玄宗日益疏远正直大臣，唐朝政治开始出现下坡苗头的时期。当然，诗人王维落笔写这两句时，未必考虑得那么多，但我们今天结合历史背景来读便能加深对诗的理解。

王维送行诗惯用的手法，是用一联写景，而且如同律诗，这联往往安放在第三联，本诗也是如此。"塞迥山河净"，显系想象之词，并非实写；"天长云树微"，倒可能是送行时所见，但也是经过艺术锤炼的画笔，其效应在于把人的目光和思绪都引向远方，使人读之遐想不尽。王维做这一切似乎毫不费力，这正是他的本领。本诗尾联比较平淡，好处是口吻亲切。

归嵩山作

01

注·释

● 01·诗作于开元二十二年（734），诗人于这年秋天从长安到洛阳游宦，隐居于嵩山。嵩山：五岳之一的中岳，位于今河南省中部，主峰在登封市北。王维离开济州后一度在嵩山居住，所以称此行为"归嵩山"。

● 02·清川：一作晴川。带：围绕。薄：草木丛生之地。闲闲：悠然自得的样子。

● 03·迢递：遥远貌。嵩高：嵩山的别名。

清川带长薄，　车马去闲闲。*02*

流水如有意，　暮禽相与还。

荒城临古渡，　落日满秋山。

迢递嵩高下，*03* 归来且闭关。

品·评　前人评此诗，云"信心而出，句句自然，前辈所谓'闲适之趣，淡泊之味，不求工而自工'者，此也"（《唐诗笺要》）。又云"口头语，说出便佳；眼前景，指出便妙。情境双融，心神俱寂，三禅天人也"（《唐律消夏录》）。已经准确地言中了本诗特色。

诗人一路向嵩山进发，心情轻松而愉快，所以他看到的景致也是那么亲切美好，他用极普通自然的文字把所见和观感娓娓道出，顺手借用陶渊明"山气日夕佳，飞鸟相与还"的意境，又给诗增添了古雅的情趣。"暮禽"在《文苑英华》中作"暮云"，若从对仗工稳而言，也许"暮云"对"流水"更好，但从诗意的灵动和联想的丰富看，就不如"暮禽"了。所以我们宁可相信王维当初写的是"暮禽相与还"这一句。这首诗突出地表现了王维爱好恬淡闲适生活的个性，但也有人从诗的尾联读出"言时衰世乱，姑且闭门谢客耳"的意思来。这也不错，不过就诗论诗，总觉引申得远了些。

献始兴公 [01]

宁栖野树林，宁饮涧水流。

不用坐粱肉，崎岖见王侯。 [02]

鄙哉匹夫节，布褐将白头。 [03]

任智诚则短，守仁固其优。 [04]

侧闻大君子，安问党与雠。 [05]

所不卖公器，动为苍生谋。 [06]

注·释

● 01 · 诗题下原注：时拜右拾遗。王维于开元二十三年（735）初被任为右拾遗，诗当作于此时。始兴公：即时任宰相的张九龄，他于开元二十三年三月进封为始兴县子。王维受其拔擢任右拾遗，乃献诗言志。

● 02 · 粱：精美的饭食。粱肉：指代富贵生活。崎岖：本为形容山道不平之词，此指历经艰难险阻，喻求见王侯之难。

● 03 · "鄙哉"二句：匹夫即平民男子、普通百姓之谓，匹夫节指这类人的品节心性。布褐：粗布衣服。二句承前四句来，说自己生性鄙陋，宁守匹夫之节，一生不做官，布衣白头。

● 04 · "任智"二句：意为若任才用智，确是我短处，但若论固守仁义道德，则是我的优长。

● 05 · 侧闻：从旁处听来。大君子：对张九龄的美称。雠（chóu）：同"仇"。二句谓：我听说您是德高望重的大君子，任人唯贤，不问他是同党还是仇敌。

● 06 · 公器：天下共有而不可私占的东西。此指名位、官爵之类。《庄子·天运》："名，公器也，不可多取。"《旧唐书·张九龄传》："官爵者，天下之公器。"

● 07 · 贱子：自称的谦词。帐下：幕下，手下。不（fǒu）：同"否"。
● 08 · 曲私：偏私，藏着私心。

贱子跪自陈，可为帐下不？ *07*

感激有公议，曲私非所求。*08*

品·评

这是一封诗体的书信，直率地表现王维年轻时血性和志向，非常难能可贵。

向当朝权贵呈献诗文，在唐代士人中本是很普遍的事，王维就不止一次向宰相张九龄献诗。献诗行为无所谓对错好坏，关键是看其内容和目的。此诗题为《献始兴公》，推算起来当是开元二十三年三月张九龄加封始兴县子、王维被授右拾遗官职之后的事，那正是王维政治热情高涨的时候。

诗共十六句，四句一节，意思层层深入。首节泛述隐士之志，此前王维就是这么做的。次节专述自己，所谓"任智则短"，实谓拙于谋利，不如某些人"聪明"，对己似贬而实褒，下句"守仁固优"才是要紧的真话。三节赞张九龄，同时借以树立一个贤相的高标，那就是一切出以公心，杜绝私人恩怨，唯以天下苍生为念。末节输诚，表示愿在贤宰相帐下效力，这是献诗的中心意思，但马上强调自己的动机完全是激于公议，没有丝毫阿曲和偏私的请求。

此诗以议论为主，语气简捷遒劲，略显斩钉截铁之势，个别句子有散文化表达，如"所不卖公器"，乃"所不卖者，公器也"的缩写，与王维多数诗歌风格不同，表现了其诗风的多样性。这当然是由诗人当时心态和他要表达的内容决定的。

寄荆州张丞相 01

注·释

● 01·荆州：唐州名，属山南东道，治所在今湖北江陵。唐于荆州设大都督府。张丞相：即张九龄。唐玄宗听信李林甫谗言，于开元二十五年（737）出张九龄为荆州大都督府长史。故诗题称其为"荆州张丞相"。

● 02·荆门：山名，在今湖北宜都市。唐人习惯以之泛指荆州一带。

所思竟何在？怅望深荆门。02

举世无相识，终身思旧恩。

方将与农圃，艺植老丘园。

目尽南飞鸟，何由寄一言！

品·评

此诗作于张九龄被贬出朝廷之后，时当开元二十五年四月之后。读此诗，主要是要了解王维品性的一个重要方面，就是他对张九龄知遇的深深感恩之情。前一首《献始兴公》向张九龄表示了投身政治的决心，但时隔不久，张九龄就在朝廷斗争中失败，被撵出了长安。受知于张的王维十分悲愤，但又无奈。当张九龄寂寞地独自走向荆州时，王维唯一能做的就是寄去自己的同情。评判古人，我们首先会注意他人品的邪正。无疑，在李林甫和张九龄之间，邪正极为分明，王维是站在正的一边。其次，在这个前提下，还会注意他能否感恩。一个不知感恩的人（更不必说"白眼狼"式的角色），是不足取的。王维在这两点上，都符合中国传统的伦理道德标准。

诗完全是直抒胸臆，将肺腑之言和盘托出，几乎没有使用什么技巧，而且话说得很绝对，显示出一种激怒和悲愤，甚至有点急不择言的样子，如"所思竟何在"一句对古诗成句的直接搬用，如"举世无相识"一句的偏激无理，"终身思旧恩"一句的浅白直露，都很值得注意。而明确表示愿弃官归田，固属一时气话，但同时也是真实思想。结句的强烈悲痛，也是用极直率方式表达出来。这些特点在王维诗中都是并不多见的。

使至塞上

01

单车欲问边，属国过居延。*02*

征蓬出汉塞，归雁入胡天。*03*

大漠孤烟直，长河落日圆。*04*

萧关逢候骑，都护在燕然。*05*

注·释

● *01*·诗题意为出使到了塞外。王维于开元二十五年（737）赴河西节度使幕，初至塞上，诗当作于是时。

● *02*·单车：一辆车，言独自前往，不带随从。问边：视察边疆。属国：汉代称归顺汉朝而又保留本国建制的周边少数民族王国为属国，此借以指边疆地区。居延：地名，汉末设置，属张掖郡管辖，在今甘肃酒泉市西北。二句一本作"衔命辞天阙，单车欲问边"。

● *03*·征蓬：随风远飞的蓬草。胡天：胡人居住地的天空。

● *04*·孤烟：指古代军队报警的烽火。宋人陆佃《埤雅》："古之烽火，用狼粪，取其烟直而聚，虽风吹之而不斜。"一说边外多回风，孤烟是大沙漠上迅急的旋风卷起黄沙而形成的烟柱。长河：大河。

● *05*·萧关：即陇山关，在今宁夏回族自治区固原市东南。候骑（jì）：骑马的侦察兵。骑，一作吏。都护：汉唐时管理边政事务的军事官员。燕然：山名，杭爱山的古称，在今蒙古国境内，其最高峰海拔四千多米。

品·评　这是王维的一首名作，其"大漠孤烟直，长河落日圆"一联，一千多年来脍炙人口，被人誉为"独绝千古"（徐增《而庵说唐诗》）。这正应了陆机《文赋》中的一句话："立片言以居要，乃一篇之警策。"有了"大漠"这一联警策之言，全篇就巍然挺立起来，让人读后难忘了。当然，其他几句也需与之配合相衬，否则还是不行。王维此诗的首尾两联叙事，前面说自己奉命出使塞上，后面说在边关见到巡逻的骑兵，才知主将尚在前方。这四句诗味都属一般，好的是中二联。"征蓬出汉塞，归雁入胡天"，其实也颇有写景如画和苍凉空阔之妙，而且于写景中含有某种寓意，"征蓬"象征诗人和所有戍边者，而"归雁"则不妨理解为象征居住胡地的边民，二句均为王维初到塞上的所见和感受，表现出强烈的动感和空旷感。它们与色彩鲜丽、线条刚劲有力的第三联，共同构成了一幅视野开阔、气魄雄浑的塞外高秋图，遂使本诗成为一件完美的艺术品。

送邢桂州

01

注·释

● *01* · 邢桂州：其人不详。按唐人惯例，当是邢某赴任桂州长官（如刺史），王维在京口相送而有此作。桂州，唐州名，属岭南道，治所在今广西壮族自治区桂林市。

● *02* · 铙（náo）吹：铙是一种古乐器，即小钲。又有铙鼓、铙钹等，均为打击乐器。铙吹则合打击乐器与吹奏乐器而言。京口：唐润州治所，即今江苏省镇江市，位于长江边。洞庭：即洞庭湖，位于今湖南省，古由京口沿江而上，过洞庭，经湘水，可抵桂州。

● *03* · 赭圻（zhě qí）：地名，故址在今安徽省芜湖市繁昌区西北。赤岸：山名，在今江苏省南京市六合区长江岸边。赭圻和赤岸均是邢桂州西上必经之地。击汰：以桨击水。扬舲（líng）：舲是有窗的船，扬舲谓划船快速前进。

● *04* · "明珠"句：合浦（今属广西壮族自治区）盛产珍珠，而不产米谷，人民采珠易粮为生。后汉时，历任合浦太守均贪枉，求珠不已，珠皆迁徙别处，合浦穷困不堪。后，孟尝为太守，革去弊端，一年后，珠乃复还（《后汉书·孟尝传》）。使臣星：古人以为皇帝的使臣与天上的某星对应，《后汉书·李郃传》载李郃能从天象料知使臣的来到。此以使臣星比邢桂州。二句谓离去的合浦明珠将会回归，就像追随着邢桂州这颗使臣星似的。

铙吹喧京口，风波下洞庭。*02*

赭圻将赤岸，击汰复扬舲。*03*

日落江湖白，潮来天地青。

明珠归合浦，应逐使臣星。*04*

品·评

王维这位姓邢的朋友去桂州，不知是升是贬。唐时重京职，并以距京城远近判定地方的重要与否，那么，去桂州多半不是升迁。然而，看王维的诗，那送行的场面是够大够热闹的。诗中也没有表现什么悲愤和忧伤，相反，把行程和一路景色写得相当豪迈和雄壮。看来王维此时心情不坏。颔联是信手拈来的当句对，即：赭圻对赤岸，击汰对扬舲，语势流畅，一往无前，这是作者情绪颇好的表征。颈联则气魄雄伟，造句奇警，色彩对比鲜明，那涵天盖地的景象，令人一读难忘。有了这一联，全诗就像有根顶天立地的主心骨似的挺立得更高了。当然，尾联也值得注意，因为它显示了王维的政治思想。诗人表示相信，其实是鼓励，是要求朋友当个为民做主、保民爱民的清官。前人认为这两句"用意曲折微婉"（沈德潜《唐诗别裁集》卷九），在我们看来却是说得够明白的了。

终南别业 01

注·释

● 01·终南：秦岭山脉的一段，秦岭起自甘肃省天水市，绵亘于陕西省南部，终于河南省陕县，是长江、黄河两大流域的分水岭，或称为秦山。终南山又名太乙山、周南山，在今陕西境内，素有"仙都"之称。别业：别墅。诗题一作《初至山中》，又作《入山寄城中故人》。开元二十九年（741）王维刚过四十岁，曾隐居于终南山，诗或作于此时。

● 02·中岁：中年。道：此指佛家学说。王维中年以后笃信佛教。陲：边。

● 03·胜事：美好快乐的事。

● 04·林叟：林中老人。值：一作见。林：一作邻。

中岁颇好道，晚家南山陲。02

兴来每独往，胜事空自知。03

行到水穷处，坐看云起时。

偶然值林叟，谈笑无还期。04

品·评

佛教在唐代甚为兴盛，王维也很早就接触佛教，至中年而信之愈笃。但信佛者的行事并不一律，有人信佛并不妨碍他争名谋利，甚至祸国殃民，王维却真的因此走向禁欲无求，唯一挂怀的只是对山水自然的热爱。于是庄禅便在王维身上合一。亦庄亦禅正是中国古代一部分知识分子的思想境界和生命状态。这首诗表明，王维堪称此类人的一大典型。诗的开篇即以明白晓畅的语言直叙胸怀和生活，下面三联均为对胸怀和生活的交叉细写——兴来独往，沿波讨源，直走到水穷处，坐看云生雾起，云飘云散，偶然遇见樵夫农民，就跟这些淳朴得毫无机心的人聊天谈笑，竟忘了回家，这就是王维在终南别业的生活。而衷心享受这种生活，视其为"胜事"，并超乎常人地理解这"胜事"中淡泊无为的滋味，便是一种胸怀，一种"道"了。不作奇语，不炼警句，在清浅自然到似乎毫不费力的描写和抒发中，寄寓着浓郁的情思和深刻的"道"，形成了这首诗最重要的特色。

春日直门下省早朝 [01]

骑省直明光，[02] 鸡鸣谒建章。[03]

遥闻侍中佩，[04] 暗识令君香。[05]

玉漏催铜史，[06] 天书拜夕郎。[07]

注·释

● 01·诸本均于题下自注：时为左（右）补阙。按：天宝元年至三载（742—744），王维在朝任左补阙（注为右补阙者误），本诗当即作于此期间。直门下省早朝：谓早朝时在门下省值班。

● 02·骑省：即散骑省，原为晋代官署名。唐无散骑省，而于门下、中书二省设左右散骑常侍之职，此借称二省为骑省。明光：汉宫殿名，此借指唐宫。

● 03·建章：汉宫殿名，太初元年（前104）建，位于未央宫西，此亦借指唐宫。谒（yè）：拜见。

● 04·侍中：官名。秦设，往来殿内奏事。汉以为加官，分掌乘舆服物，侍于君王左右，与闻朝政，为皇帝亲信重臣。魏晋以后为门下省长官，在唐代为宰相，至元代时废除。佩：佩玉，唐官员上朝按品级佩玉，如一品佩山玄玉，二至五品佩水苍玉，见《旧唐书·舆服志》。句谓早朝值班时远远听到上朝的大臣佩玉的鸣响。

● 05·令君：对尚书令的敬称。据习凿齿《襄阳耆旧记》，曹魏尚书令荀彧，常身带奇香，每至人家，坐处留香三日（《艺文类聚》卷七十引）。此句说自己已闻到上朝的官员身上散发的香气。

● 06·玉漏：有玉饰的漏刻。漏刻为古代计时器具，以铜壶盛水，底穿一孔，壶中竖立一支有刻度的箭，水渐漏则箭上的刻度逐渐显示时间。共有一百刻，以分昼夜。铜史：漏刻上的铜人，用手指着箭上的刻度，以表时间。

● 07·天书：皇帝颁发的诏敕谕告之类的文书。夕郎：汉黄门侍郎和唐给事中的别称，他们是天书的承受和转发者，每日暮入对青琐门拜，故又称"夕拜"。

● 08 · 阊阖（chāng hé）：天门，此指皇宫正门。

● 09 · 昭阳：汉后宫的殿名，武帝时所建，此借指唐宫殿。

● 10 · 迟日：漫长的春日。《诗经·豳风·七月》："春日迟迟，采蘩祁祁。"

旌旗映阊阖，⁰⁸ 歌吹满昭阳。⁰⁹

官舍梅初紫，　宫门柳欲黄。

愿将迟日意，¹⁰ 同与圣恩长。

品·评　这首诗表现的是王维作为朝官的生活。"补阙、拾遗之职，掌供奉讽谏，扈从乘舆"（《旧唐书·职官志》），虽然品级不高，但职责重要而清高，是有志于政治又不屑俗务者所向往的官职，所以当杜甫、王维获得拾遗、补阙之职时，都是比较兴奋的。从本诗看，此时王维心情不错，又兼题材如此，当然采用了歌颂调子。但也因为是一篇颂词，虽写得中规中矩，甚至堪称富丽典雅，却没有多少真情实感，更谈不上有什么激情，就连王维擅长的写景才能都发挥不出来了。"官舍梅初紫，宫门柳欲黄"这样敷衍板滞的句子，是不能跟"远树带行客，孤城当落晖""天寒远山净，日暮长河急"之类相比的。然而，这类诗毕竟是王维生活经历和创作的一部分，要全面了解王维，就也必须适当地接触。

029

酬郭给事

⁰¹

洞门高阁霭余辉，⁰²

桃李阴阴柳絮飞。

禁里疏钟官舍晚，

省中啼鸟吏人稀。⁰³

晨摇玉佩趋金殿，

夕奉天书拜琐闱。⁰⁴

强欲从君无那老，

将因卧病解朝衣。⁰⁵

注·释

● 01·天宝十四载（755），王维由文部郎中迁给事中。郭给事为其同僚，先有诗赠王维，王维遂以本诗酬答。

● 02·洞门：重重相对而相通的圆顶门。高阁：指皇宫中的楼阁。霭（ǎi）：薄雾，此作动词用，有笼罩意。此句写夕阳余辉淡淡地映照在宫中的洞门和高阁上。

● 03·禁：紫禁城，皇宫。疏钟：稀疏的钟声。官舍：指设于宫中的官署，门下省即在其中。省中：指门下省内。

● 04·"晨摇"二句：玉佩：朝官身上按品级佩戴的玉制饰物。琐闱：雕饰着连琐图案的宫门，借指宫廷。上句写早朝，下句写夕拜，概括给事中一天的公务生活。

● 05·强：勉强。无那（nuò）：无奈。解朝衣：脱下官服，指辞官归隐。二句谓自己虽然很想追随郭给事在朝为官，但无奈年老多病，还是只得退隐山林。

品·评　唐给事中属门下省。门下省的长官为侍中，正二品，下设侍郎、谏议大夫等官，由正三品至正四品下。给事中则是正五品上的属员，共四名。《新唐书·百官志》说其职务是"掌侍左右，分判省事，察弘文馆缮写雠校之课。凡百司奏抄，侍中既审，则驳正违失。诏敕不便者，涂窜而奏还，谓之'涂归'。季终，奏驳正之目。凡大事，覆奏；小事，署而颁之。三司详决失中，则裁其轻重。发驿遣使，则与侍郎审其宜。六品以下奏拟，则校功状殿最、行艺，非其人，则白侍中而更焉。与御史、中书舍人听天下冤滞而申理之"。从职责可知其地位之重要。这一时期，王维的心态是比较平和的，看他诗中对公务和省中情景的描写，便能感觉到。但诗的尾联竟表示自己身体多病，不想恋栈，真正的愿望是挂冠退隐，闲居林下。王维这样说，可能是为了表示谦退自抑、绝不会成为同僚晋级竞争对象，但也应承认有其真实的一面，他确实更喜欢清静悠闲的禅居生活。后来经过安史之乱，尽管他还是未能彻底隐退，但过的只能算是一种半官半隐的生活。这固然与他在安史之乱中曾被授予伪职，有了不光彩的失节行为有关，也与他一贯的思想分不开——这首诗中就已透露出了一点端倪。

奉和圣制从蓬莱向兴庆阁道中留春雨中春望之作应制[01]

渭水自萦秦塞曲，
黄山旧绕汉宫斜。[02]
銮舆迥出仙门柳，
阁道回看上苑花。[03]
云里帝城双凤阙，[04]
雨中春树万人家。

注·释

●01·奉和圣制：奉和（hè）是依他人原诗体制韵脚另作一首。圣制即御制，指皇帝所作。奉和圣制实即与皇帝唱和。王维在朝任职期间曾多次陪侍唐玄宗出游，有"应制"多首，此诗作年未详，姑大略定作于安史乱前。蓬莱：宫殿名，即大明宫，在长安城北。兴庆：唐宫殿名，在长安城东南。阁道：即复道，是两边有夹墙的通道，天子车舆在内行走，不为外人所知。应制：即应诏。赵殿成注："魏晋以来，人臣于文字间，有属和于天子曰应诏，于太子曰应令，于诸王曰应教。"

●02·渭水：河流名，源出甘肃省定西市渭源县西的鸟鼠山，流经陕西，至潼关注入黄河。萦：缠绕。秦塞：指潼关、宝鸡大散关等地，皆秦地要塞。塞，一作甸。黄山：即黄麓山，在陕西省咸阳市兴平市。汉宫：指汉代黄山宫。二句写关中形胜，渭水萦绕重重关塞，著名的宫殿建于山中。

●03·銮舆：皇帝乘用的车驾。迥：远。仙门：指宫门，一作千门。上苑花：皇家园苑中的花木。回：一作遥。

●04·凤阙：《关中记》："（汉）建章宫圆阙，临北道，有金凤在阙上，故号凤阙。"此借指唐宫。

●05·阳气：春日阳和之气。宸（chén）：
帝王的代称。物华：美好的自然景物。唐杜
甫《曲江陪郑八丈南史饮》诗："自知白发
非春事，且尽芳樽恋物华。"重：一作玩。

为乘阳气行时令，

不是宸游重物华。⁰⁵

品·评　　这是一首典型的台阁体应制诗——该是唐玄宗李隆基有诗在先，然后命随从文臣唱和，现原唱已佚，而奉和之作留存下来的却不止一首。王维这一首历来获得极高赞誉，评语如"春容典重""藻丽铿锵""温丽自然，景象如画""宏丽之中，更饶贵重""风格秀整，气象清明""端庄流利，无字不妙""大句笔罩，气象万千"等等，不一而足。清人沈德潜甚至说"应制诗应以此篇为第一"（《唐诗别裁集》卷十三）。就连王夫之也认为此诗："人工备绝，更千万人不可废。"（《唐诗评选》卷四）

概括起来，此诗的好处，一是得体，二是如画。应制，与皇帝唱和，等于同皇帝对话，自然只能用歌颂赞美的调门。但高明的赞颂又不可堕入阿谀，此诗尾联强调玄宗的出游并不是贪赏花红柳绿的春景，而是为了顺应并布散春天的阳和之气，就说得相当巧妙。它拔高甚至可以说是有意回护地曲解了皇帝此次出游的意义，让皇帝听着舒服。但又可理解为含有微讽和婉谏，是要求皇帝把出游的重点移至应天和人的崇高目标上去。前人评云："应制大都谀词，独此有箴规意。"当然，箴规是谈不上的，但这样说话却显得赞颂颇有分寸，确有得体之妙。

这首诗的首二联描写关中形胜、銮驾气势和帝城春色，用笔庄重，景象如画，三联写景更是凝练恢弘，清新灵动，成为全诗最美的对句，也使这首应制诗的艺术水准迥出于同类作品之上。

早秋山中作

注·释

● 01 · 累：拖累。明时：圣明的时代。

● 02 · 东溪：水名，源于嵩山东峰，王维早年曾在嵩山隐居。

● 03 · 尚平：即尚长，一作向长，字子平，东汉朝歌（今河南省鹤壁市淇县）人。据《后汉书·逸民传》载，他喜好《老子》《周易》之学，隐居不仕，只等儿女婚嫁事毕，便了断家事杂务，与友人游历五岳名山，不知所终。

● 04 · 陶令：指晋朝诗人陶渊明，曾任彭泽令，因不愿久困官场，于41岁时辞职归隐。

● 05 · 蛩（qióng）响：指蟋蟀之类秋虫的鸣声。

● 06 · 期：期待、约会。

无才不敢累明时，⁰¹

思向东溪守故篱。⁰²

岂厌尚平婚嫁早，⁰³

却嫌陶令去官迟。⁰⁴

草间蛩响临秋急，⁰⁵

山里蝉声薄暮悲。

寂寞柴门人不到，

空林独与白云期。⁰⁶

品·评

此诗作年不详，或以为系天宝九载（750）五十岁丁母忧居辋川时所作，可备一说。诗的主题是抒发隐逸思想，前二联直抒胸臆，举两位古隐逸者之例，声说自己对俗务和官场的厌倦。后二联写景，曲折透露盼望隐逸的原因和对隐逸乐趣的向往。"草间"一联，既是写秋景以扣题，又寓人生苦短，时不我待之意。"寂寞"一联则写隐居生活的清静和飘逸，这种生活的美感和诗人对它的向往，也就不言而喻了。

题《辋川图》

01

老来懒赋诗，惟有老相随。

宿世谬词客，前身应画师。 02

不能舍余习，偶被世人知。 03

名字本皆是，此心还不知。 04

注·释

● 01·本诗通行本均作《偶然作》之第六首。陈铁民《王维集校注》据唐朱景玄《唐朝名画录》及宋郭若虚《图画见闻志》谓其题当作《题〈辋川图〉》，而从《偶然作》中剔出，兹依之。

● 02·宿世：佛教指前生、前世、过去世。《法华经·授记品》："宿世因缘，吾今当说。"词客：即诗人，指擅长文词的人。前身：佛教轮回说认为人在前世、今生和来世中反复轮回投生，前身即前世之身。

● 03·余习：故习。

● 04·"名字"二句：谓自己以菩萨维摩诘作为自己的名和字，本心是要出世无为，不应该成为诗人或画家，现在这样是违背初衷的。皆是：一作习离。

品·评

此诗作年不详，据最早记载它的《唐朝名画录》说："王维，字摩诘……其画山水松石，踪似吴生，而风致标格特出。今京都千福寺西塔院有掩障一合，画青枫树一图。又尝写诗人襄阳孟浩然《马上吟诗图》，见传于世。复画《辋川图》，山谷郁郁盘盘，云水飞动，意出尘外，怪生笔端。尝自题诗云：'当世谬词客，前身应画师。'其自负如此。"朱景玄是把王维的自述理解为自负的。如果把这两句抽出来看，而且把通行本的"宿世"二字易为"当世"，那么朱氏的说法可以成立。但如按"宿世谬词客"来读并细通观全诗，特别是结合王维在安史乱后的一段特殊遭遇来看，此诗似乎更像是自叹、自嘲，而不是自豪、自负。

王维在安史乱中因胁从不及而被乱军捕获并授予伪职，唐军收复长安后，他和郑虔、张通等几位画家都沦为犯人，暂囚于宣杨里杨国忠旧宅。这时，手握大权的宰相崔圆乘机召他们到家中作壁画，"当时皆以（崔）圆勋贵无二，望其救解，故运思精巧，颇绝能事"（《集异记》、《明皇杂录》下及《新唐书·郑虔传》）。王维等人为了求援、减罪而为崔圆作画，这与他们往日因艺术灵感而创作，当然不是一回事，在内心深处免不了会有一种屈辱感。从本诗的整个情调看，似乎置于这样的背景下倒更贴切些——诗人久不赋诗，老和懒只是借口而已，真正的原因应是心绪恶劣。他尤其悔恨自己能诗善画，悔恨诗画之名为世所知，要不还不至于落到如此屈辱地被人驱使的境地。二、三两联这样解释，结尾的自嘲自叹才显得自然顺畅。

总的说来，这首诗艺术平平，首尾未见精彩，韵脚选用"知"字，在王维作品中不算上乘。但二、三两联确实喊出了王维心声，让读者深感震撼，无论理解为自负还是自叹，我们都应该知道它、了解它。

秋夜独坐

●01·"白发"二句：谓学习道家长生和炼金之术不可成功。《列仙传·稷丘君》："稷丘君者，泰山下道士也。武帝时，以道术受赏赐。发白再黑，齿落更生。"黄金：语本江淹《从建平王游纪南城诗》："丹砂信难学，黄金不可成。"世传丹砂可化为黄金。《史记·孝武本纪》："祠灶则致物，致物而丹沙可化为黄金。黄金成，以为饮食器则益寿。益寿，而海中蓬莱仙者可得见也。见之以封禅则不死。"

●02·老病：佛教以"生、老、病、死"为人生四苦。无生：佛教用语，意谓诸法之实相无生灭。二句说，若想克服衰老和病患，只有超脱尘世，皈依佛教，破除生灭的烦恼。

独坐悲双鬓，空堂欲二更。

雨中山果落，灯下草虫鸣。

白发终难变，黄金不可成。[01]

欲知除老病，唯有学无生。[02]

这首诗的妙句当然是第二联。此前一联叙事，写出诗的创作情景，诗人形象即在其中。后二联议论，表明信奉佛教的决心。应该说这三联均极平易，唯独第二联是一幅有声画，使全诗获得了一股灵气。从逻辑上说，这两句写的是诗人独坐空堂之所见所闻，高明之处在于仅用十个字便写出了丰富的画面和内涵。夜雨潇潇，灯下虫鸣，此时竟能听到（实际上更可能是想象到，心灵感应到）山果落地的细微声响，周围环境之静谧，诗人心境的宁泰安详都到了何等地步！但诗人作此安排似乎并非刻意，运笔写来又几乎毫不费力，这是诗艺成熟才能达到的境界，所谓举重若轻，所谓"一唱三叹，由于千锤百炼"（潘德舆《养一斋诗话》卷三），正是指此。

菩提寺禁裴迪来相看说逆贼等凝碧池上作音乐供奉人等举声便一时泪下私成口号诵示裴迪 01

万户伤心生野烟，02

百官何日更朝天？03

秋槐叶落空宫里，

凝碧池头奏管弦。

注·释

● 01·菩提寺禁：至德元载（756），王维被安禄山乱军拘于洛阳菩提寺（即普施寺）中，胁迫其担任伪职。裴迪来相看：裴迪是王维好友，当时未居官，不在叛军拘禁之列，故能前来探望王维。凝碧池：在洛阳宫苑中。据《明皇杂录·补遗》："天宝末，群贼陷两京，大掠文武朝臣及黄门宫嫔、乐工、骑士，每获数百人，以兵仗严卫，送于洛阳……群贼因相与大会于凝碧池，宴伪官数十人，大陈御库珍宝，罗列于前后。乐既作，梨园旧人不觉歔欷，相对泣下，群逆皆露刃持满以胁之，而悲不能已。有乐工雷海清者，投乐器于地，西向恸哭。逆党乃缚海清于戏马殿，支（肢）解以示众，闻之者莫不伤痛。"供奉人：宫中以才艺供奉天子之人，此指乐工。口号：不起草稿，随口吟成的诗文，亦称"口占"。

● 02·野烟：指安史之乱造成农村凋敝。

● 03·朝天：朝见皇帝。此时唐玄宗逃往蜀地，安史气焰嚣张，故云。官：一作傻。

品·评

这首诗的创作经过，注01已经说明。今天我们已无法确知王维在口诵此诗时是否有什么深意，但这首诗对王维后半生命运曾发生过重大作用。史载，唐军收复长安后，于至德二载（757）对陷敌官六等定罪，重者刑于市，次赐自尽，次重杖一百，下面还有三等或流或贬。按理王维陷贼后曾被授予伪职，罪不在轻，但结果却被赦宥，责授太子中允，而且很快升任太子中庶子、中书舍人，后又做到尚书右丞（王右丞的称呼就是这样来的）。王维的幸运从何而来？两《唐书》本传都说，一是其弟王缙此时官位已高，上书表示愿削自己官职为兄长赎罪；另一就是这首《凝碧池诗》，据说此诗曾"闻于行在，肃宗嘉之"。应该说，这首诗确实流露了王维对李唐王朝的忠心和对叛乱的不满，所以唐肃宗从政治立场上对其有所肯定。不过，如果没有人事上的奥援，单凭一首诗，恐怕是救不了王维的。当时另一位著名诗人储光羲也曾陷贼，但他不肯就任伪职，伺机逃跑，吃尽千辛万苦才到了肃宗的行在灵武，他所表现的忠诚绝不比王维差，然而他不但未获表彰和赦免，还立即被投入监狱，到"六等定罪"时又受到贬窜岭南的处分。王维之所以被减罪，主要还是因为朝中有人，至于肃宗欣赏他的诗，不过是一个文坛佳话而已，如果当真以为文学作品有那么大的力量，就太天真了。

既蒙宥罪旋复拜官伏感圣恩窃书新除鄙意兼奉简使君等诸公 *01*

忽蒙汉诏还冠冕，*02*

始觉殷王解网罗。*03*

日比皇明犹自暗，

天齐圣寿未云多。*04*

花迎喜气皆知笑，

鸟识欢心亦解歌。

闻道百城新佩印，*05*

还来双阙共鸣珂。*06*

注·释

● 01·既蒙宥罪旋复拜官：指王维在安史乱平后的遭际。伏感圣恩：俯伏感激皇上的恩情。奉简：奉寄书简。除：拜官授职。使君：古时对州郡长官的尊称。《三国志·蜀书二·先主传第二》："曹公从容谓先主曰：'今天下英雄，惟使君与操耳。'"此指刺史太守等官。

● 02·汉诏：此代指唐代天子的诏书。冠冕：官帽，指代官职。

● 03·殷王解网罗：殷王，指商汤。《史记·殷本纪》云：商汤出游，见田野四面张网，祈祷说："自天下四方皆入吾网。"又将网去掉三面，念说："欲左，左；欲右，右；不用命，乃入吾网。"诸侯听说此事，称赞商汤仁德极了，竟把仁德施及禽兽。此借商汤事颂扬皇恩浩荡。

● 04·"日比"二句：意谓皇上圣明胜过太阳，皇上年寿高过云天。

● 05·百城新佩印：指朝廷任命了一批新刺史。百：概言其多也。

● 06·双阙：皇宫前的高大门柱。珂（kē）：马笼头上的装饰品，用玉制成。"还来"句：谓将要到各地任职的新刺史们，纷纷前来朝廷谢恩辞行，宫中双阙前面玉珂响成一片。

品·评

乾元元年（758）唐朝任命的一批新刺史将去各地赴任，王维写此诗为他们送行，同时也借机向朝廷表示自己被赦免和获得新职后的感激。这是一首以当权者为预期读者、目的性很强的诗，因此作者精心措辞，极力赞颂。本诗最用力的是首联，但这分析也仅仅适用于首联。因为毕竟是抱着诚惶诚恐之心而写，全诗不免颂谀之态，特别是中二联，虽刻意用力，却过于呆滞板正，而且意浅辞俗。看来，再优秀的诗人，一旦被某种庸俗功利目的左右，他的创作就会失去自由和光泽，就连如此富于才华的王维也不例外。我们特意介绍本诗，意在说明王维生活和创作的另一面，也算触及文学创作的一条规律吧。

绛帻鸡人送晓筹，₀₂

尚衣方进翠云裘。₀₃

九天阊阖开宫殿，₀₄

万国衣冠拜冕旒。₀₅

日色才临仙掌动，₀₆

香烟欲傍衮龙浮。₀₇

朝罢须裁五色诏，₀₈

佩声归向凤池头。₀₉

注·释

● 01·贾舍人：指贾至，字幼邻，河南洛阳人，唐肃宗乾元元年（758）时任中书舍人，与王维、岑参、杜甫同时在朝。大明宫：位于长安城东北，唐朝廷所在的正宫，自唐高宗后，皇帝常居大明宫，中书、门下两省亦在此。

● 02·绛帻（jiàng zé）：大红色的头巾，汉代宫中宿卫武士所戴。鸡人：古代宫中不能养鸡，以卫士代司报晓之责，号为鸡人。卫士头戴红巾象征雄鸡，遂习称绛帻鸡人。筹：更筹，古代夜间用于计时、打更的牌子。"送晓筹"指卫士报晓。

● 03·尚衣：官名。属殿中省尚衣局，掌帝王服裳冠冕。翠云裘：用翠羽织成的华美裘袍。

● 04·九天：传说天高，上有九重，此比喻宫殿重重，非常深广。

● 05·万国衣冠：指上朝觐见的外国和各少数民族属国使臣。冕旒（liú）：天子所戴的冠冕，指代皇帝。

● 06·仙掌：汉建章宫有铜仙人举掌擎盘接天上露水，此以汉代唐，写大明宫景象。

● 07·香烟：指唐宫中点燃香料的烟气。衮（gǔn）龙：衮是天子礼服，上绣饰云龙，故亦称衮龙，或龙衮。

● 08·五色诏：用五色纸写的诏书，一般由中书舍人或翰林学士起草，代表皇帝和朝廷的旨意。

● 09·佩声：唐五品以上官员身上均佩玉，行走时会发出声响。佩一作珮。凤池：即凤凰池，指中书省。《通典·职官典》："魏晋以来，中书监、令掌赞诏命，记会时事，典作文书……以其地在枢近，多承宠任，是以人固其位，谓之凤凰池焉。"

品·评　唐肃宗乾元元年（758）春，王维和贾至、杜甫、岑参同时在朝为官。他和贾至的官职是中书舍人，岑参是右补阙，均属中书省；杜甫为左拾遗，属门下省。两省办公地点都在大明宫中，所以经常见面，并有唱和。先是贾至做了一首《早朝大明宫呈两省僚友》，诗云：

银烛朝天紫陌长，禁城春色晓苍苍。千条弱柳垂青琐，百啭流莺绕建章。剑佩声随玉墀步，衣冠身惹御炉香。共沐恩波凤池上，朝朝染翰侍君王。

王维的和诗就是上面录注的"绛帻鸡人"这一首。同时唱和的还有岑参与杜甫。岑诗云：

鸡鸣紫陌曙光寒，莺啭皇州春色阑。金阙晓钟开万户，玉阶仙仗拥千官。花迎剑佩星初落，柳拂旌旗露未干。独有凤凰池上客，《阳春》一曲和皆难。

杜诗云：

五夜漏声催晓箭，九重春色醉仙桃。旌旗日暖龙蛇动，宫殿风微燕雀高。朝罢香烟携满袖，诗成珠玉在挥毫。欲知世掌丝纶美，池上于今有凤毛。

这四首诗是同时唱和之作，最宜放在一起来看。我们首先注意到，由于题材和创作背景相同，几首诗的内容和辞藻有许多相像之处。比如都写到上朝之早，也就都写到夜与晨的交替，从银烛通明、五夜漏声到鸡鸣紫陌、鸡人报晓和响亮的晓钟，不一而足。又比如都写到禁城和殿上景色，于是御柳、流莺、旌旗、仪仗、百官上朝时的剑佩之声和殿上氤氲缭绕的轻烟香气，便纷至沓来。更重要的是，几乎每个人都提到凤凰池的意象和承恩拟诏的职掌，在朝廷中枢任职，成为皇帝的辅弼和代言之臣，这是他们的理想，更是他们的荣耀。其次我们还看到，创作背景的相同导致了四诗相当接近的总体风格——这时正是安史之乱平定不久，唐朝统治者及其忠实臣下深知亟须树立朝廷威望以凝聚人心、鼓舞民气，所以四首诗一致渲染朝廷的威严肃穆，以"气象阔大，音律雄浑，句法典重，用字清新"为共同特色。不过，在这一点上，王维似乎做得更好。他的"九天阊阖开宫殿，万国衣冠拜冕旒"两句，特别是后一句，与其说写的是事实，不如说是道出了中唐君臣的政治愿望，是对唐朝中兴的浪漫期待，而气魄之大为其他三首所不及。当然，他们毕竟都是有成就的优秀诗人，即使写同一题材，即使总体风格相近，仍有种种细微差别，如众人都写宫中流莺啼啭，杜甫偏写殿上燕雀高飞。而总体风格也是贯写富丽，岑诗典雅，杜诗雄深，王诗则高华博大，可谓各有千秋。曾有一些诗论家非要给四首诗比高低，排名次，倒是深知此类诗作局限的纪昀说得好："四公皆盛唐巨手，同时唱和，世所艳称。然此种题目无性情风旨之可言，仍是初唐应制之体。但色较鲜明，气较生动，各能不失本质耳。后人拈为公案，评议纷纷，似可不必。"（《瀛奎律髓汇评》）

饭覆釜山僧

01

晚知清净理，*02* 日与人群疏。

将候远山僧， 先期扫敝庐。*03*

果从云峰里， 顾我蓬蒿居。*04*

藉草饭松屑，*05* 焚香看道书。*06*

燃灯昼欲尽， 鸣磬夜方初。*07*

注·释

● *01*·饭僧：施饭食给僧人。唐孟浩然《疾愈过龙泉寺精舍呈易业二上人》："傍见精舍开，长廊饭僧毕。"覆釜山：山名，以此为名之山不止一处，一说即荆山，在今河南省灵宝市，一说在长安。

● *02*·清净：佛教用语，谓远离恶行和烦恼。

● *03*·敝庐：谦称自己的居室。《左传·襄公二十三年》："若免于罪，犹有先人之敝庐在。"

● *04*·蓬蒿：蓬草和蒿草，均为野草名。蓬蒿居：谦称自己的居所。

● *05*·藉（jiè）草：以草为铺垫物。《周易·大过卦·初六》："藉用白茅。"此指坐在铺草上进食。松屑：松子，松树的果实。

● *06*·道书：此指佛学经典。此句谓诗人饭僧后，与僧人一起学佛修道。《旧唐书·文苑下》："维弟兄俱奉佛，居常蔬食，不茹荤血，晚年长斋，不衣文采。"

● *07*·磬（qìng）：僧人所用的一种法器，做法事或诵经时，击而鸣之。

一悟寂为乐，⁰⁸ 此日生有余。

思归何必深，⁰⁹ 身世犹空虚。

品·评

王维晚年虽恢复官职，但向佛之心日笃，在长安，每日"饭僧"，即于家中为和尚提供饭食，至数十人之多，并与他们以玄谈为乐。自己的生活也过得非常清苦简单，室中唯茶铛、药臼、经案、绳床而已。退朝回家，便焚香独坐，以禅诵为事。这首诗是他招待了来自覆釜山的僧人后所作。起四句写招待来访僧人的虔诚，原因是明白了佛家的清净之理，故特将此语劈头点出。下六句写覆釜山僧来到后的情景。僧从山上来，诗说他从云峰降临，既有几分写实，更显仰视崇敬之态。招待的饭食很清洁，坐处很朴素，这很适合出家求道之人。饭后是在清净雅致的环境中研习佛教经典，一直看了好几个时辰，入夜又开始做起法事。"藉草饭松屑"几句极为简洁而生动地描绘了诗人和僧友的生活，在看似平淡的笔触下流露出对这种生活的深深喜爱。诗到此本已可结束，但诗人有两点意思不吐不快。一点是：读经和与僧人交往，使他彻悟真正的快乐在于寂灭和涅槃，那么，现实的生命就显得不重要了，这使他从现实的烦恼中解脱出来。再一点是：既然现实的生命尚不重要，那么，退隐还是居官，岂不就更不重要了？只要自己一心向佛，相信来世的幸福，对今生今世又何必过于执着呢？这两点意思就写成了诗的最后四句。这种写法让我们想起南朝诗人谢灵运的山水游览诗，看来王维是受了谢的影响，或至少他们作诗的思路有相近之处吧。

叹白发

宿昔朱颜成暮齿，

须臾白发变垂髫。[01]

一生几许伤心事，

不向空门何处销？[02]

品·评

这当然是王维晚年的作品。短短的四句，概括了他的一生，表现了他当前的状态，表述了他的透彻之悟。这是一个老人的自语，他不是在向世人诉说，也不是在祈求同情和共鸣，他是向自己的灵魂、他信奉的宗教诉说，本来他连说都可以不说，沉思默念是更好的方式。但他毕竟是个诗人，他吟惯了诗，用惯了笔。但请注意，他的话也就只剩下这短短的四句了，而且其前两句基本上还是为了加强语气的同义重复，或者只能算是老人的絮叨。第三句含义太丰富，但又不明确。作者真正不吐不快的，引起读者心灵震撼的，其实就是最后那一句。当然，没有前三句的铺垫，又不能引出这沉重的第四句。要问什么才是随口吟成而又炉火纯青的诗，不妨试从王维的这一首来体会。

息夫人 01

莫以今时宠，能忘旧日恩。02

看花满眼泪，不共楚王言。

品·评　本诗开元八年（720）作于长安，是王维早年所作。唐孟棨（qǐ）《本事诗》记载了有关本诗的一则故事：唐玄宗之兄宁王李宪，见宅左卖饼师傅的妻子长得纤白明媚，便使用重金强占为妻，对她极其宠爱。一年之后，宁王问她是否还想念饼师，她默默不语。宁王召饼师与她相见，她注视原夫，双泪垂频，悲不自胜。当时宁王座上有十余位文士，皆感凄恻。王命赋诗，王维诗先成，就是上面这一首。宁王读后，颇感羞愧，就把强占来的女人还给了饼师。

息夫人是个古人，咏息夫人，自然可以视为咏史。然而饼师妻子是王维的同时人，作为女性，她们命运的相同处在于因为长得美而被人强夺，因此又不妨从关注女性命运的角度来看此诗。这首诗把着力点放在刻画她们的内心悲痛上，紧紧抓住息夫人的"不共楚王言"和饼师妻的"满眼泪"，而把矛头不客气地指向夺人妻子的楚王和宁王。这样，诗的前两句，代两位女子发出的肺腑之音："别以为你今日的宠爱，就能让我忘记昔日的夫妇恩情！"就有十分悲愤的意义了。据孟棨所记，宁王读了这诗，当场就把女人还给了饼师。想夺就夺，想还就还，说明古时王权之霸道和女人的毫无自主权，不过这到底算是好事。但如果以为宁王真是因此诗而感悟，那恐怕是高估诗歌的力量了。《本事诗》记下的不过是个传闻，可别把它当了真。

西施咏

01

艳色天下重，　西施宁久微？ *02*

朝为越溪女，*03* 暮作吴宫妃。

贱日岂殊众，　贵来方悟稀。*04*

邀人傅脂粉，　不自着罗衣。*05*

君宠益娇态，　君怜无是非。

注·释

●*01*·西施：姓施，名夷光，春秋末年越国会稽苎萝村（在今浙江省绍兴市诸暨市南）人，为卖柴人家之女，天生丽质。其时越王勾践为吴王夫差所败，几于亡国，知吴王好色，乃以美女献夫差，以乱其政。夫差得西施后，果然百般宠爱，荒废朝政，后吴国终为越国所灭。吴亡后，西施与范蠡泛舟五湖，不知所终。诗题一作《西施篇》。

●*02*·"艳色"二句：女子容貌向为天下所重，美艳如西施岂能长久地微贱？宁：岂能。微：微贱。

●*03*·越溪：指若耶溪，传说是西施当初采莲浣纱之处，在浙江绍兴市东南三十八里。

●*04*·"贱日"二句：谓西施贫贱之时，与众女并无多大区别，在她富贵之后，方感到珍稀。

●*05*·邀人：差使人。傅：同"敷"，涂，搽。脂：一作香。罗衣：用绫罗绸缎做成的衣服，泛指贵重华美的穿戴。

● 06・持谢：用此事劝告。一作寄言，一作寄谢。邻家子：指西施邻家的女子，传闻此女号东施，甚丑。子：一作女。

● 07・效颦（pín）：模仿西施皱眉捧心的样子。《庄子·天运篇》云，西施因有心痛病，常皱眉捧心，东邻丑女觉得这种姿态很美，模仿这种姿态，使人更觉其丑，竟令人人躲避不愿见她。诗即用此东施效颦的寓言。希：望也，求也。

当时浣纱伴，　莫得同车归。

持谢邻家子，⁰⁶　效颦安可希。⁰⁷

品·评

对同一史事或历史人物，可从不同视角评价和咏叹，咏史诗所追求的就是不同凡响的议论。

西施亡吴，人们历来并不持"祸水论"予以指责，反而赞叹她的献身精神，今人更以为她与范蠡有情而致以某种哀悯。但王维在本诗中发挥的却又是另外的感受。诗云：西施"贱日岂殊众，贵来方悟稀"，《唐诗广选》评曰："状出肉眼如画。"这是讽刺世人的势利。"邀人"以下六句又描写西施入吴后的骄奢生活、娇媚状态和对当日浣纱女伴的怠慢，这却是讽刺西施成为王妃后的忘失本性。谭元春评这几句"写尽暴富人骄态"（《唐诗归》），黄绍夫评曰："写出新贵人得意之状，讽在言外。"（《全唐风雅》）沈德潜的评语是："写尽炎凉人眼界，不为题缚，乃臻斯诣。"（《唐诗别裁集》）在我们看来，诗人仿佛站在所有人之上，俯瞰着一切，对这桩史事中他有感触之处作出批评——当然是在叙述中渗透着议论，只有结句是直接议论：西施无可羡慕，更不必效仿！为什么呢？当然首先是因为效颦并不能达得西施之美，其次是西施际遇无可希求。但更重要的，恐怕还是王维认为，西施地位之变导致其为人性情变化，并不值得羡慕。这点意思是别人没说过的，正是本诗独到之处。

夷门歌

01

七雄雄雌犹未分，02

攻城杀将何纷纷。

秦兵益围邯郸急，

魏王不救平原君。03

公子为嬴停驷马，

执辔愈恭意愈下。04

亥为屠肆鼓刀人，

嬴乃夷门抱关者。05

非但慷慨献奇谋，

意气兼将身命酬。06

注·释

● 01·夷门：战国时代魏国都城大梁（今河南省开封市）的东门。本诗为魏夷门守者侯嬴而作。据《史记·魏公子信陵君列传》，魏公子信陵君无忌礼遇下士。魏国夷门守者侯嬴，七十岁了，家境贫寒，信陵君曾致厚礼，侯嬴不肯接受。一次，信陵君亲驾马车到夷门接侯嬴赴宴，并让出上座给侯嬴，侯嬴穿着破旧衣服，毫不谦让地坐了。途中，侯嬴要求绕道去集市看望开肉铺的朋友朱亥，又故意与朱亥长谈，信陵君在一旁执辔等候，颜色愈恭。后来，秦兵围困赵都邯郸，赵相平原君向魏国求援。平原君夫人是信陵君的姐姐。魏王令将军晋鄙率十万兵，逗留在邺城观望。信陵君多次请求魏王进兵无效，乃率领百余车骑，欲与赵君共存亡。到夷门，侯嬴献窃符之计，以夺晋鄙兵权。又使力士朱亥同往，以制服晋鄙。侯与信陵君告别时说："我本当与公子同去，但苦于年老无用，我将计算公子行期，公子抵达晋鄙军中之日，我必自刎以谢公子！"后信陵君救赵成功，而侯嬴则守诺自尽。这就是本诗所叙史事之大概。

● 02·七雄：指战国时期的韩、魏、赵、燕、齐、楚、秦七国。

● 03·"秦兵"二句：叙秦军困赵都邯郸，魏王畏秦，不敢命晋鄙进军救赵之事。

● 04·辔（pèi）：衔勒牲口以便驾驭的嚼子和缰绳。二句述信陵君为侯嬴驾车且执辔愈恭事。

● 05·鼓刀人：指持刀宰杀牲口的屠夫，此指朱亥。抱关者：指掌管钥匙的守门人，此指侯嬴。

向风刌颈送公子，

七十老翁何所求！　⁰⁷

品·评　咏史诗不是叙事诗，而是对史事的咏叹、感慨和议论。《夷门歌》的别开生面
处，却就在于它全篇皆叙，以叙代议，议在叙中。其所涉之史事，出自司马
迁《史记》，梗概大略已见注01。诗之前四句写战争形势：在七国争雄的大背
景下，强秦围赵，邯郸告急，魏王虽已派军，但不敢真动。次四句，主角侯嬴
上场，是一组回溯镜头，表现当日信陵君如何刻意结交这位民间侠士和他的朋
友朱亥。叙述简洁异常，却是浓墨重笔，刀劈斧削一般，熟悉《史记》的读者，
当能看出诗句系从太史公原文搬来，不得不佩服王维化散文为诗句的本领。末
四句接叙史事——在信陵君欲拼死救赵而又手无兵权的情况下，侯嬴既为之献
窃符夺兵之计，助其实现救赵义举，更慷慨以身酬友，显示他的作为纯粹出于
高尚义气，绝无任何利害考虑。王维激赏古人的这种风度节概——在上者谦恭
待下，视下为友；在下者尽心报效，保持尊严，故叙述的字里行间流露出了对
信陵君，特别是地位低下的侯嬴的深深敬佩仰慕之情。

这是王维早年，也就是盛唐时代的作品，从对古代豪侠行事的颂美，可以感到
他胸膛中沸腾的热血；从他对古人上下关系的理想化赞叹，可以体会到对现实
政治所抱的期望。咏史，其真实意图往往在于借古人之酒杯浇胸中之块垒。《夷
门歌》虽无一字涉及作者本人，但却是青年王维积极进取、渴望有所作为的有
力表征。

过秦皇墓

01

古墓成苍岭，　　幽宫象紫台。*02*

星辰七曜隔，*03*　河汉九泉开。*04*

有海人宁渡？*05*　无春雁不回。*06*

更闻松韵切，　　疑是大夫哀。*07*

注·释

●*01*·诗题下原注："时年十五（一作二十一）。"秦皇墓：即始皇陵，在今陕西省西安市临潼区东南的骊山下，已发掘并开辟为博物馆。

●*02*·幽宫：指处于地下幽深处的陵墓。紫台：也叫紫台宫，帝王的居所。

●*03*·七曜（yào）：指日、月和火、水、木、金、土五星。此句想象始皇墓穹顶高敞，上空分布着日月五星。

●*04*·河汉：指银河。九泉：古时以为地下深处有九泉。此句形容始皇墓巨大，里面上有天上的银河，下有地底的九泉。《史记·秦始皇本纪》谓秦皇墓内"上具天文，下具地理"。

●*05*·有海：《史记·秦始皇本纪》称秦皇墓内"以水银为百川江河大海"。宁：岂可，怎能。

●*06*·无春：谓墓在地下春天不会来临。《汉书·刘向传》谓秦皇墓内"水银为江海，黄金为凫雁"，但墓中无春，雁也无从飞回。

●*07*·大夫：指秦山五大夫松。《史记·秦始皇本纪》载，秦始皇在泰山封祀后下山途中，突遇暴风雨，曾在松树下避雨，后封这些树为五大夫（秦二十等爵位中的第九位）。

品·评

从题下小注看，这也是王维的一首少作。它描写了作者路经秦始皇墓时之所见所感。首联首句写所见：占地广阔的始皇墓，历经近千年时光，已长成林木森森的苍岭。从第二句起，便是一系列想象：地下的墓室必定与秦皇生前居住的宫殿一样壮观豪华，那高敞的穹顶，必定跟深邃的天空一样，散布着日月星辰，而地宫的下面则流淌着江河九泉——那幽冥的世界简直就是一个完整的宇宙！然而，那毕竟是与阳间隔绝的另一天地。墓中虽然有海，却不见有人渡海归来；春天的阳光不会照临，所以也不会有大雁飞回。这些都是想象之词。结尾两句，也是如此。前句写所见所闻，诗人听着墓前的松涛声；后句写所感，他想道：那该是曾护卫过秦皇的五大夫在发出心底的叹息吧？

一首诗就是这样产生了，眼前是始皇墓，脑海中是史书上有关秦始皇的记载，口中吟出或笔下写出的，便是咏叹那已逝的千古一帝的诗句，是一位诗人对无情地默默流逝的时光的深沉感慨。

李陵咏

⁰¹

汉家李将军，　三代将门子。⁰²

结发有奇策，⁰³ 少年成壮士。

长驱塞上儿，　深入单于垒。⁰⁴

旌旗列相向，　箫鼓悲何已。

日暮沙漠陲，　战声烟尘里。

将令骄虏灭，　岂独名王侍！⁰⁵

既失大军援，　遂婴穹庐耻。⁰⁶

少小蒙汉恩，　何堪坐思此！⁰⁷

注·释

●01·诗题下原注："时年十九。"李陵（？—前74），字少卿，西汉名将李广之孙，骁勇善战，深得将士拥戴。武帝时，任骑都尉。天汉二年（前99），率五千步兵，力战匈奴十余万人，终因寡不敌众，力竭而降，武帝怒而诛其全家。李陵居匈奴二十余年后去世。事见《史记·李将军列传》《汉书·李陵传》及司马迁《报任安书》。

●02·三代将门：指李家自李广到李陵，三代都是武将。

●03·结发：束发，指男子到了成年。

●04·长驱：率兵急速挺进。塞上儿：边塞上勇武的将士。单（chán）于：匈奴最高首领的称号。垒：营垒，军营。

●05·"将令"二句：谓李陵的志向是彻底消灭匈奴，而不仅要让匈奴的著名首领向汉称臣。骄虏：指匈奴。名王：指匈奴单于以下的诸王。

●06·婴：本义为缠绕，此指遭受。穹庐：北方游牧民族所住的毡帐，中央隆起，四周下垂，形状似天，因而称为穹庐。

●07·坐：犹顿、遽。思此：想到投降的事。句谓怎能忍受想到投降的耻辱。

深衷欲有报，　　投躯未能死。⁰⁸

引领望子卿，　　非君谁相理？⁰⁹

品·评

李陵和他的祖父李广，是西汉史上两个著名的悲剧性人物。李广守边多年，被匈奴誉为"汉之飞将军"，战功卓著却一生未能封侯，去职闲居又受辱于霸陵尉，最后竟因行军失道误事而引咎自杀。但李广死后，哀声满天下，"知与不知，无老壮皆为垂涕"（《史记·李将军列传》）。李陵的命运比祖父更惨。他同样骁勇善战，同样矢志守边，可惜在与匈奴的最后一战中全军覆没，他成了匈奴的俘虏，被招降了。消息传到汉廷，汉武帝残酷地屠杀了李陵母妻和全家老小。据说李陵兵败力竭而降，原想日后觑机报汉，但汉武帝无情地断绝了他的后路，最终老死在匈奴。同时，汉朝的使节苏武也被无理扣留。匈奴想尽办法招降苏武，甚至搬出李陵劝降，但苏武不为所动，于是才有了苏武牧羊北海十九年完节归汉的佳话。苏武作为英雄回去了，李陵的痛悔自然更强更深。以上所述，就是王维《李陵咏》涉及的基本历史事实。

青年王维显然同情李氏，尤其是李陵的不幸。请看他在诗中叙述李陵身世多么富于感情，从开头到"岂独念王侍"，每一个字都在赞美褒奖李陵的勇敢、才能、志向和所历战斗的艰苦卓绝。在写到李陵的兵败时，诗人指出"既失大军援"乃是"遂婴穹庐耻"的客观原因，有为李陵辩护之意。"少小"以下四句接写李陵投降后的痛苦心情和打算，也和当年司马迁回答汉武帝问的意思一样，是对李陵的行为表示理解和信任。王维显然相信如果汉武帝不是匆忙地杀害李陵全家，那么，李陵绝不会不采取行动而久留匈奴。但是历史的假设无效，当年连为李陵辩解的司马迁都受了宫刑。王维又揣摩李陵的心理：当苏武返汉时，他一定会希望好友把自己的真心向汉朝剖白，从而获得祖国的谅解。事实证明，这也不过是诗人善良的愿望而已。清人黄周星针对诗的结尾说："子长（司马迁）尚不能理，子卿（苏武）安能相理乎？写出无可奈何，足令鬼神饮泣。"（《唐诗快》卷四）是啊，事情到了这个地步，谁又能理清它的是非曲直？这一事件中每个当事人所采取的行动，都有其必须如此的理由。这就是战争！这就是政治！人类难道就没有更好的办法来处理国家、民族、仇恨和杀戮等问题？王维的诗让我们再一次为此而思考。

班婕妤三首

01

注·释

● *01* · 班婕妤：姓班，名不详，"婕妤"为汉代宫中的女官名，位视上卿，爵比列侯。班婕妤初为汉成帝所幸，后赵飞燕姐妹得宠，乃退侍太后于长信宫，常作赋自伤，乐府诗中的《怨歌行》即其所作，《班婕妤》则是以其为题材的乐府诗，属相和歌辞楚调曲。

● *02* · 耿：明亮。

● *03* · 凤吹：指箫管演奏的乐声，此指宫中音乐。金舆：用金银装饰的车驾，此指皇帝车驾。

一

玉窗萤影度，　　金殿人声绝。

秋夜守罗帷，　　孤灯耿不灭。*02*

二

宫殿生秋草，　　君王恩幸疏。

那堪闻凤吹，　　门外度金舆。*03*

三

怪来妆阁闭，⁰⁴ 朝下不相迎。

总向春园里， 花间语笑声。

品·评 汉代班婕妤的遭遇得到文人同情，遂有人以《班婕妤》为题作诗，收入乐府（亦作《婕妤怨》）。据宋郭茂倩《乐府诗集》卷四十三相和歌辞楚调曲下，我们知道晋诗人陆机是这个题目的最早创作者。到了王维的这三首，就只是咏乐府旧题了，其第三首在唐代曾入选《国秀集》，题为《扶南曲》。王维以后，仍有不少以此为题的创作。

诗既以班婕妤的失宠为题材，主题自然是抒发一个怨字。怨什么？怨君恩的转移和淡薄。后宫的争宠和皇帝的多变，这是封建时代的常情，也就成了此类诗的永恒主题。王维采用白描（第一首）和对比（第二、三首）的手法，刻画班婕妤被冷落的凄凉和内心的哀怨，情绪相当激动，但又注意了传统诗教所要求的哀而不伤，怨而不怒，应该说是较好地把握了分寸，故这几首诗历来颇得诗论家的赞赏。

桃源行

渔舟逐水爱山春，

两岸桃花夹去津。 *02*

坐看红树不知远，

行尽青溪不见人。

山口潜行始隈隩，

山开旷望旋平陆。 *03*

遥看一处攒云树， *04*

近入千家散花竹。

樵客初传汉姓名，

居人未改秦衣服。 *05*

居人共住武陵源，

还从物外起田园。 *06*

月明松下房栊静，

日出云中鸡犬喧。 *07*

注·释

● *01*· 诗题下原注："时年十九。"桃源：即陶渊明《桃花源记》中所写的桃花源，本诗以歌行体咏此题材，郭茂倩《乐府诗集》将其列为新乐府辞，见该书卷九十。

● *02*· 津：渡口，此指溪流。

● *03*· 隈隩（wēi yù）：指山崖曲窄幽深。谢灵运《从斤竹涧越岭溪行》："逶迤傍隈隩，迢递陟陉岘。"平陆：开阔的平地。

● *04*· 攒（cuán）：聚。

● *05*· 樵客：指隐居于桃花源的打柴人。居人：泛指桃花源中人。二句中"汉""秦"是互文用法，谓桃花源中的人们仍然用着秦汉时的姓名，依然还穿着秦汉式样的衣服。

● *06*· 武陵：郡名，今湖南省常德市一带。物外：世外。

● *07*· 栊：窗户、窗牖。房栊指房舍。鸡犬喧：指《桃花源记》中"阡陌交通，鸡犬相闻"情景。

惊闻俗客争来集，
竞引还家问都邑。[08]
平明闾巷扫花开，
薄暮渔樵乘水入。
初因避地去人间，[09]
及至成仙遂不还。
峡里谁知有人事，
世中遥望空云山。
不疑灵境难闻见，
尘心未尽思乡县。
出洞无论隔山水，
辞家终拟长游衍。[10]
自谓经过旧不迷，
安知峰壑今来变。

● 11·桃花水：春天冰雪消融，雨水渐多，水势渐涨，正好桃花开始盛开，人们便称此时的江河水为"桃花水"或"桃花汛"。

当时只记入山深，

青溪几度到云林。

春来遍是桃花水，¹¹

不辨仙源何处寻。

品·评　《桃花源记并诗》是陶渊明的一篇名作，散文为主，文后有诗，但向来文比诗更出名。王维在十九岁时，用七言歌行隐栝（实乃创造性复述）这篇散文，与他用诗体叙述信陵君侯嬴故事的《夷门歌》做法相仿，沈德潜说他："顺文叙事，不须自出意见，而夷犹容与，令人味之不尽。"（《唐诗别裁集》卷五）意思是说王维在内容上并未增添什么，熟悉《桃花源记》的读者，对此诗的理解应该不成问题。

我们要说的是，一、王维虽是隐栝陶文，但字里行间仍鲜明地表现了他对那无君无税的仙境和古朴纯真的人际关系的向往。借陶渊明的妙构，王维表达了自己的政治和社会理想。当然，从王维思想发展变化的角度看，这也不妨算是他后来崇尚隐逸生活的征兆和先声。二、王维的复述充满诗意，全篇叙事层次清晰，文字晓畅清新，仿佛不曾着意用力，却有不少精美的句子，如写渔人发现和初到桃花源，"遥看一处攒云树，近入千家散花竹"，不但自然成对，动感十足，而且用一个"攒"字形容远望大树成荫的情景，也极富创意。又如"月明松下房栊静，日出云中鸡犬喧""平明闾巷扫花开，薄暮渔樵乘水入"两联，分别状写桃花源的环境和日常生活，既是作者对陶氏原文的丰富，也是他本人审美情趣的具象化，句子本身也近律而优美。前人认为"唐宋以来作《桃源行》最传者，王摩诘、韩退之、王介甫三篇。观退之、介甫二诗，笔力意思甚可喜。及读摩诘诗，多少自在，二公便如努力挽强，不免面赤耳热。此盛唐所以高不可及"（王士禛《带经堂诗话》卷二）。其实王维并非真的毫不用力，只是他对诗句的锤炼让人看不出罢了，而这正是他从一开始创作就表现出来的杰出之处。

偶然作

（选三） [01]

其一

楚国有狂夫，[02] 茫然无心想。

散发不冠带， 行歌南陌上。

孔丘与之言， 仁义莫能奖。[03]

未尝肯问天， 何事须击壤！[04]

复笑采薇人， 胡为乃长往？[05]

注·释

● 01·各本在题下均有"六首"二字，实非一时所作，此选三首。

● 02·楚国狂夫：指春秋时楚国狂人接舆，曾行歌讥讽孔子在乱世不隐退。事见《论语·微子》："楚狂接舆歌而过孔子曰：'凤兮凤兮！何德之衰？往者不可谏，来者犹可追。已而，已而！今之从政者殆而！'孔子下，欲与之言。趋而避之，不得与之言。"

● 03·奖：鼓励、劝勉。

● 04·"未尝"二句：谓接舆既不像屈原那样忧国忧民，也不像击壤老人那样颂扬太平盛世。问天：楚国屈原被放逐，在忧心愁悴时写下名篇《天问》，向天提出一系列问题以舒愤懑。击壤：上古时老人在闲暇无事时的一种游戏，后作为太平盛世的象征。《艺文类聚》卷十一帝尧陶唐氏引《帝王世纪》："天下大和，百姓无事。有五十老人，击壤于道。观者叹曰：'大哉！帝之德也。'老人曰：'吾日出而作，日入而息，凿井而饮，耕田而食，帝何力于我哉！'"后称老人所言为《击壤歌》，末句为"帝力于我何有哉！"

● 05·"复笑"二句：谓接舆又嘲笑伯夷叔齐，为何竟要饿死在首阳山上！采薇人：指殷末孤竹君二子伯夷、叔齐。周武王伐纣，二人叩马谏阻。及殷亡，耻食周粟，隐于首阳山，采薇而食，遂饿死。长往：指死亡。

注释

● 01 · 陶潜：东晋浔阳柴桑人，一名渊明，字元亮，后世称靖节先生。耽（dān）：沉迷。

● 02 · 句谓陶潜家穷，重阳节空有许多菊花，而没有酒喝。九月九日：重阳节，民间有登高、吃重阳糕和饮菊花酒的习俗。

● 03 · 傥（tǎng）：傥来，偶然而来或意外地得到。

● 04 · 觞：古代喝酒用的器具。遗（wèi）：赠送。

● 05 · 奋衣：挥动衣袖，表示情绪振奋的样子。

● 06 · 兀（wù）傲：倔强不随俗的样子。迷东西：指酒醉后辨不清方向。

● 07 · 行行：指酒醉倒后，爬起来又走的样子。五柳：陶渊明著《五柳先生传》，云"宅边有五柳树，因以为号焉"。此指陶渊明居所。

● 08 · 二句谓陶渊明不问谋生之事，家中贫困，愧对妻子，却仍然耽于杜康。《南史·陶潜传》："其妻翟氏，志趣亦同，能安苦节，夫耕于前，妻锄于后。"生事：指谋生之事。

其四

陶潜任天真，	其性颇耽酒。[01]
自从弃官来，	家贫不能有。
九月九日时，	菊花空满手。[02]
中心窃自思，	傥有人送否？[03]
白衣携壶觞，	果来遗老叟。[04]
且喜得斟酌，	安问升与斗。
奋衣野田中，	今日嗟无负。[05]
兀傲迷东西，[06]	蓑笠不能守。
倾倒强行行，	酣歌归五柳。[07]
生事不曾问，	肯愧家中妇？[08]

●01·箜篌：古代一种弦乐器，形状似瑟而较小，弦数不一，少至五根，多至二十五根，以指拨弹奏。邯郸舞：邯郸是战国时赵国首都，其地以舞蹈著名。三国魏刘劭《赵都赋》："狄鞮妙音，邯郸才舞。六八骈罗，并奏迭举，体凌浮云，声哀激楚。"

●02·"夫婿"二句：用《庄子·达生》所载纪渻子为齐王养斗鸡故事，说赵女之夫乃斗鸡走狗之徒。

●03·二句谓赵女夫婿广交高官贵戚。许、史：指汉宣帝时的贵戚许伯、史高两家。四牡：四四雄马拉的车子。

●04·昂藏：气宇轩昂的样子。邹、鲁：分别是孟子和孔子的故乡，均为文教兴盛的礼仪之邦。

●05·组：古代官员佩戴官印的绶带。

●06·被服：被子和衣服，用作动词时意谓蒙受，亲身接受。

其五

赵女弹箜篌，　复能邯郸舞。[01]

夫婿轻薄儿，　斗鸡事齐主。[02]

黄金买歌笑，　用钱不复数。

许、史相经过，高门盈四牡。[03]

客舍有儒生，　昂藏出邹、鲁。[04]

读书三十年，　腰下无尺组。[05]

被服圣人教，[06]一生自穷苦。

《偶然作》组诗大约是王维早年的作品。这里所选，一篇咏楚狂接舆，一篇咏晋隐士陶渊明，是有主要人物的特写；另一篇将纨绔子与儒生的生活相对照，感慨两种人境遇之悬殊。三首诗都是咏史，也都是借题发挥，表现了作者的人生态度和对现实的不满。

如果将"楚国有狂夫"一首与《桃源行》对读，可知王维对上古社会的"乌托邦"想象是何等迷恋，对个人的绝对自由是何等崇尚。桃花源里人过的是无君无税、无忧无虑的生活，楚狂接舆则对俗世的一切嗤之以鼻：孔子鼓吹仁义道德，他瞧不上；屈原忧国忧民而痛苦地追问苍天，他不屑仿效；就连击壤老人高唱的"帝力于我何有哉"，他也觉得很无所谓。至于"义不食周粟"饿死首阳山的伯夷、叔齐，在他看来简直自相矛盾得可笑！王维、桃花源里人、接舆，他们的最大愿望很相似，那就是不受任何拘束，自由自在地生活。请看王维对接舆形象的勾勒："楚国有狂夫，茫然无心想。散发不冠带，行歌南陌上。"年轻时王维欣赏这样的人，年老时，他自己就是这模样，从他后来的诗篇不难得到印证。

陶渊明也是王维理想的历史人物，诗中抓住嗜酒这个特点刻画陶的形象，堪称笔酣墨饱。首六句客观叙述，直讲到重九无酒十分难堪，于是顺理成章转写陶的心理：此时如有人送酒来，那可多好！接着"白衣携壶觞，果来遗老叟"是全篇的转折，为下面大段描写陶渊明醉态醉思作了铺垫。看，喝了酒的陶渊明是多么快活，他竟然"奋衣野田中"，而至于"兀傲迷东西"，他大呼今天喝得痛快，不枉为人一遭！他把自用的蓑衣和斗笠一扔，唱着自编的歌，一路歪歪倒倒走回五柳居去。他一生都不为家事操心，当然也不怕以醉态面对妻子。陶渊明就这样在王维笔下活了起来。

"赵女弹箜篌"一首牢骚很大。出身高贵的纨绔子弟过着斗鸡走狗、征歌逐舞的日子，而皓首穷经的儒生却怀才不遇，生活贫困。"黄金买歌笑"一句，使我们想起李白悲愤的呼喊："珠玉买歌笑，糟糠养贤才！"（《古风其十五》）这是两位大诗人对盛唐社会的共同感受。他们本来都是崇奉儒术的，现实状况却让他们不约而同地怀疑起来。李白心直口快，直言："儒生不及游侠人，白首下帷复何益！"（《行行游且猎篇》）而王维比较含蓄，但也忍不住感慨："被服圣人教，一生自穷苦！"二句虽可理解为认命的叹息，但更含着深深的怨恨，也不妨解释为疑问甚至责难：我们听从了孔圣人的教诲，难道就该一辈子穷困潦倒吗？如果这样理解，句末就该打上问号，语气也强烈得多了。

洛阳女儿行

01

洛阳女儿对门居，

才可容颜十五余。

良人玉勒乘骢马，

侍女金盘脍鲤鱼。*02*

画阁朱楼尽相望，

红桃绿柳垂檐向。

罗帷送上七香车，

宝扇迎归九华帐。*03*

狂夫富贵在青春，

意气骄奢剧季伦。*04*

自怜碧玉亲教舞，*05*

不惜珊瑚持与人。

春窗曙灭九微火，

九微片片飞花琐。*06*

注·释

● *01*·诗题下注"时年十六"，一作十八。本诗是王维自题的新乐府，见郭茂倩《乐府诗集》卷九十。其题和诗中人物均与梁武帝萧衍《河中之水歌》有关："河中之水向东流，洛阳女儿名莫愁。莫愁十三能织绮，十四采桑南陌头，十五嫁为卢家妇，十六生儿字阿侯。"

● *02*·良人：女子称自己的丈夫。玉勒：镶有玉制嚼口的马笼头。骢（cōng）：青白相间的好马。脍：细切的鱼肉片。

● *03*·"罗帷"二句：写洛阳女儿出嫁车仗的豪华。七香车：用多种香料涂饰或香木制成的豪华车子。宝扇：古代贵妇出行时用以遮蔽、护卫的扇形仪仗。九华帐：华丽多彩的帐子。白居易《长恨歌》："闻道汉家天子使，九华帐里梦魂惊。"

● *04*·剧：甚于，超过。季伦：晋代豪富石崇，字季伦，元康初累官至荆州刺史，以劫掠客商致财无数，后拜卫尉，曾与贵戚王恺斗富而胜。事见《世说新语·汰侈》。

● *05*·碧玉：南朝汝南王侍妾，甚得宠爱，此借指歌舞伎。

● *06*·九微：灯盏名，上有许多枝杈，可点蜡烛。花琐：雕花的窗格。

●07·理曲：温习歌曲。熏香：用香料熏染。
●08·赵、李：具体所指不详，原系汉代的两家贵戚或豪强，此借汉指唐。
●09·二句写贫贱的越女与洛阳女儿奢华的生活形成巨大反差。越女：越地女子。越女西施入吴前，曾在若耶溪浣纱。

戏罢曾无理曲时，

妆成只是熏香坐。⁰⁷

城中相识尽繁华，

日夜经过赵、李家。⁰⁸

谁怜越女颜如玉，

贫贱江头自浣纱。⁰⁹

品·评　据诗题下的小注，这又是王维的少作。诗体是七言歌行，也可认为是自拟题目的新乐府。但王维此诗曾受萧衍《河中之水歌》启发并借用了其诗的人物、意象和基调而有所发展，则是毋庸讳言的。萧氏之作的头六句在注释中已引用，写的是莫愁从少女到为人母妇的经历，接下去描写她在卢家的闺中生活，王维则把萧氏相对静态的描述引向户外和动态：洛阳女儿十五岁了，迎娶的人乘着高头大马来了，夫家画阁朱楼桃红柳绿，早摆下了丰盛的宴席。"罗帷送上七香车，宝扇迎归九华帐"两句写出嫁过程：这边把女儿送上披着罗帷的七香车，那边用打着宝扇的仪仗把她迎进悬挂着九华帐的新房。婚后生活是描写的重点，突出的是一个"奢"字。从"狂夫富贵在青春"到"日夜经过赵、李家"整整十句，铺叙这对新婚夫妇肆意地寻欢作乐。值得注意的是，这段铺叙除用了"狂夫"字样，说他比石崇还骄奢，略显贬意外，基本上看不出多强的批判性。然而，最后两句，突然一转身，拍下了贫贱越女在江头独自浣纱而无人关心的镜头，而且用了"谁怜"这样感情强烈的句式，把问题放到所有的人面前。难怪清人黄周星要说："通篇写尽娇贵之态，读至末二句，则知意不在洛阳而在越溪。"（《唐诗快》卷八）有了这两句，作者的真意就和盘托出了，前面的铺叙不过是为末两句蓄势而已。这种写法所宣泄的贫寒士人对世道不公的愤懑，当然与萧衍原诗所表现的艳美和不足之情是完全不同的。王维的这种构思我们在李商隐《无题·何处哀筝随急管》等诗中也能见到。

早春行

注·释

● 01·黄鸟：黄莺。歌犹涩：指黄莺的啼声还不够圆润动人。

● 02·弄春：游赏春景。

● 03·玉闺：对闺房的美称。青门：即霸城门，长安城东门之一，因门涂为青色而得名。

● 04·游衍：尽情游乐。

紫梅发初遍，　黄鸟歌犹涩。[01]

谁家折杨女，　弄春如不及。[02]

爱水看妆坐，　羞人映花立。

香畏风吹散，　衣愁露沾湿。

玉闺青门里，　日落香车入。[03]

游衍益相思，[04] 含啼向彩帏。

忆君长入梦，　归晚更生疑。

不及红檐燕，　双栖绿草时。

品·评

这是一首写得很优美的闺怨诗。早春，初发的紫梅和歌犹涩的黄鸟，既是季节和物候，也是闺中女子的象征。这还是一个十分年轻的女子啊，她人生的春天还刚刚开始呢。看"爱水"以下两联所刻画的形象和心理多么生动可爱。"玉闺"以下两联，写她外出游春，回来时情绪却颇低落。诗中没有（也不必）正面揭示她情绪变化的原因，从下面的描写中我们即可悟到她的"含啼"全因相思：她的郎君不知何处去了，游春使她格外思念他，晚上回到家中也只剩空闺，而梦中的相忆当然更是空虚无凭，孤独的痛苦煎熬着她的心，她怎能不发出这样的感慨：我还不如那梁檐上双栖双宿的燕子！"不及红檐燕，双栖绿草时"，诗句优美，可是身处此境的这个女子，却是何等痛苦！作者以生花妙笔寄托了对空闺女子的无限同情。明人钟惺说："右丞禅寂人，往往妙于情语。"（《唐诗归》卷八）这话说得很辩证，也很合乎王维的创作实际。不过应说明，情语的范围和种类很广，像本诗这样为年轻女子而写的情语，在王维"禅寂"之后，是不再有了，王维的情语转向了别的方向。

羽林骑闺人 01

注·释

● *01* · 羽林骑（jì）：古代禁卫军的名称，汉武帝时置建章营骑，后改名为羽林骑。闺人：闺中人，指妻子。

● *02* · 管弦思：指城中传出的管弦声勾起了妻子的思念之情。

● *03* · 复映户：与首句呼应，指月光同时照在门上。青丝骑：指用青色丝线制成辔头的华贵坐骑。

● *04* · 狂夫：此处是妇女谦称自己的丈夫。

秋月临高城，城中管弦思。 *02*

离人堂上愁，稚子阶前戏。

出门复映户，望望青丝骑。 *03*

行人过欲尽，狂夫终不至。 *04*

左右寂无言，相看共垂泪。

品·评

《早春行》女主人公的夫君身份不明，也不知去了哪里。这首诗不同，闺人的丈夫是个羽林郎，即禁卫军人，他应该是上班或公干去了，闺中人也已有了个会玩耍的孩子，诗写的就是她盼夫归来的焦急心情。

时间是秋天的夜晚，大环境是城中管弦高奏，眼前景是小孩子不懂事，只顾在堂阶前顽皮，陷入忧愁、坐立不安的，是孩子的母亲，即羽林骑的闺人。她忍不住跑到门外，望着大路上来来往往的人和马，希望看到他的良人归来。可是夜已渐深，路上行人稀少，还是不见丈夫身影，不由得在心里骂一声："真是个不顾家的狂夫！"身边的丫头们不知说啥好，只有陪着她掉眼泪——诗歌写的就是这样一个过程，当然仍属抒情诗，但叙事色彩、画面感和人物的动作性都颇强。客观描写生动，代言抒情贴切，且二者结合得十分自然。

杂诗

（双燕初命子）

注·释

● 01·命子：指燕子在唤引雏子。五桃：语出鲍照《拟行路难十八首·其八》："中庭五株桃，一枝先作花。"从《诗经·桃夭》"桃之夭夭，灼灼其华"始，历代不乏以桃花来比喻少女的美貌。

● 02·王昌：唐代一位俊美风流人物，曾为不少诗人提及。如崔颢"十五嫁王昌，盈盈入画堂。自矜年最少，复倚婿为郎"（《王家少妇》）。李商隐《代应》："谁与王昌报消息，尽知三十六鸳鸯。"清高士奇云："王维、崔颢、韩偓、唐彦谦等诗中皆言王昌，其人始末已无可考。"（《天禄识余》下）

● 03·宋玉：战国楚人，著名诗赋家，与屈原并称"屈宋"，据说也是一个多情美男子。

● 04·二句以莫愁、西施比拟所写女子。绮：一种有斜纹的丝织品。浣纱：在水中浣洗棉纱，西施入吴前常在溪边浣纱。

● 05·二句复以汉乐府《陌上桑》中罗敷比拟诗中女子。使君：古称刺史、太守一级的地方官为使君。

双燕初命子，　　五桃新作花。[01]

王昌是东舍，[02]　宋玉次西家。[03]

小小能织绮，　　时时出浣纱。[04]

亲劳使君问，　　南陌驻香车。[05]

品·评

"双燕初命子，五桃新作花"，跟"紫梅发初遍，黄鸟歌犹涩"意思一样，都是写春早，也都是对春色的敏感捕捉。"王昌是东舍，宋玉次西家"，是夸张的渲染，是用高度集中的侧写手法来暗示那姑娘之美了。何以见得？王昌、宋玉是唐人最欣赏的两个美男子，却不是同时代人，现在被作者无中生有地安排成姑娘的紧邻，使人自然联想那姑娘也是美的。这里没有更多的理由可讲——你也可以不相信我的说法，但从王、宋两个美男子，引人想象他们的邻居姑娘应该也很美，这乃是一种侧面表现法，委实别出心裁。

紧接着两句，正面写姑娘很能劳动，织绮、浣纱是贫女常做之事，于是这两句也就大致点出她的家庭出身。看来她已到婚嫁年龄，所以提亲的人已出现在她家门口。"亲劳使君问，南陌驻香车"，是王维借用古乐府《陌上桑》的语意，指有人来说媒。这种用法可能还包含一点别的意思。比如暗示姑娘将不同意求婚，因为原典《陌上桑》里的罗敷就拒绝了那个"五马立踟蹰"的使君。当然，这种写法也可以含有诗人对姑娘的一份赞美祝福，来求亲的人高贵，说明姑娘身价不低，希望她嫁过去能幸福。通读本诗，似乎后者比较贴近诗意。

杂诗三首

（家住孟津河
君自故乡来
已见寒梅发）

注·释　●01·孟津河：指流经孟津地区的那段黄河。孟津口：黄河古渡口，在今河南省洛阳市孟津区东北和孟州市西南。

家住孟津河，门对孟津口。⁰¹

常有江南船，寄书家中否？

君自故乡来，应知故乡事。

来日绮窗前，寒梅着花未？

已见寒梅发，复闻啼鸟声。

愁心视春草，畏向阶前生。

品·评　这组《杂诗》有个共同的主题：思念。由于视角不同，思念者和被思念的对象，各首不同。第一首是在家者记挂着出行人，推想诗应是女子口吻：门前常有江南船到，不知他可有信捎来？第二首则是游子对故乡的思念。他见到了来自故乡的友人，问道：我家窗前的寒梅有了小骨朵儿了吗？问得具体细微，表现思念之切，有以一当十之功。第三首又写在家者盼望亲人归来的焦虑，她好像就是第二首那个发问者的闺中人。时光无情流逝，现在不但寒梅绽开，而且鸟儿都在欢鸣，春天脚步已很临近。可是游子仍未归来，她怎能不心急如焚？诗人用了一个极精彩的比喻状写女主人公的焦虑：她满心的愁闷，就跟阶前春草似的，春草生在阶前，长得好快，眼看就要漫上台阶来了。她的忧愁像那春草一样疯长，真怕就要占满她的心了。第二、第三首合读，不正是一对两地相思者无奈的心灵写照吗？

晚春闺思

注
·
释

● 01 · 可怜：可爱。
● 02 · 淑气：清泠温润之气。玉墀（chí）：玉阶，考究的阶除。

新妆可怜色，⁰¹ 落日卷罗帏。

淑气清珍簟， 墙阴上玉墀。⁰²

春虫飞网户， 暮雀隐花枝。

向晚多愁思， 闲窗桃李时。

品
·
评

此诗见于殷璠《河岳英灵集》，当是王维早期作品。关注妇女生活，而将其表现在诗中，在王维早年的诗中，为数不多。此诗写诗人眼中的春闺生活和思绪，环境是幽静的，人物是悠闲的，所以寂寞有之，无聊有之，也有淡淡的愁思，但尚无太多的烦恼和苦闷，也许"春虫"一联有点束缚和阻隔的意味，但这样轻灵的对句实不宜过求其含义，以免牵强之弊。王维当然并不是毫不关心女性，但就对她们了解和关怀的程度而言，他毕竟不能与李商隐、温庭筠比，甚至不能与李白和白居易比。但正因为如此，这首诗也就弥足珍贵了。

燕支行

01

汉家天将才且雄，

来时谒帝明光宫。*02*

万乘亲推双阙下，

千官出饯五陵东。*03*

誓辞甲第金门里，

身作长城玉塞中。*04*

卫、霍才堪一骑将，

朝廷不数贰师功。*05*

赵魏燕韩多劲卒，

关西侠少何咆勃。*06*

注·释

● *01*·诗题下原注"时年二十一"。燕支：焉支山的别名，亦作胭脂山，位于甘肃省金昌市永昌县西境，东西百余里，南北二十里，水草丰美，与祁连山同为放牧良场。

● *02*·汉家天将：总喻霍去病一类在边塞建功立业的人物，全诗以汉喻唐，赞美尚武精神，人物无实指。明光宫：汉宫殿名，武帝时设于甘泉宫内。

● *03*·"万乘"二句：写将军出征礼仪之庄重，帝王亲自出宫送行，众大臣们都到五陵以东之地饯别。万乘：周制，王畿方圆千里，能出兵车万乘，后以"万乘"代称帝王。亲推：古代将军出征时皇帝履行的一种礼节。五陵：指汉代高祖长陵、惠帝安陵、景帝阳陵、武帝茂陵、昭帝平陵五个陵墓，皆在长安附近。

● *04*·二句谓将军辞谢赏赐，一心以身捍边。辞甲第：用汉代霍去病的典故。汉武帝曾要赐霍去病最好的府第（甲第），霍坚辞云："匈奴未灭，何以家为！"金门：指汉代未央宫前的金马门。玉塞：指玉门关，其故址在今甘肃省敦煌市西。

● *05*·二句极度夸饰，谓比起本诗所歌颂的天将，卫、霍只堪充当骑将，李广利的功劳更算不了什么。卫、霍：卫青、霍去病，均汉武帝时名将，与匈奴作战中屡建功勋。骑将：即骑将军，在西汉为普通将领，与卫、霍所任的大将军、骠骑将军地位悬殊。贰师：原为西域大宛国地名，多产名马。汉曾拜李广利为贰师将军，出征大宛。

● *06*·赵魏燕韩：指战国时期的四个诸侯国，在今河南、河北和山西一带。劲卒：强悍勇武的士兵。关西：指函谷关以西地区。侠少：游侠少年。咆勃：气势旺盛、勇力过人的样子。此二句写天将所率战士之勇悍。

报仇只是闻尝胆，

饮酒不曾妨刮骨。[07]

画戟雕戈白日寒，

连旗大旆黄尘没。

叠鼓遥翻瀚海波，

鸣笳乱动天山月。[08]

麒麟锦带佩吴钩，

飒沓青骊跃紫骝。[09]

拔剑已断天骄臂，

归鞍共饮月支头。[10]

● 07 · 二句用勾践、关羽事喻天将壮志及坚忍性格。尝胆：越王勾践为报灭国之仇曾卧薪尝胆激励己志，事见《史记·越王勾践世家》。刮骨：《三国志·关羽传》："羽尝为流矢所中，贯其左臂……医曰：'矢镞有毒，毒入于骨，当破臂作创，刮骨去毒，然后此患乃除耳。'羽便伸臂令医劈之。时羽适请诸将饮食相对，臂血流离，盈于盘器，而羽割炙引酒，言笑自若。"

● 08 · 叠鼓：连续地击鼓。瀚海：大沙漠。笳：胡笳，我国西北少数民族的一种乐器。

● 09 · 吴钩：一种似剑而前端弯曲的兵器，产于吴地，故称。飒沓：众多而盛大的样子。青骊：毛色青黑相间的马。紫骝：枣红马。以上六句写天将所率部队的军容。

● 10 · 天骄：《汉书·匈奴传》："单于遣使遗汉，书云：'南有大汉，北有强胡。胡者，天之骄子也。'"月支：即月氏（yuè zhī，又 ròu zhī），西域古国名。本居敦煌、祁连间，汉时为匈奴所破，西走，建都薄罗城，号大月氏。

●11·赴汤火：赴汤蹈火，喻不避艰险。
上将：英明的将帅。伐谋：以谋略去制服
敌人，与用武力征讨不同。《孙子·谋攻
篇》："上兵伐谋，其次伐交，其次伐兵，
其下攻城。"

汉兵大呼一当百，

虏骑相看哭且愁。

教战虽令赴汤火，

终知上将先伐谋。[11]

品·评　吴乔《围炉诗话》卷二评此诗，曰"王右丞之《燕支行》，正意只在'终知上将先伐谋'"，有意突显了作者的深意。王维确有治国安边以伐谋为先，以消弭刀兵为好的思想。然而忽略全诗赞美武功的基调，却不免以偏概全。

作为王维青年时代创作的一首边塞诗，这首诗共二十四句，仅最末一句提出"上将先伐谋"的问题，前二十三句都是在夸赞汉家天将的雄武和才能，夸赞其所部军队的强悍和军容之盛，其主题自是颂美英雄和鼓舞士气，是盛唐气象和当时人昂扬奋发精神的深刻表现。只不过诗人不是个黩武主义者，故在诗末强调：比起武力征战，更高明的还应是"伐谋"，能够兵不血刃而取胜，当然是上上之策。用一句诗论陈言来说，这大概可算"曲终奏雅"。因为作者十分清楚，"伐谋"有个必要前提，那就是有强大的实力做后盾。从全诗看，作者心目中的理想人物是西汉卫青、霍去病那样胸怀壮志、雄才大略的军事家，是为报国雪耻肯于卧薪尝胆、刮骨疗创的硬汉，是能够号召各路豪杰、指挥千军万马的杰出统帅，他们的业绩应该是彻底制服强敌，使边疆长期安宁，从而也使战略家的"伐谋"能够实现。毫无疑问，王维在《燕支行》中所歌赞的尚武精神永远值得发扬。

少年行四首

01

注·释

● *01·* 此四诗在郭茂倩《乐府诗集》中列杂曲歌辞《结客少年场行》后，二者均写轻生重义、慷慨以立功名之少年精神，有某种渊源关系。

● *02·* 新丰：县名，位于陕西省临潼区东北。本为秦朝的骊邑，后因汉高祖之父思归故里丰沛，高祖遂造新丰仿之。 斗十千：一斗酒值十千，即一万文钱，极言新丰酒之名贵。咸阳：秦朝都城，此指唐都长安。

● *03·* 仕汉：在汉朝做官。羽林郎：羽林军（禁卫军）的军官。骠骑：指汉代名将骠骑将军霍去病，此处以汉代唐。渔阳：古幽州，今天津市蓟州区一带，泛指边疆。

一

新丰美酒斗十千，

咸阳游侠多少年。*02*

相逢意气为君饮，

系马高楼垂柳边。

二

出身仕汉羽林郎，

初随骠骑战渔阳。*03*

孰知不向边庭苦，

纵死犹闻侠骨香！

● 04 · 擘（bò）：拉开，以手张开弓弩为擘张。雕弧：雕刻花纹的弓。

● 05 · 调白羽：瞄准调整箭杆，白羽指箭尾系有白色羽毛的箭。五单于：汉宣帝时，匈奴虚闾权渠单于死，匈奴分裂，五王并立，称五单于，此处泛指匈奴首领。

● 06 · 云台：东汉洛阳南宫的高台，汉明帝曾令于云台上挂邓禹等二十八名功臣画像，表彰其功绩。

三

一身能擘两雕弧，⁰⁴

虏骑千重只似无。

偏坐金鞍调白羽，

纷纷射杀五单于。⁰⁵

四

汉家君臣欢宴终，

高议云台论战功。⁰⁶

天子临轩赐侯印，

将军佩出明光宫。

品·评　盛唐人多豪侠气，李白最突出，王维亦不例外。这四首《少年行》固然与古乐府传统主题有关，但也反映了当时青年的主流思想状态，那就是：到边疆去，在战斗中建功立业。诗写得豪爽劲健、意气飞扬，极易令人（特别是年轻人）产生共鸣，渴望立刻投身疆场大干一番。诗为七绝体，每篇简短明快，而不乏佳篇佳句。如第三首描绘少年马上英姿，特写镜头般跃然纸上。如第二首的"孰知不向边庭苦，纵死犹闻侠骨香！"与李白的豪言"纵死侠骨香，不惭世上英"异曲同工，至今振奋人心。而且王维此时对朝政的公正信心尚强，第四首想象君臣欢宴，论功行赏，并不像有的论者所说有"美游侠能立边功，又悯其赏功不及"（《唐人绝句精华》）之意。比较高适的《燕歌行》，尤其是"战士军前半生死，美人帐下犹歌舞""君不见沙场征战苦，至今犹忆李将军"等语，区别自显。

出塞作

01

居延城外猎天骄，

白草连山野火烧。 *02*

暮云空碛时驱马， *03*

秋日平原好射雕。

护羌校尉朝乘障， *04*

破虏将军夜渡辽。 *05*

注·释

● *01*·诗题一作《出塞》，题下原注："时为御史，监察塞上作。"

● *02*·居延：古县名，故城在今内蒙古自治区阿拉善盟额济纳旗东南。汉时居延城外为匈奴的领地，武帝元狩二年（前121），大将霍去病战胜匈奴后入居延，牧河西。猎天骄：顺言，即天骄猎，谓匈奴以打猎为名，扰我边境。天骄：匈奴自称天之骄子。白草：西域所产的一种牧草，干熟时为白色，故名。野火烧：指匈奴围猎时用火烧草来驱赶野兽。

● *03*·空碛（qì）：空旷的沙漠。

● *04*·护羌校尉：汉武帝所设武官，掌管西羌事务。障：古代在边塞险要处所筑的城寨。《史记·秦始皇本纪》："筑亭障以逐戎人。"句谓清晨时分，护羌校尉登上障城，以观敌情。

● *05*·破虏将军：汉代武官名。渡辽：渡过辽河，汉代曾有"渡辽将军"。夜渡辽泛写将士们乘夜色渡河袭击敌人。

●06·玉靶：镶玉的剑柄，此处指宝剑。
"靶"，通"把"，柄。角弓：用兽角装饰
的劲弓。珠勒马：戴着用宝珠装饰勒口的
良马。
●07·霍嫖姚：指霍去病，因其曾任嫖姚
校尉，这里泛指得胜的将军。

玉靶角弓珠勒马，⁰⁶

汉家将赐霍嫖姚。⁰⁷

品·评

王维于开元二十五年（737）三十七岁时以监察御史身份出使河西，此诗作于是时。历代论者对其分析甚详，评价甚高。

论结构，以金圣叹、方东树为代表。金曰："前解（即前四句）写天骄是真正天骄，后解写边镇是真正边镇。"（《金圣叹选批唐诗》卷三）方曰："前四句目验天骄之盛，后四句侈陈中国之武，写得兴高采烈，如火如锦，乃称题。"（《昭昧詹言》卷十六）这就帮助我们理解了诗意，结构既已清楚，字句并无困难。

作艺术评价的人较多，如明人王世贞云："'居延城外猎天骄'一首，佳甚。非两'马'字犯，当足压卷。"（《艺苑卮言》卷四）可惜"当足压卷"究竟是说在王维作品中为第一呢，还是在整个唐诗，或唐边塞诗中可称第一，没讲清楚，但总体评价之高，很引人注目。在这个问题上，还是方东树说得痛快："此是古今第一绝唱！"（《昭昧詹言》）王夫之不但评价高，而且具体："自然缜密之作，含蓄无尽，端自《三百篇》来，次亦不失《十九首》。"（《唐诗选评》卷四）有些论者注意到诗的气势，如姚鼐说"此作声出金石，有魔斥八极之概矣"（《七言今体诗钞》）。方东树也说此诗"声调响入云霄"。这些都是指此诗的整体风格而言。

还需指出的是，本诗文字有一个显著特点，那就是"通首无一虚腔字"（清黄培芳语），全篇每一句都是实实在在的形象描写。但就在这看似客观的描写中，作者的主观倾向却透过语感明白无误地表现了出来，应该说，这就充分见出作者的功力，同时也显示了中国诗的妙处，值得我们注意。

凉州赛神

01

注·释

● *01* · 诗题下原注："时为节度判官，在凉州作。"凉州：唐代河西节度府治所，在今甘肃省武威市。赛神：民间设祭酬神还愿的活动。

● *02* · 二句谓，为了赛神，百姓都来到城内，守边将士们则登上烽火台加强警戒。百尺峰：高百尺的烽火台。峰，当为"烽"。虏尘：胡人驰马扬起的尘土，指敌军的动静。

● *03* · "健儿"二句：写军民共同赛神的情景。羌笛：古时流行于塞外的一种笛子，长约四十厘米，初为四孔，后改为五孔，因源于羌族而得名。越骑神：越骑系唐骑兵之名，越骑神是主骑射的神灵。

凉州城外少行人，

百尺峰头望虏尘。 *02*

健儿击鼓吹羌笛，

共赛城东越骑神。 *03*

品·评

开元二十五年（737）王维到河西执行监察任务后，就留在节度使府兼任了判官，至第二年始返长安，在此期间，他写了不少反映边塞生活的诗。这一首写的是凉州的赛神民俗，像一幅速写画，寥寥数笔，记下了当时隆重而热烈的情况。

比起长安，凉州是个小地方，平时不会很热闹，赛神就是当地居民的盛大节日。诗人还曾有《凉州郊外游望》一诗，写他初到凉州游览郊外的所见。有意思的是，除了此地人户稀少给他印象很深外，民间"箫鼓赛田神"的活动竟是他着重记录的事项。诗中描写道："洒酒浇刍狗，焚香拜木人。女巫纷屡舞，罗袜自生尘。"记录得挺仔细，可见他看得兴味盎然，末了还把跳大神的女巫比作"凌波微步，罗袜生尘"的美人洛神，显出他的幽默风趣。

郊游碰上了赛神，赛的是田神；今天又是赛神，赛的是越骑神，凉州人赛神之频繁可以想见。田神关系到人们的衣食，是很重要的。越骑神是战神，关系到身家的安全，也是极为重要。于是几乎是倾城出动，城外人也涌进了城里，须知边塞居民往往亦兵亦民、兵民不分，至少每个人对城池和人身的安全都是同样关心的。正因全民赛神，赛的又是战神，所以人们此时对常来骚扰的敌人警惕性格外高，分工瞭望的军士登上高高的烽火台监视着。以上就是诗的首二句的丰富含义。后两句描写赛神过程，突出了健儿是这场活动的主角，突出了军民共赛的性质和特色，可以说是十分言简意赅。

从军行

01

注·释

● *01* · 从军行：乐府古题，属相和歌辞平调曲，内容多写军旅生活之辛苦。

● *02* · 吹角：军中吹响的号角声。行人：征人。

● *03* · 笳：胡笳，一种管状吹奏乐器，古时为塞北、西域一带少数民族所喜用。金河：水名，在唐肃州（今甘肃省酒泉市附近）。金河一作黄河。

吹角动行人，喧喧行人起。*02*

笳悲马嘶乱，争渡金河水。*03*

日暮沙漠陲，战声烟尘里。

尽系名王颈，归来报天子。

品·评

此诗写了一次出征，应该是一次普通的规模不大的战事，特点是非常真实。开头两句写军号催动征人（兵士），队伍结集时一片喧闹，还有点儿混乱。这恐怕是当时实况，跟岑参《走马川行奉送出师西征》《轮台歌奉送封大夫出师西征》所描写的大军出动有些不同。接写笳声悲壮，马声嘶叫，空气相当紧张。但不管怎样，部队是勇往直前的，争着渡过河水向敌人所在的方向扑去。从早起出发到黄昏日落，战斗在远处的沙漠进行，兵士们身在战声和烟尘之中，诗人则遥望着、倾听着，而打胜这一仗，抓住敌首，让捷报飞传，是他们的共同心声。

陇西行

01

注·释

● 01·陇西行：乐府古题，属相和歌辞瑟调曲，自梁简文帝起，以表现征战苦辛、佳人怨思为题旨。
● 02·"十里"二句：谓驿马一路飞奔，信使紧急递送军书。古时驿道旁封土为堠，以计里程。五里置单堠，十里置双堠。
● 03·都护：官名，都护府长官。唐代设置六大都护府统辖西域诸国，以固边防。酒泉：郡名，汉元狩二年置，治所在今甘肃省酒泉市。
● 04·二句说边关大雪纷飞，烽火台无法燃狼烟报警，只好以快马驰报敌军来犯的军情。烽戍：守望烽火、狼烟的哨所。

十里一走马，五里一扬鞭。⁰²

都护军书至，匈奴围酒泉。⁰³

关山正飞雪，烽戍断无烟。⁰⁴

品·评

本诗也是需有实地感受才能写出的好诗。陇西行只是作者利用的一个古题而已。诗的第二联是事件的缘起——匈奴大军围困酒泉，都护发出了紧急调兵往援的命令。按顺序，然后才是首联所写的"十里一走马，五里一扬鞭"，军书被一站一站飞快地往前送。诗人要表现的就是传令兵的飞驰，首联用复沓短促的句式很好地写出了这种飞速的动感，像电影的一个长镜头。第三联是这个长镜头的广阔背景，万里关山，漫天大雪，飞驰的传令兵伏在马上掠过一个又一个烽戍，只因天雪潮湿，本该点起狼烟的烽火台，竟没有一点动静。

古人评此诗"起束皆突兀急骤，流丽宏古"，很对。今人则还可补充：画面辽阔，气势雄伟，如宽银幕电影一马飞驰的长镜头。

陇头吟

01

长安少年游侠客，
夜上戍楼看太白。*02*
陇头明月迥临关，*03*
陇上行人夜吹笛。
关西老将不胜愁，*04*
驻马听之双泪流。
身经大小百余战，
麾下偏裨万户侯。

注·释

● *01*·陇头吟：乐府旧题，属横吹曲辞。汉横吹曲，常用于抒写边地征戍之情。诗题一作《边情》。

● *02*·戍楼：边塞上瞭望敌情的哨楼。太白：金星的别名，古人认为它主兵象，用其出没的情况来占卜战争吉凶。长安：一作长城。

● *03*·迥临关：高高地映照着陇关。迥：高远。

● *04*·关西：指函谷关以西，今陕西、甘肃一带。关西古属秦，人民崇武尚勇，汉时有谚："关西出将，关东出相。"

● 05 · 节旄（máo）：节为使臣所持的符节，竹制，长八尺，旄为节上以牦牛尾做的饰物。海西头：此海指苏武牧羊的北海，即今贝加尔湖。

苏武才为典属国，

节旄空尽海西头。⁰⁵

品·评 这首边塞诗与前面几首不同，基调由高昂变为悲怆。诗的开篇处出现了一个长安游侠少年，但他并不是主角，诗的主角是那位驻马听笛不胜悲愁而泪流满面的关西老将。这位老将身经百战，他部下的偏裨末将都有封了万户侯的，可他却毫无功名，垂垂老矣仍在戍边。这现象是何等反常，何等不公！老将怎样排解心头苦闷呢？他拿苏武来比，苏武牧羊北海十九年不改汉节，可谓艰苦卓绝，回国后也不过得了个典属国的官，那么自己连苏武的待遇都得不到，又有什么奇怪。"苏武才为典属国"两句，既可理解为是关西老将的内心自语，也可以看作诗人的放声疾呼，归根到底，言外之意是：君主和朝廷对待苏武和关西老将这样的老实人未免太刻薄寡恩了。这层意思诗中虽未挑明，但略作分析便不难明了。这让人不能不联想到那位来自长安的游侠少年，联想到深夜吹笛的陇上行人们，关西老将的今天会不会就是他们的明天呢？事实上，戍守边塞的绝大多数人，都是如此命运。陇头的一轮明月照彻古今，它不是把一切都看得清清楚楚吗？陇上笛声引得关西老将双泪长流，也就合情合理。说到这里，我们便发现：王维诗中所写，几乎句句有深意，一句都不能少，而且句与句之间，有着非常密切有机的联系，细加咀嚼，其味十分隽永，难怪前人要用"短篇之极则""音节气势，古今绝唱"（《昭昧詹言》《批点唐诗正声》）之类的话来极口称赞。

老将行

01

注·释

●*01*·老将行：系王维自题乐府，郭茂倩《乐府诗集》将其与《燕支行》《桃源行》等同列为新乐府辞。

●*02*·白额虎：相传最凶恶的一种虎，此处用晋周处射杀白额虎的典故。肯数：岂肯计数？此处有肯让、肯输之意。邺下：曹魏都邺，今河北省邯郸市临漳县。黄须儿：曹操的儿子曹彰，刚勇而黄须，曹操常称他"黄须儿"。

●*03*·卫青不败：事见《汉书·卫青霍去病传》。指卫青霍去病征匈奴常胜，似有天助。李广无功：指西汉名将李广守边苦战一生而未得封侯，事见《史记·李将军列传》。数奇（jī）：命运不好。古人认为偶数吉利，奇数多有厄运。

●*04*·二句先以后羿箭射雀一目（使无全目）喻老将箭道高明，再云如今肘上长瘤，已不能再射箭。飞箭无全目：据《帝王世纪》，传说后羿与吴贺北游，吴贺要后羿射雀的左眼，结果后羿射中雀的右眼，后羿非常羞愧，终生难忘（《文选》鲍照《拟古三首》其一"惊雀无全目"句李善注引）。垂杨：即柳，借为"瘤"字。《庄子·至乐篇》："俄而柳生其左肘。"

少年十五二十时，

步行夺取胡马骑。

射杀山中白额虎，

肯数邺下黄须儿？*02*

一身转战三千里，

一剑曾当百万师。

汉兵奋迅如霹雳，

虏骑崩腾畏蒺藜。

卫青不败由天幸，

李广无功缘数奇。*03*

自从弃置便衰朽，

世事蹉跎成白首。

昔时飞箭无全目，

今日垂杨生左肘。*04*

路傍时卖故侯瓜，

门前学种先生柳。05

苍茫古木连穷巷，

寥落寒山对虚牖。06

誓令疏勒出飞泉，

不似颍川空使酒。07

贺兰山下阵如云，

羽檄交驰日夕闻。08

节使三河募年少，

诏书五道出将军。09

试拂铁衣如雪色，

聊持宝剑动星文。10

愿得燕弓射大将，

耻令越甲鸣吾君。11

●05·二句谓老将现过退隐生活。故侯瓜：《史记·萧相国世家》载：秦亡后，东陵侯召平为布衣百姓，在长安城东种瓜，瓜美，世称东陵瓜。先生柳：晋陶渊明弃官归隐，家门前种有五棵柳树，自称"五柳先生"。

●06·穷巷：偏僻的深巷。虚牖（yǒu）：空窗，形容没有窗纸或打开的窗户。

●07·疏勒：汉西域小国名，在今新疆维吾尔自治区。出飞泉：《后汉书·耿弇列传》：耿恭带兵与匈奴交战，见疏勒城旁有涧水可用，于是率军固守。匈奴围城，阻断涧水，汉军在城中挖十五丈深井不见水，兵士渴极。耿恭仰叹："过去贰师将军拔佩刀刺山，飞泉涌出，现今汉德神明难道不再灵验吗？"乃整衣向井跪拜，井水喷涌而出。耿恭命官兵扬水，匈奴见之，以为神明，引军而退。颍川空使酒：颍川，郡名，此处指西汉颍阴人灌夫。灌夫为人刚直，好借酒使气（使酒），后因此得罪丞相田蚡，被杀。

●08·贺兰山：又名阿拉善山，在今宁夏与内蒙古交界处，唐属北疆。羽檄：征调军队的紧急文书，木简，长尺二寸，事急则上插鸟羽，故称羽檄。

●09·三河：河南、河内、河东三地的合称。《史记·货殖列传》："夫三河在天下之中，若鼎足，王者所更居也。"五道出军：将军们领兵分五路出师。

●10·星文：剑上所刻的七星纹饰。

●11·燕弓：燕地出产的良弓。耻：以……为耻。越甲鸣吾君：《说苑·立节》载：越军侵入齐国，雍门子狄请死。齐王问故。子狄回答：昔大王打猎，车轮响声惊动了大王，卫士因而自刎。今越军兵甲逼近难道比车轮声轻吗？于是刎颈而死。越军闻齐国有如此忠臣，当天引军后退七十里。

●12·云中守：指汉文帝时云中太守魏尚。云中，汉郡名，治所在今内蒙古自治区呼和浩特市托克托县。魏尚做太守时，礼遇将士，深得军心，匈奴不敢来犯，因小过而削爵为民，后文帝听从冯唐之谏，恢复其官职（事见《史记·冯唐传》）。

莫嫌旧日云中守，

犹堪一战立功勋！ 12

品·评

这首新乐府辞，为一个被闲置的老将鸣不平，并表现他忠于国家的崇高精神。诗按内容和韵脚可分三段。

起首至"李广无功缘数奇"十句为第一段。前四句叙老将的勇武，接四句叙其功勋，后二句道其功名蹭蹬，无可奈何地把这归之于命运，叹息之意自在言外。"自从弃置"以下，也是十句，为第二段，写老将脱离军旅后的生活。迎面而来一系列的语词和意象倾诉着诗人的感慨与同情："弃置"是被抛弃闲置，结合前面所写，则是无视其一生功绩而被冷酷抛弃，于是引出"衰朽""蹉跎"和"白首"，每个词都既悲且愤。"昔时"二句今昔对比，是事实，亦含怅恨。"路旁"四句状今日处境，召平卖瓜、陶潜种柳二典似乎暗示老将对隐居生活安之若素，"苍茫古木连穷巷，寥落寒山对虚牖"这插入的写景律句，竟似乎在欣赏老将生活的闲适之趣，其实写外表的平静恰恰是为了更好地揭示内心的剧烈冲突，这一段末便突然爆发出"誓令疏勒出飞泉，不似颍川空使酒"这样刚劲斩截的话来。老将遭此不公待遇，心中当然不平。但他更关注的是境外强敌和国门安全，所以他告诫自己，绝不要因受委屈而像灌夫那样愚蠢地酗酒使气，一定不要授人以柄——他之所以功高而命蹇，恐怕正是有人嫉恨和压抑的缘故吧——他要好好地控制住自己。

老将这样想，当然是有现实根据的，诗的第三段就充分表现了这一点。这一段也是十句，前四句写边疆形势紧张，朝廷正在招兵买马。后六句就写老将渴望重上战场的跃然心态和行为，他摩拳盔甲，挥动宝剑，焦急地等待召唤，决心再立新功。人总是要老的，老了也总是要退出战场的，但这位老将的精神却令人感动，王维的诗也写得充满激情，可歌可泣。而且在形式上，也是很下了功夫，因而具有总体风格雄浑壮丽、慷慨激昂，全篇结构舒卷自如、匀称和谐，细部刻画线条有力、简洁精当，以及语言苍劲鲜活、用典丰富准确等特色。

榆林郡歌

注·释

● 01·榆林郡：隋唐时郡名，治所在今内蒙古自治区准格尔旗东北。

● 02·"山头"二句：乐府《陇头歌辞》："陇头流水，鸣声幽咽。"此借其意境写乡愁。

● 03·黄龙：故址在今辽宁省开原市，此处泛指边塞。黄龙戍（shù）：指黄龙地方的边防军营垒。汉使：作者自谓。

山头松柏林，

山下泉声伤客心。 02

千里万里春草色，

黄河东流流不息。

黄龙戍上游侠儿，

愁逢汉使不相识。 03

品·评　天宝四载（745）王维奉命出使榆林、新秦二郡，诗当作于此时。虽无乐府之名，但用的是乐府体，全诗仅六句，首句仅五字，显出歌谣本色。起二句借用古乐府意境，接二句极口语化，一片淳朴，而景象鲜明。末二句作者与戍边者照面，虽非乡人故旧，但愁心相通，足见感情相通。王夫之将其收入《唐诗评选》，评曰："真情老景，雄风怨调，只此不愧汉人乐府。"诚然。

送张判官赴河西
01

注·释

● 01·张判官：其人未详。判官：唐代节度使、观察使的辅属官吏。河西：指河西节度使府，治所在凉州（今甘肃省武威市）。
● 02·单车：指官员的随从不多。邀：希求。
● 03·二句以张飞、霍去病喻河西节度使，谓张判官将追随的是一位名将。见：同"现"。逐：追随。张征虏：指三国蜀将张飞。《三国志·蜀志·张飞传》："先主既定江南，以飞为宜都太守、征虏将军。"霍冠军：指汉代名将霍去病。

单车曾出塞，报国敢邀勋？⁰²

见逐张征虏，今思霍冠军。⁰³

沙平连白雪，蓬卷入黄云。

慷慨倚长剑，高歌一送君。

品·评　朋友将出塞从军，王维采用五言律诗体裁赋诗送行。首联从自己讲起，亦含与子同心之意。当年我曾单车问边，完全出于报国之心，并非邀功求赏——想来今天你也是一样。次联以互文综合主宾，现在你将去追随张征虏，而我则在怀念曾跟从过的霍将军，张征虏和霍将军都是比喻河西节度使其人。按王维诗的习惯结构法，三联常是写景，写想象中的河西之景，果然，诗云："沙平连白雪，蓬卷入黄云。"给我们一片辽阔的塞外风光，同时是声调和谐的漂亮律句，成了本诗的主心骨。结尾当然是回到送行主题，以倚剑高歌的雄壮姿态结束，自己形象高大了，给朋友鼓劲的意图也十分明显。

送宇文三赴河西充行军司马 01

横吹杂繁笳，02 边风卷塞沙。

还闻田司马， 更逐李轻车。03

蒲类成秦地， 莎车属汉家。04

当令犬戎国， 朝聘学昆邪。05

注·释

● 01·字文三：其人姓宇文，排行第三，余未详。行军司马：唐制：节度使下设行军司马一人，地位在节度副使之上，为节度使治理军务之重要辅佐。横吹：即横笛，又名短箫，古时流行于西域一带少数民族中。

● 02·笳（jiā）：即胡笳。

● 03·田司马：指汉将田广明，曾做过天水司马，见《汉书·田广明传》。此处代指宇文三。李轻车：汉代李广的从弟李蔡做过轻车将军，跟随大将军击右贤王，军功显著，封乐安侯。鲍照有诗"后逐李轻车，追虏穷塞垣"。

● 04·蒲类：汉代西域国名，在今新疆维吾尔自治区东部巴里坤湖附近。汉将班超、窦固都曾在此率军大败匈奴。莎车：西域国名，《后汉书·西域传》："莎车国西经蒲犁、无雷，至大月氏，东去洛阳万九百五十里。"

● 05·犬戎：古西戎族一支，分布于今陕西泾渭流域一带，此泛指西部少数民族。朝聘：古时诸侯定期朝见天子的礼节。昆邪（hún yé）：匈奴王名，曾杀休屠王，率其部众归降汉。

品·评

宇文三将赴河西任节度使的行军司马，王维以诗送行，诗的主旨是希望他建功立业，为唐朝扩充疆土。所谓"蒲类成秦地，莎车属汉家"，扩张意识未免强了一点。"当令犬戎国，朝聘学昆邪"，更是大国沙文主义的腔调，让我们今天听来颇不舒服。不过，对古人不应苛求，对诗人尤不应苛求。从文学角度言，倒可推断此诗当作于安史乱前，那时国力强大，王维也尚未遭乱得罪，和许多文士一样胸中有一股雄视天下的豪气，等到安史之乱弄得唐朝元气大伤，王维本人也落到戴罪任职的境地，再送人奔赴边疆，你就是硬逼他，恐怕他也写不出如此乐观豪放的诗来了。

送韦评事

01

注·释

● *01*·韦评事：名不详。评事：唐大理寺从八品下属官，掌出使推核诉讼等事。

● *02*·逐：追随。右贤：指匈奴右贤王，在匈奴贵族中地位最高。元朔五年春，汉将卫青率三万骑兵出击右贤王，右贤王饮醉，发现被围而惊逃，独与其爱妾一人及数百骑兵溃围而去，汉军俘获甚多，事见《史记·卫将军骠骑列传》。

● *03*·沙场：战场。

● *04*·汉使：指韦评事。

欲逐将军取右贤，*02*

沙场走马向居延。*03*

遥知汉使萧关外，*04*

愁见孤城落日边。

品·评

这首也是送行而关涉边塞生活的诗，其特点是不再一味豪语，而是刚中有柔，情意深厚。前两句还挺豪壮，写友人远行一往无前，义无反顾，因为韦评事之赴沙场，毕竟是跟着将军去建立奇功。但后两句就不再继续高亢无畏的调门，而是变为低沉忧愁。诗人的心追随朋友一路西行，直到萧关以外，那里会是怎样的情景？他想象，那里必定只有孤城和落日，而且远行人还在落日的尽头，世界的边缘！多么遥远，多么令人挂念！这次第，除了用一个"愁"字来表达，还能说什么呢？"遥知汉使萧关外，愁见孤城落日边"一联就这样自然流出，难道还有比这更高明的写法吗？

送刘司直赴安西 *01*

注·释

●*01*·刘司直：名不详。司直：唐大理寺属官，从六品上，掌出使推核诉讼等事。安西：指唐安西都护府，治所在龟兹（今新疆维吾尔自治区库车地区）。

●*02*·绝域：极远而无人烟处。阳关：汉所设关隘，在甘肃省敦煌市西南一百三十里，位于玉门关之南，为由中原出塞必经之地。

●*03*·三春：春季的三个月，即孟春、仲春、季春，亦可仅指春季的第三个月。

●*04*·苜蓿（mù xū）：牧草名，原产西域，为马所爱食。天马：指著名的大宛汗血马。蒲桃：也作蒲陶，即葡萄。据《汉书·西域传》，汉武帝令李广利伐大宛取良马，并取苜蓿、葡萄等物归。

●*05*·和亲：汉代曾以嫁公主为单于妻，即以与之结为姻亲的办法与匈奴议和，称为和亲。唐亦多次用此法缓和与吐蕃的紧张关系。

绝域阳关道，*02* 胡沙与塞尘。

三春时有雁，*03* 万里少行人。

苜蓿随天马， 蒲桃逐汉臣。*04*

当令外国惧， 不敢觅和亲。*05*

品·评

这是一首格律严整、用意正大的五言律诗，所以前人给它极高评价。《唐贤三昧集笺注》说"此是雄浑一派，所谓五言长城也"。沈德潜《唐诗别裁集》甚至用武艺做比喻，说它"一气浑沦，神勇之技"。我们读后的感觉，首先是立意高超，不亢不卑。诗的最后落实到"当令外国惧，不敢觅和亲"上，不像"当令犬戎国，朝聘学昆邪"那样咄咄逼人，而是很有分寸。在汉唐人看来，把公主嫁到外国以换取和平，总是一件屈辱的事。被外国以武力胁迫中华不得不嫁女求和，更是令人难堪。所以，王维在诗末提出把国力加强到让外国不敢以和亲为要挟的水平，无疑是古今读者都欣然接受的。当然，王维并不反对中国与域外的交流，诗的第三联表达了这层意思。可是，国际交流也好，外交接触也好，都得有人为此作出贡献。刘司直赴安西究竟有何公干，诗中没有说，我们不得而知，但既是远赴边疆，旅途辛劳自是不免，王维对此有亲身体验，故前两联很自然地想象沿路风光，表现出对行者的亲切体贴和慰勉。

以上我们是从诗末讲起。如果按顺序讲，那么，诗是从对友人介绍西行途景（慰问和体贴自在其中）开始，进而用古人西行的成就暗喻刘司直此行的意义，鼓励之意不言自明。最后更提到加强边防和国力的政治目标，就把诗的思想境界更提升了一步。

送平淡然判官 01

注·释

- *01·平淡然：人名，未详其人。*
- *02·定远侯：指东汉班超。明帝时他奉命出使西域，历经三十一年，使西域五十余国皆归附汉朝，以功受封定远侯。事迹详见《后汉书·班超传》。*
- *03·画角：饰有彩绘的号角。*
- *04·经年到：历经一年以上谓之经年，此极言路途遥远。交河：河流名，发源于天山，在今新疆维吾尔自治区吐鲁番市附近。*
- *05·知饮月氏头：《汉书·张骞传》："匈奴破月氏王，以其头为饮器。"此借指汉也曾征服过月氏等西域国家。*

不识阳关路，新从定远侯。 02

黄云断春色，画角起边愁。 03

瀚海经年到，交河出塞流。 04

须令外国使，知饮月氏头。 05

品·评

王维早年所写的边塞诗除张扬国力和奋发有为的主题外，最值得注意的是他对边塞风光的描绘，表现出他大画家的良好艺术素质。《使至塞上》的"大漠孤烟直，长河落日圆"，如一幅视野开阔的油画，中外古今广为传诵。前面几首中，"沙平连白雪，蓬卷入黄云""三春时有雁，万里少行人"，以及"遥知汉使萧关外，愁见孤城落日边"等，从诗歌看，都是情景交融的好句，从绘画看，均不妨为意境雄浑、震撼人心的巨制。本诗"黄云断春色，画角起边愁"一联亦堪与上引诸句媲美，"画角"的出现更为画面增添了悲凉的音响，值得仔细玩味。

送元二使安西 *01*

注·释

●01·诗题《全唐诗》《乐府诗集》作《渭城曲》，《诗人玉屑》作《赠别》。元二：姓元，排行老二，生平未详。
●02·渭城：据《汉书·地理志》，秦咸阳县，汉改为新城县，又改为渭城县。至唐，属京兆府咸阳县，其地在今陕西省咸阳市东北。浥（yì）：沾湿。

渭城朝雨浥轻尘，*02*

客舍青青柳色新。

劝君更尽一杯酒，

西出阳关无故人！

品·评

这是王维边塞诗中侧重写情的代表作。

边塞诗常把写景作为重点，而所写往往是送行者想象的旅途之景，即远方之景，通过写景寄托对远行人的同情和慰藉。此诗不同，写的乃是近景，是眼前景。渭城是他们告别的地方，今日的渭城正是春意盎然，青青柳色掩映着客邸的房舍，早晨适量的小雨使空气湿润、尘土不扬。就在这一年中最美、最让人留恋的季节，朋友要出发去数千里外的安西，惜别之情充溢在他们心中。诗人怎样来表述这种情怀？他是一次次举杯，祝友人一路平安，祝友人早日归来……在诗中则凝聚为这样的句子："劝君更尽一杯酒，西出阳关无故人！"于是，送行劝酒的场面和劝酒的理由——也就是抒情——就成了这首诗的主体，这两句诗就成了诗的主旋律，而开头的写景虽然色彩鲜丽，倒只是陪衬而已。

这首诗在当时就非常有名，很快由徒诗进入乐曲，宋郭茂倩《乐府诗集》乃将此诗收入近代曲辞（卷八十），题为《渭城曲》。后又成为琴曲和词牌，号《阳关曲》。郭氏在题解中说："《渭城》一曰《阳关》，王维之所作也。本《送人使安西》，后遂被于歌。"他又举出白居易的《对酒》诗并解释所谓"阳关第四声"，即"劝君更尽一杯酒，西出阳关无故人"这两句。我们还知道一种说法，就是"阳关三叠"，指的也是这首诗，因为除第一句外，其第二、三、四句常反复叠唱，每遍恰是三次重叠了。

观猎

01

注
·
释

● *01* · 《乐府诗集》《万首唐人绝句》均取前四句为一首五绝，题为《戎浑》。《唐诗纪事》此诗题作《猎骑》。

● *02* · 劲：猛烈。角弓：用兽角装饰的强弓。

● *03* · 渭城：即秦都咸阳古城，汉代改名渭城，在今渭水北岸。

● *04* · 疾：敏捷，锐利。

● *05* · 新丰：故址在今陕西省西安市临潼区东北，古以产美酒出名。细柳营：又名柳市，汉代名将周亚夫屯兵之地。在今陕西省咸阳市西面渭水北岸。

风劲角弓鸣，*02* 将军猎渭城。*03*

草枯鹰眼疾，*04* 雪尽马蹄轻。

忽过新丰市， 还归细柳营。*05*

● 06·雕：一种猛禽，又名鹫（jiù），高飞疾速，不易射中，故称神箭者为射雕手。《北齐书·斛律光传》载，名将斛律光随皇帝外出打猎，见云中大鸟，张弓而射，正中鸟颈，旋见是只雕，旁有人赞叹："此射雕手也！"

回看射雕处，⁰⁶千里暮云平。

品·评

本诗所写之事虽不发生在边塞，但写将军打猎，夸其神勇，诗中涌动一片豪迈尚武精神，可与王维其他边塞诗比肩，亦应属王维早年之作。在艺术上，它从头至尾都受到诗评家的盛赞。

先说开头。开头是个倒装句，顺说应是"将军猎渭城，风劲角弓鸣"。现在倒说，把猎场风色和频频的箭响以先声夺人之势推出，便显得"雄警峭拔""有峻嶒之势"，被肯定为"发端近古""起手贵突兀……直疑高山坠石，不知其来，令人惊绝"（《唐诗摘钞》《唐诗别裁》等）。

三、四句为猎场全景。在一片枯草残雪的广漠之中，猎鹰盘旋猛扑，马队纵横驰骋，这样一幅动态的画面，骠悍矫健之气高扬，构成了"观猎"的主体部分，所谓"正写猎字，愈有精神"（施补华《岘佣说诗》），被评为"奇语""壮激"，属于本篇最重要的警句，以致《乐府诗集》和《万首唐人绝句》就节录了以上四句算作一个独立小篇。而本联的几个形容词，草之"枯"，鹰眼之"疾"，以及"尽""轻"等，则被称作炼字的模范。

五、六句的特色，一是写出了速度，这支队伍刚才还在广漠的猎场，一忽工夫已旋风般掠过新丰，又一会儿，他们已回到了营盘。对于军队，速度就是力量，写速度也就是写力量。二是用典，称他们的营盘是"细柳营"，统帅是像汉代以治军严肃著称的名将周亚夫式的人物，这支队伍的战斗力和军风纪，也就可以想见了。用典，就言简意赅地说明了这些问题，而且用得自然，毫不费力。

最后是一个回顾镜头。当大队人马驰骋着回到军营，就在进入营门的一刹那，也许是主帅，也许是诗人，很自然地勒马转头回望，只见猎场上空，刚才还在那里开弓射雕的地方，现在是一片长长的暮云，太阳正在庄严地西沉……这是一个多么意味深长、悠远不尽的结尾，至于它的画面感，任何稍具想象力的人，都不难领会。清人黄生强调这首诗结尾的有力，说它"似雕尾一折，起数丈矣"。王夫之综论云"后四句奇笔写生，毫端有风雨声"。其意相通。

沈德潜总观全篇，评价最高："神完气足，章法、句法、字法俱臻绝顶，此律诗正体。"（《说诗晬语》卷上）这些都是我们能接受的。也有人扯得太远太离谱，如说："'草枯''雪尽'语，比君臣道合也。""玩'千里'字、'暮云平'字，意殆有讽乎？"（《唐诗选脉会通评林》王玄语，《唐诗成法》）付之一笑可也。

华岳
01

西岳出浮云，积翠在太清。 02

连天凝黛色，百里遥青冥。 03

白日为之寒，森沉华阴城。 04

昔闻乾坤闭，造化生巨灵。 05

右足踏方止，左手推削成。

天地忽开拆，大河注东溟。 06

遂为西峙岳，雄雄镇秦京。 07

大君包覆载，至德被群生。 08

注·释

●01·华岳：即五岳之一的西岳华山，在今陕西省渭南市华阴市南。

●02·出浮云：高出浮云，形容华山之高。太清：天空，又道教谓天有三境，大清比玉清、上清更高一个层次。翠：一作雪。

●03·黛色：青黑色。青冥：青天。

●04·森沉：阴沉幽暗貌。华阴：唐县名，属华州，今陕西省渭南市华阴市。

●05·"昔闻"二句：在乾坤（天地）尚未开启之时，自然界（造化）诞生了河神巨灵。

●06·"右足"四句：神话说，华山本为一座浑然巨大的山峰，挡住了黄河去路，河水只好绕过华山曲折而行。河神巨灵手劈脚踏，将华山一剖为二（太华、少华）以通河流，据说巨灵掌足之迹至今仍隐约可见（参《文选》张衡《西京赋》薛综注和《水经注》卷四）。大河：指黄河。东溟：东海。

●07·西峙岳：雄踞西部的高山，华山在中国的五岳中为西岳。镇：镇守。秦京：指以咸阳、长安为中心的关中之地。

●08·大君：伟大的君主。覆载：天覆地载，即笼罩和承载天下苍生之意。至德：至高无上的德性。被（pī）：披盖。

上帝伫昭告，金天思奉迎。[09]

人祇望幸久，何独禅云亭。[10]

品·评　王维山水诗多清幽秀丽，此诗却以雄伟壮观为特色。首六句正面写华山，重笔描绘其高峻苍翠和巨大连绵，点出它的中心位置是在华阴城旁。"昔闻"八句叙述关于华山的古代神话，为它披上一件神秘的历史外衣。传说身躯庞大的华山挡住了黄河东流的去路，于是天降巨灵神，手擘脚蹬硬是将华山分成太华和少华两半，巨灵神的手脚印就留在了华山，而华山也就成为挺立在西部的岳峙，被尊为西岳，镇守在秦京咸阳和唐都长安以东。唐朝给以泰山为首的五岳之神都加了封号，西岳华山的封号是金天神。这一段描叙仍是用了许多雄伟壮阔的意象和辞藻，如巨灵及其行为，如天地开拆，大河东注，如"西崚岳""雄雄"等字样。写到这里，华山的形象已完成，但作者的意思尚未说尽。以下六句议论，直接表达了创作意图。原来王维是希望西岳华山得到和东岳泰山同样的待遇，也享受到封禅大礼。诗人以直白的话语进谏道：皇帝的恩德是笼罩天地苍生的，西岳华山乃至民众神祇都已盼望封禅很久，怎能只封东岳而不理西岳呢？这种写法用意明显，语言浅露，更兼以夸雄赞伟为主，不是王维山水田园诗的典型风格，但从另一角度看，倒也堪珍贵。

自大散以往深林密竹蹬道盘曲四五十里至黄牛岭见黄花川 01

危径几万转，　　数里将三休。 02

回环见徒侣，　　隐映隔林丘。 03

飒飒松上雨，　　潺潺石中流。

静言深溪里，　　长啸高山头。 04

望见南山阳，　　白日霭悠悠。 05

● 06·青皋：青翠的水边高地。郁：浓郁，茂密。

● 07·蒙密：形容四周的草木茂密。

青皋丽已净，　绿树郁如浮。⁰⁶

曾是厌蒙密，⁰⁷旷然消人忧。

品·评

古时由秦入蜀，大散关是必经之地，过此就进入凤州，仍在今陕西境内。这段旅程山高路险，在王维笔下得到充分表现。本诗是王维较早期的旅游诗，虽然路途难行，但写得兴味盎然。

首四句写在盘旋上升的山路上艰难攀登，非常传神。他们走的是危径，走不了几步就累得需要休息。最有意思的是下面两句：王维和他的同伴走路速度不同，攀登的高度也就不等，于是出现"回环见徒侣，隐映隔林丘"的情景，人们不是前后相见，而是上下互见。在深山里，他们听到和看到的是飒飒松风（所谓松上雨，实指松风如雨）和潺潺溪流。"静言"以下六句继续写他们行进中的所为和所见，他们或低声细语，或放声长啸，或远望白日，或近观青皋，旅游的乐趣尽在其中。突然，他们登上了一座山岭（黄牛岭），放眼一望，看到了远处一条河，原来那就是当地著名的黄花川了，他们不禁欢呼起来。为什么说是欢呼呢？诗的最后两句写道："曾是厌蒙密，旷然消人忧。"深山老林不见天日的环境待久了，人是很想享受一下阳光，欣赏一下视野开阔的景象的啊！结尾所写就是这种感觉。

这首诗如题所示，写的就是穿越"深林密竹，蹬道盘曲"的经过和感受，旅途延伸、时间过程，还有心情的微妙变化，自然、清晰而贴切地联系在一起，读来颇有身临其境之感。

青溪

01

注 · 释

● *01* · 诗题一作《过青溪水作》。青溪：与首联的"青溪水"皆指黄花川。

● *02* · "随山"二句：谓水流不到百里，已随着山势千回万转。趣：趋。

● *03* · 菱荇（xìng）：两种草本植物。菱，一年生，叶浮于水面，果实叫菱角，可供食用。荇，即荇菜，多年生水草，夏天开花，色黄。葭（jiā）苇：初生的芦苇。

● *04* · 素已闲：指内心向来恬淡悠闲。澹：淡泊、恬静。

言入黄花川，每逐青溪水。

随山将万转，趣途无百里。*02*

声喧乱石中，色静深松里。

漾漾泛菱荇，澄澄映葭苇。*03*

我心素已闲，清川澹如此。*04*

请留盘石上，垂钓将已矣。

品 · 评

这是一首流畅的行旅小品，当作于前一首之后，二者有关联。

仁者爱山，智者爱水。王维当然是山水都爱，但细加比较，似乎爱水更甚于爱山。上一首说，他在竹树"蒙密"的山中待久了不免生厌，直到远望黄花川，乃不觉心旷神怡。这一首写他曲曲折折来到奔腾喧闹的黄花溪水之旁，心情就更舒畅了。只有满怀情意，诗笔才能出彩，本诗第三联写出溪水之神，既充满生命力，又宁静安详、与世无争，让有限的个体生命与无限的宇宙和自然，毫无痕迹地融合为一，不妨认为象征着诗人的人格追求，真千古不朽之名句也。有此一联，则"漾漾""澄澄"以下虽写景一般，或属议论赘笔（表示将效仿严子陵草隐居垂钓以终），读者也不会苛求了。

戏题盘石 01

注·释

● 01·盘石：扁平的磨盘状大岩石。
● 02·可怜：可爱。临：一作邻。
● 03·解意：领会心意。何因：何故，因为什么。何因，一作因何。

可怜盘石临泉水，02
复有垂杨拂酒杯。
若道春风不解意，
何因吹送落花来？03

品·评

水边一块大石头，难道也有什么诗意吗？心中无诗的人，看见了，或走过它的身旁，不会有何感触。王维不同，他先是想象：那水边的盘石不是正好可以放上酒杯让人对饮吗？继而想到，水边长着杨柳，春风吹来，柳枝轻拂石面，多像是在抚爱饮酒人！那饮酒人真是得天独厚了，又一阵春风，吹落片片花朵，落红铺满盘石，诗人说：那是春风解意，多情地为畅饮者增添乐趣呢。瞧，水边一块普普通通的石头，一个普普通通的场景，被王维发掘出（也可说是赋予了）多美的诗意！这就叫敏感的诗心，读者也可借此体会诗人与非诗人的区别。

晓行巴峡

01

注·释

● 01·巴峡：指重庆市巴南区以东江面的石洞峡、铜锣峡和明月峡等，即《华阳国志·巴志》所称的巴郡三峡。

● 02·际晓：天刚破晓之时。余春：暮春，春天将尽之时。帝京：唐都长安。

● 03·浣（huàn）：洗，洗纱。鸡：一作禽。

● 04·"水国"二句：谓在河道纵横的水乡，人们在船上做买卖；从远处看，山崖桥上行走的人们如同在树梢上行走似的。杪（miǎo）：树枝的细梢。

● 05·井：市井。眺迥（jiǒng）：远眺，遥望。二流：一指长江，一指在巴峡一带入江的河流，如嘉陵江、龙溪河等。

● 06·"人作"二句：谓此地的人说的是方言，而莺鸟的啼鸣听来却与故乡无异。

● 07·谙（ān）：熟悉。

际晓投巴峡，余春忆帝京。02

晴江一女浣，朝日众鸡鸣。03

水国舟中市，山桥树杪行。04

登高万井出，眺迥二流明。05

人作殊方语，莺为故国声。06

赖谙山水趣，稍解别离情。07

品·评

王维入蜀，留下了这组"摄影快照"。为什么说是一组呢？因为它内容丰富，确实不是一张单独的照片。作者是清晨到达巴峡旁的一个小城，从第二联到第五联，共摄下四张照片。

第一张旭日初升，城中鸡鸣，晓雾笼罩的江边，一个姑娘已在浣洗。

第二张是当地特有的水市——水上船只摆成的集市，赶集的人陆续从山桥走来，远望像穿行在树梢上。

第三张登高俯视一个人口相当稠密的小镇，其背景是远处的两条河流。

第四张是人物照，挨挨挤挤的人头，当然是本地打扮。最有意思的是，这些人都在讲着当地方言，作者听不懂，倒是黄莺那熟悉的歌唱引起了他某种感触。这张照片是带声音的。其实，前几张照片又何尝是静默无声的呢？在传达声音方面，诗歌比真的照片似乎还有力些呢。

汉江临眺

01

楚塞三湘接，*02* 荆门九派通。*03*

江流天地外，　山色有无中。

郡邑浮前浦，*04* 波澜动远空。

襄阳好风日，　留醉与山翁。*05*

注·释

● *01* · 诗题一作《汉江临泛》。汉江：长江支流，源出陕西嶓冢山，入湖北省，经襄樊，至武汉汇入长江。临眺：登高远望。

● *02* · 楚塞：楚国的边塞，湖北古时属楚国，襄阳在楚国的北面，故称楚塞。三湘：湘水合漓水称漓湘，合蒸水称蒸湘，合潇水称潇湘，三湘含湘江上、中、下游，通常指洞庭湖湖南北和湘江流域的广大地区。

● *03* · 荆门：荆门山，在今湖北省宜昌市宜都市，长江南岸，此泛指江汉一带。九派通："通九派"的倒装。九派泛指长江上的许多支流。相传大禹治水，凿江流，通九派。

● *04* · 郡邑：此指作者当时所在的襄阳城（唐襄州治所），句谓江水浩渺，远远望去，岸边的郡邑襄阳城就像浮在江面上。

● *05* · 襄阳：即今湖北省襄阳市。好风日，一作风日好。山翁：指晋代名士山涛第五子山简，曾任征南将军，都督荆、湘、交、广四州。期间"优游卒岁，唯酒是耽"，常去豪族习氏佳园池酣饮，每饮必醉，事见《晋书·山简传》。山翁或作山公。

品·评

开元二十八年（740），王维以殿中侍御史身份知南选，即到岭南地区监察科举选官事务，途经襄阳。襄阳有他的老朋友孟浩然，此时去世不久，王维写了《哭孟浩然》诗。诗题下注曰："时为殿中侍御史知南选，至襄阳有作。"这首《汉江临眺》也以襄阳为背景，是同时的作品。

首联十个字，极简洁地概括了襄樊汉江的地理形势，突出了大江的雄伟壮阔，称得上大笔濡染。此时作者的视觉位置应是凌驾于楚塞三湘、荆门九派之上，故视野十分开阔，看到了"三湘接"和"九派通"的景象。

次联承上雄阔气象而来，是经过锤炼而显得自然流利的佳句。二句既实写观察所得，更是观感的抒发。上句的"江流"是实写，但"江流天地外"就是带感情的描叙，因为添加了想象和夸张，从而产生了浓郁的诗意。下句之"山色"，本系仁者见仁智者见智难于捉摸的东西，作者深知此点，故言"山色有无中"，既不违背实况，又以主观陈述加强其灵幻缥缈意味。

以上两联以大笔妙辞奠定全诗浑灏壮阔的风格，以下颇难为继。三联转笔写襄阳城，气魄也不小，但比起前两联，略显重复。纪昀曾批评："三四好，五六撑不起，六句尤少味，复衍三句故也。"（《瀛奎律髓汇评》卷一引）尾联更转到自身，落笔到对襄阳风光的喜爱和流连，亲切有余而仍嫌平弱。总体而言，本诗后半的意境与力度比前半逊色。

终南山 01

太乙近天都，连山到海隅。02

白云回望合，青霭入看无。03

分野中峰变，阴晴众壑殊。04

欲投人处宿，隔水问樵夫。

品·评

终南山在长安以南，距离不远，居留京师的文人常爱去那里游玩，王维还曾在终南隐居，故对那里的景色特点，有深刻的把握和准确的表现。对于本诗内容，清人沈德潜在其《唐诗别裁集》卷九曾有概括说明，我们不妨来看。沈说："'近天都'言其高，'到海隅'言其远，'分野'二句言其大，四十字中，无所不包，手笔不在杜陵下。或谓末二句似与通体不配，今玩其语意，见山远而人寡也，非寻常写景可比。"

这段话，前半好懂，是说诗的前六句，分别写出了终南山的巍峨、绵长和庞大。这很对，只是"白云"一联的妙处，尚需申说。那就是这两句写出了只有身入深山，而且是长时间走在云雾缭绕的高山之中时才有的感觉，写得那么准，又那么细。山雾如云，自在地飘着，人行走其中，一会儿进入雾里，一会儿穿出雾外，那雾就在你身后又轻轻地合拢来了。而湿润的山岚，远远望去是青青的一片，可你永远抓不住它，等你走近它，身在其中时，就看不见它了。这一联可谓是全诗最灵妙的句子。

至于结尾，沈氏不同意"与通体不配"的批评，很对，但仅指出"非寻常写景可比"，也对，但未言中肯綮。其实这样结尾的真正好处是在于用一个对话镜头改变前六句客观平叙的调子，丰富了诗的表现手法，使诗更灵动活泼。前六句纯属写景，基本上是一片无人之境，如结尾依然平叙，便不免单调，现在忽然发出人声，而且"隔水"对话想必大声。空山人语，打破寂静，使读者惊悟这美丽的大自然是人生活于其中的，是与人融为一体的，是活跃着人的生命的，而绝不是完全静止，更不是死寂的。这正是王维擅长表现的一种生命境界，我们不可轻易略过。

冬日游览

步出城东门，试骋千里目。⁰¹

青山横苍林，赤日团平陆。⁰²

渭北走邯郸，关东出函谷。⁰³

秦地万方会，来朝九州牧。⁰⁴

鸡鸣咸阳中，冠盖相追逐。

丞相过列侯，群公饯光禄。⁰⁵

相如方老病，独归茂陵宿。⁰⁶

注·释

● 01·城东门：从下文看，应指长安城东门。骋千里目：放眼远望。

● 02·"青山"二句：谓远处青山横亘于苍绿的丛林，一轮红日照临平原大地。团：圆也。平陆：平原。

● 03·"渭北"二句：谓渡渭水北行，直抵古赵都邯郸，出了函谷关，就到关东各地。关东：古称函谷关以东的地区。函谷：位于河南省灵宝市西南的古关隘，东起崤山，西至潼津，地形至为险要。

● 04·"秦地"二句：谓以咸阳、长安为中心的秦为万方所仰，全国（九州）各地的长官都来朝会。

● 05·"丞相"二句：泛写朝廷官员应酬很忙。过：探望，过访。饯：饯行，用酒食送行。光禄：即光禄卿，唐代专管邦国膳食及酒宴等事的官员。

● 06·相如：指西汉司马相如。《史记·司马相如传》："司马相如既病免，家住茂陵。"茂陵：汉武帝陵墓所在地，在今陕西兴平市东北。

此诗从游览始，以感慨结，内容由写景转至抒怀，风格由豪壮变为悲怆，结构有序，层次清晰，而转接自然。

"步出城东门，试骋千里目"，诗从一次悠闲的散步和观览起笔，又仿佛是借用了古诗的意象："驱车上东门，遥望郭北墓。白杨何萧萧，松柏夹广路……"（《古诗十九首》之十三）"命驾登北山，延伫望城郭。廛里一何盛，街巷纷漠漠……"（陆机《君子有所思行》）但王维和古人看到的大不相同，唐朝这时还很强盛，大地辽阔而宁静，交通频繁而便捷，中央朝廷还有强大的号召力，全国四方拱卫着京师长安。长安人口众多、市廛繁华，官员、贵族和富人们过着"冠盖相追逐"和每日走访饮宴的日子。这就是诗的第三句至十二句所表现的内容，作者放眼看去，从青山平原，看到渭北关东，从长安周围的自然风光看到宫中的朝会、京城官员的日常生活，即从外界景象看到了人和人的活动。这里有着从景物到人事的转换，但转接得很安帖，基调也一致，是与盛唐社会相适应的快乐和豪放。

如果诗到此为止，那就是只是盛唐时代的一首赞歌罢了。问题是王维没有停笔，而于诗末奏出了不和谐音："相如方老病，独归茂陵宿。"由于这两句的出现，整个诗的意义发生了巨大变化。司马相如是一代才士的典型，又是才士落魄的代表，作者在描述了盛唐长安的繁华景象后，揭出老病的司马相如独归茂陵的画面，就不只是给前面的富足繁华表象戳了个窟窿，而且简直是来了个逆转和否定。这两句就像杜甫叹息李白的"冠盖满京华，斯人独憔悴"（《梦李白二首》之二）那样，会使人想到：有多少才士的内心痛苦被表面的繁华所遮掩！从而使人怀疑那表面的热闹究竟有多少真实性？又有什么意义？再回头看看前面的描述，我们也许就会怀疑"鸡鸣咸阳中，冠盖相追逐。丞相过列侯，群公饯光禄"几句，实乃隐含着深刻曲折的讽意，并不是真的在赞美。

王维当然是从自己的处境出发而代所有不得志的才士抒发感慨，在唐朝鼎盛时期就有这种感受的，并不只是王维一人，李白、杜甫等，都有同感。可惜当权者还沉迷在繁华热闹的表象之中，文人才士的悲鸣是永远不会让他们觉醒的。

辋川集二十首

₀₁

余别业在辋川山谷，其游止有孟城坳、华子冈、文杏馆、斤竹岭、鹿柴、木兰柴、茱萸沜、宫槐陌、临湖亭、南垞、欹湖、柳浪、栾家濑、金屑泉、白石滩、北垞、竹里馆、辛夷坞、漆园、椒园等，与裴迪闲暇各赋绝句云。⁰²

注·释

● 01·辋川集：王维自编诗集名，收五言绝句诗二十首。《旧唐书·王维传》："晚年长斋，不衣文彩，得宋之问蓝田别墅。在辋口，辋水周于舍下，别涨竹洲花坞。与道友裴迪，浮舟往来，弹琴赋诗，啸咏终日，尝聚其田园所为诗，号《辋川集》。"这里晚年说法不准确，实际上王维于天宝初年即得辋川，营别业以居其母，王维在长安为官时亦常往居，居留时间长短不等。母死，王维捐其居为寺。上元二年（761）王维死，葬于辋川（参陈铁民《王维年谱》）。

● 02·"余别业"以下至"各赋绝句云"为该集短序。别业：别墅。辋川山谷：在陕西省西安市蓝田县南峣山口，是个长十里的狭长峡谷，土地肥饶，风景秀丽。据《陕西通志》记载："辋川在蓝田县南峣山之口，去县八里，水沦涟如车辋然，川尽处为鹿苑寺（即清源寺，王维为母亲奉佛而营造），即王维别业。"裴迪：王维好友，山西省运城市闻喜县人，一说关中人。王维沦于安史乱军手中时所作的《凝碧池诗》（本书已选，见前）即通过他传出。乱后曾赴蜀州任官，后为尚书省郎。早年与王维同隐辋川，吟诗唱和，亦有辋川诗二十首。

注
·
释

● 01 · 孟城坳（ào）：王维辋川别业的一处
景点，原为古城，据云为南朝宋武帝所筑
之思乡城。坳，山间平地。

孟城坳 [01]

新家孟城口，古木余衰柳。

来者复为谁？空悲昔人有。

品
·
评
王维《辋川集》由二十首五言绝句组成，以辋川别业的二十处景点为题。此是第
一首，写作者新到此地安家，看着前人留下的古木衰柳，感慨时光流逝，物是人
非，而后之视今，亦犹今之视昔，心中怎不浮起一丝忧愁？裴迪的同咏云："结
庐古城下，时登古城上。古城非畴昔，今人自来往。"（见《全唐诗》卷一二九）
可见当时他们深有同感的情景。

华子冈

飞鸟去不穷，连山复秋色。

上下华子冈，惆怅情何极！

品·评 前人评此篇，曰："萧然更欲无言。"（《王孟诗评》）抓住了它古朴和直抒胸臆的特色。

本诗中出现的"飞鸟"，既是作者登山所见，亦是富含禅味的意象。禅林以为鸟飞于空，了无痕迹，正是物体虚空没有实体性的最佳比喻。《涅槃经》云"如鸟飞空，迹不可寻"，《华严经》云"了知诸法寂灭，如鸟飞空无有迹"。王维望飞鸟而悟禅，因世界万物寂灭虚空而惆怅，一腔深情平平写出，却自有淡雅幽深之美。

文杏馆

文杏裁为梁，香茅结为宇。[01]

不知栋里云，去作人间雨？

品·评　文杏馆是辋川别业的又一景点，因馆舍而得名。首二句写建馆材料之贵重，有美化夸饰之意。后两句畅想，谓馆中栋梁间的云，会不会飘向人间化作雨水？由此可想而知文杏馆位置之高。参看裴迪同咏："迢迢文杏馆，跻攀日已屡。南岭与北湖，前看复回顾。"就很清楚了。王维不正面说其地之高，而以想象之词让人自得结论，对读者的理解力有较高要求。

● 01·斤竹岭：辋川别业中的一座山岭。南朝宋谢灵运有《从斤竹涧越岭溪行》诗，"斤竹"之名，或许与之有些关系，然不详。

● 02·檀栾：秀美貌，多用以形容竹的姿态。汉枚乘《梁王菟园赋》："修竹檀栾，夹池水，旋菟园，并驰道。"空曲：空旷偏僻之处，此当指水曲。

● 03·商山：山名，在今陕西省商洛市东南。蓝田与商山相邻，此谓竹林向商山延伸而去。

斤竹岭 [01]

檀栾映空曲，[02] 青翠漾涟漪。

暗入商山路，[03] 樵人不可知。

品·评 地名叫斤竹岭，实际上主要的景致是水边的密竹。王维是个爱水之人，对檀栾的翠竹，特别是翠竹倒映在涟漪中的景色，更是由衷喜爱，诗的前两句用柔情之笔传达了这种喜爱。然后，诗人和朋友沿着山路追寻竹林的深处，竟不知不觉踏上了去商州的路，这是连打柴人都不知道的呢——他们为此而暗暗得意。

有人把"青翠漾涟漪"理解为竹林因风起而荡漾着绿色波浪，这样就忽略了水的存在，涟漪成了对竹浪的比喻。这固然也美，无奈不合实际。请看裴迪同题诗的头两句："明流纡且直，绿篠密复深。"就明明写到了水流。那些绿篠，即密密的竹子长在水边，所以才会有"青翠漾涟漪"的景啊。

注·释

● *01*·鹿柴：辋川的景点之一。柴（zhài），通"寨""砦"，栅栏，篱障。
● *02*·返景（yǐng）：落日的回照。

鹿柴 [01]

空山不见人， 但闻人语响。

返景入深林， [02] 复照青苔上。

品·评

鹿柴应该是在辋川别业的深处，因为那里已是空山。裴迪诗描写此处是"不知深林事，但见麋麑迹"。王维诗则更直言："空山不见人。"但看不见人并不等于绝无人声，作者偏偏捕捉住空山人声——也说不定是他心中的声音吧——从而打破沉寂，使人如闻空谷足音般意外惊喜。然而，绝妙的是，这"人语声"的出现又更增添了深山的幽静。我们以后会看到，王维一再地运用这种辩证法，几乎每次都取得良好的艺术效果。当然，这种效果的取得，与后两句的配合也分不开。后两句写一束穿透密林的阳光照在山石的青苔上，这是一幅色彩鲜明却静谧极了的画面，对前两句创造的幽静境界起着有力的加强作用。

王维的这一类诗，不以词语的华丽优美著称，其佳处不在语言，而在意境，就跟陶渊明的"结庐在人境，而无车马喧""采菊东篱下，悠然见南山"的神韵相似。

注·释

●01·木兰柴：即木兰寨。木兰：又名杜兰、林兰。李时珍《本草纲目·木一·木兰》："木兰枝叶俱疏，其花内白外紫，亦有四季开者。深山生者尤大，可以为舟。"
●02·彩翠：指飞鸟。夕岚：夕照下的山间雾气。

木兰柴 [01]

秋山敛余照，飞鸟逐前侣。
彩翠时分明，夕岚无处所。 [02]

品·评

王维爱写飞鸟。飞鸟既是禅林常用的喻象，又是王维诗中活泼的具象。木兰寨附近肯定有很多高大的木兰树，树上有许多鸟巢，傍晚时分，万鸟归巢，就形成了王维在本诗中所写的情景。裴迪诗也写到了这一点，他说："苍苍落日时，鸟声乱溪水。"群鸟归巢时的啼鸣，把溪水声都弄得杂乱了，可想声响之大。不过，王维的诗似更富情味。他先用一笔写出空旷而富于动感的远景，落日、渐渐暗下来的大山（所谓"敛余照"，即日渐西沉而光渐暗）和在辽阔天空前后追逐着返家的鸟儿们，都被摄入了镜头。然后是一幅近景：身披彩翠的归鸟近距离地进入作者视线，它们的形象当然是更"分明"了，而其背景则是漫无边际（"无处所"）透明而深沉的夕岚。这首诗在《辋川集》中别具一格，它不是写山水之景，而是写一种自然之象——发生在山水中的自然现象，如果要给它起个名字，不妨就称为"黄昏归鸟图"吧。希望读者朋友能从这幅画中感受到了一种油然而生的寻求归宿之感。

108

注·释

● 01 · 沜（pàn）：意与"泮"通，指水涯，因其处种植茱萸，故名茱萸沜。茱萸（zhū yǔ）：一种乔木，有山茱萸、吴茱萸、食茱萸之分，果实均可入药。

● 02 · "结实"二句：茱萸果实呈红色，亦有黄绿色者，相映成趣，犹如花朵再次绽放。

● 03 · "山中"二句：山中无他物待客，以茱萸果浸酒也成待客之道。

茱萸沜 ⁰¹

结实红且绿，复如花更开。⁰²
山中倘留客，置此茱萸杯。⁰³

品·评

茱萸沜这个景点的特点是水边长着一片茱萸，花树与水的结合，本身就产生一种美，这从名字上就能看出来。首联写茱萸的花和果，用了最纯朴的红绿字样，《辋川集》中诗多如此。次联沿此思路，设想如有客来，就用这新鲜的茱萸果泡酒（故称"茱萸杯"）来款待，不是也很有情趣吗？这是一种颇富人情味的写法，显示着《辋川集》组诗内容的多样性和作者创作的随机性。

注
·
释

● *01*·宫槐：槐树的一种，其叶昼合夜张，多植于宫中。据《周礼》，周代宫廷即常植槐树。南朝梁元帝《漏刻铭》："宫槐晚合，月桂宵晖。"陌：乡间小路。

● *02*·仄径：狭窄的小路。荫：荫蔽。

● *03*·应门：指看门人。

宫槐陌 *01*

仄径荫宫槐，*02* 幽阴多绿苔。

应门但迎扫，*03* 畏有山僧来。

品
·
评

宫槐陌应是辋川别业中一条种植许多槐树的山路，据裴迪的诗，这条路从一座大门（辋川别业不会只有一扇大门）通向一个低处倾侧的湖："门前宫槐陌，是向欹湖道。"（"欹湖"亦为辋川一景，见后）王维对此路作了比较细致的描写，一条仄小的石路，两旁有宫槐覆荫，幽暗背阴的石路上长了许多绿苔。"仄径荫宫槐"，是仄径被荫于宫槐之意。这又是一条僻静少人行的路，裴诗说："秋来山雨多，落叶无人扫。"王诗说得曲折点："应门但迎扫，畏有山僧来。"一个说无人扫，一个对看门人说：该扫扫啦，只怕有山里的和尚登门呢，二人所说事实是相同的。但裴诗朴实，王维委婉，用了对话和估摸（实有希望和尚来访之意）的口气，而且用"畏有"而示欢迎，使诗显得有趣而亲切。

注·释

● 01·轻舸（gě）：小船。上客：尊贵的客人。

● 02·轩（xuān）：窗户。阮籍《咏怀》之十九："开轩临四野，登高望所思。"樽：酒器。芙蓉：荷花。

临湖亭

轻舸迎上客，[01] 悠悠湖上来。

当轩对樽酒，　四面芙蓉开。[02]

品·评

辋川别业不光有山有谷，而且是有溪有湖的。这个湖就是裴迪《宫槐陌》诗提到过的欹湖。欹湖，王、裴二人均另有诗，而这一首写的是湖旁的亭子，他们游玩的足迹在一步步向湖边走去。

王维的这首诗应该倒过来看，即先看后联：作者和朋友正在亭中当窗饮酒，欣赏水光山色，只见湖上四面都开满荷花，这美景当然看得他们心旷神怡。然后再看前联：这时，远远看到一只小船悠悠驶来，原来是迎接他们去作湖上游览的。在他们登船之前，从亭中俯视那艘悠悠的轻舸，那也是一幅美景啊。按我们上面的理解，这首短诗应该是一个"大倒装"，两联的时间顺序是有意颠倒的。看来，就这么一首短诗，王维也是用心讲究结构的。

注
·
释

● 01·南垞（chá）：辋川一座临湖的小丘。

● 02·淼（miǎo）：水势浩大貌。即：靠近。

● 03·浦：岸边，河滩，此处隔浦意谓隔湖。

南垞 *01*

轻舟南垞去，　北垞淼难即。*02*

隔浦望人家，*03* 遥遥不相识。

品
·
评
从这首诗看，辋川别业不仅有湖，而且湖相当大。它的南侧有小丘，叫南垞；北侧的小丘，就叫北垞。而从南到北距离很远，所以王维诗云："轻舟南垞去，北垞淼难即。"也许这里诗人有点儿夸张，但再看下面两句："隔浦望人家，遥遥不相识。"给人的印象也应是湖面很宽，要不怎能说是"遥遥"呢？我们说过王维爱山水，但格外爱水。凡涉及水的诗，都能感到他心情特别舒畅，从《临湖亭》到《南垞》，也是如此。他发现美，欣赏美，他在美的吟玩中忘怀现实，超越尘俗，但对自然外物和普通人却满含温情，要不他怎会在漫漫湖水中去"隔浦望人家"，并会为"遥遥不相识"而颇觉怅然呢？

注·释

● 01 · 欹（qī）：倾侧不平。欹湖亦辋川一景，其名或因湖底地势倾斜不平而得。

● 02 · 凌：渡过，逾越。极浦：极远处的水边。夫君：在古代，夫君可指称男性友人，如南朝齐谢朓《和江丞北戍琅邪城诗》："夫君良自勉，岁暮忽淹留。"李商隐《谢先辈防记念拙诗甚多异日偶有此寄》："夫君自有恨，聊借此中传。"但本诗或并非如此。

欹湖 01

吹箫凌极浦，日暮送夫君。 02

湖上一回首，山青卷白云。

品·评

这一首终于正面写到欹湖。我们需要先看裴迪的同题诗："空阔湖水广，青荧天色同。舣舟一长啸，四面来清风。"它给我们提供了不少信息：一是欹湖水面空阔；二是水色青荧透明，水天一色而互映，更增蔚蓝；三是他们一路行舟，走走停停（舣舟者，停舟傍岸也），是一种无时限无拘束的漫游；四是他们在游湖时长啸放歌，谈笑风生，心情极为愉快舒畅。这些应是我们理解王维这首诗的重要参考。

如果说裴迪的诗比较写实，那么王维诗就更多地涉于玄想了。其诗首联既与二人的游湖有关，又超越实际的游湖而幻想到游仙上去。"吹箫"恐怕不是实写，至少从裴诗看不出。"凌极浦"更是谈不上，欹湖再大也有边，但王维偏要夸张，偏要把这水推到遥远的极致，心中定有奇想。"送夫君"也与实际对不上茬，王维是与裴迪同游，游完当会同回，此行并不是送裴去什么地方。这样，不如把这两句解释为王维在游玩中、谈笑长啸时的突发奇想。他幻想，他们在湖中荡舟漫游，是在向仙境进发。吹箫作凤鸣，本是得道成仙的常典，拉过来用一下自然不必真有其事，也不说明真的要学道。"送夫君"登仙，这"夫君"不妨被想象为王子晋式的人物，而吹箫送行者或者也不妨是弄玉似的女子。这想象够荒唐，但诗思恰不妨荒唐，在他们游湖长啸的过程中，什么样的奇思怪想不可能产生？

诗的下一联回到对游湖的正写，回到当时的客观情景。但"山青卷白云"恐怕也不仅是景况的实写，诗人在船上回首而望，青山白云固然是他看到的实景，但他所感受到的悠远和缥缈，是否也与他刚才一闪而过的吹箫成仙的幻想有点关联呢？

● 01·分行（háng）：按行排列。绮树：绮是有文彩的丝织品，此处形容与杨柳不同的花树。
● 02·"不学"二句：不必像皇城河边的柳树那样，每到春天被人用来赠别而折断。御沟：皇城外的护城河。长安城东有霸陵桥，京城人常送客至此，折柳赠别。

柳浪

分行接绮树，⁰¹ 倒影入清漪。

不学御沟上，　春风伤别离。⁰²

品·评　这里的柳浪，是否跟杭州著名的"柳浪闻莺"相似，也是个颇具规模的景点，不得而知。但辋川别业多柳，并已形成一片柳浪，则由此可以肯定。诗人喜爱那些青绿婀娜的柔枝，特意用开着繁花的树木做她的陪衬，并将她的倩影映入清清的涟漪，构成一幅充满生气的图景。从《辋川集》其他的诗看，王维此次游玩和创作的季节是秋天，再从本诗看，则还不是深秋，否则柳叶就会凋零。不管怎样，此时柳枝还能成浪，还能和绮树比美，与清漪争光。于是王维想到：还是长在辋川的柳枝幸运，倘若是长在长安的御沟旁，也许在春天就会被那些送别的人折断许多吧，无意中流露出一点脱身于是非繁剧之地的庆幸。需要说明的是，这层意思很浅很淡，切忌过度追寻索隐。

栾家濑 [01]

飒飒秋雨中，浅浅石溜泻。[02]

跳波自相溅，白鹭惊复下。[03]

栾家濑可能位于辋川别业的边缘，裴迪就把这里比喻为"极浦"。王维描绘的是这样一幅图景："秋雨与石溜相杂而下，惊起濑边栖鹭，回翔少顷，旋复下集。"（俞陛云《诗境浅说续编》）有人评论道："此景常在，人多不观，唯幽人识得。"（《王孟诗评》引顾璘语）前引俞氏的意见与之一致："唯临水静观者，能写出水禽之性也。"寻常景色中的诗意，唯静观者得之；将寻常景色写成好诗绘成好画，惟思深技妙者得之。

**注
·
释**

● *01·* 少（shào）：年少，年轻。

● *02·* 翠凤：以翠羽装饰的凤形车驾，此指神仙乘用的车子。王嘉《拾遗记》卷三载："西王母乘翠凤之辇而来。"文螭（chī）：古代神话中花纹斑斓的无角龙，常为仙人拉车。羽节：饰有鸟羽毛的节杖，为仙人所持。玉帝：道教的最高统治者，所谓玉皇大帝。

金屑泉

日饮金屑泉，少当千余岁。*01*

翠凤翔文螭，羽节朝玉帝。*02*

**品
·
评**　这首诗真的从游览风景写到成仙之事了。照王维所说，日饮金屑泉，是能够年轻千余岁的——"少当千余岁"即饮泉可抵当（抵销）千余岁年纪而变得年少之意——这应该是王维听来的传说。如今，他和裴迪已经来到金屑泉旁，也已经饮过泉水，他想：如果我们真的每日都饮，那么我们该长生不老，从现在的年龄追回去千余岁了吧？这当然是个笑话，王维和裴迪都不至于那么幼稚，而且好像也没有什么证据说明王维信奉道教。但既然有这样的传说，诗人的兴致又高，他就顺着饮泉成仙的思路畅想下去：如果我们真的成了仙，将会是怎样的情景？那我们就会手持羽节，乘着仙家才有的凤辇，由文螭护送，去朝见玉皇大帝！五言绝句太短小了，诗人无法再说些什么，我们只看到了他的畅想，还不清楚他的态度。有人相信王维说的是真话，如《唐贤三昧集笺注》引顾可久评语："极状泉有仙灵气，藻丽中复飘逸。"但是否也可认为王维是在打趣和开玩笑呢？我倒宁可相信王维心中有这样的幽默细胞。

注·释 ● 01·蒲（pú）：香蒲，多年生草本植物，生长在浅水或沼池，叶长而尖，可编席子、蒲包等。向：将近，几乎。

白石滩

清浅白石滩，绿蒲向堪把。⁰¹

家住水东西，浣纱明月下。

品·评　白石滩，辋川别业内的又一处水面，又一种风光。这里的水，不像欹湖那么深，不像栾家濑那么急，这里是一个铺满白石的滩涂，清清浅浅的水中，旺旺地长着绿蒲，到处是一股压抑不住的生机。而最令诗人觉得有美感的，是在月光下漂洗轻纱的邻家少女。中国古人一提到浣纱就情不自禁地想起西施，这位绝色女子早年浣纱若耶溪的美丽形象已深入人心。所以王维这里尽管说的是"家住水东西"，即不知她住在滩东还是滩西，甚或这里根本就不止一个女子，既有住于水东的，也有住于水西的，而且诗中也并未说明浣纱的是少女还是老妇，但"家住水东西，浣纱明月下"给人的第一印象和联想，总是少女，而且是西施似的美丽少女在月下劳动的美好景象。其实，如果参考裴迪的同题诗，我们会发现他们在白石滩玩得很开心，"跂石复临水，弄波情未极。日下川上寒，浮云淡无色"。但还没到明月高挂的时分，当然也未必真的看到有人浣纱——白石滩清清的流水伴着少女月下浣纱的情景，或者根本就是诗人的想象，甚至是愿望呢。

注
·
释

- *01*·湖:指欹湖,北垞位于欹湖的北岸。
- *02*·逶迤:绵延弯曲貌。明灭:时隐时现。端:远处,尽头。

北垞

北垞湖水北, ⁰¹ 杂树映朱栏。

逶迤南川水, 明灭青林端。⁰²

品
·
评
从裴迪同题诗可知南、北垞和南山、欹湖的关系。湖应在南山之南,故其南垞距山远,北垞在湖水之北,便在南山脚下。又从两人诗可知,北垞岸上建有房舍,所谓"结宇临欹湖"(裴),所谓"杂树映朱栏"(王),就是写的那房舍和周围树木。欹湖当然是一湖活水,它既在南山之南,其水应是来自南山,也必有南流一派。诗人此时已登岸,尚未进屋,放眼远望,目送湖水逶迤朝南流去,弯弯曲曲时隐时现地一直流到树林的尽头,流露出一种依依不舍的情绪。

竹里馆

独坐幽篁里，弹琴复长啸。[01]

深林人不知，明月来相照。

品
·
评

竹里馆，顾名思义，是建筑在竹林中的一个小馆，名字就很雅致。更雅的是诗人独坐幽篁里，弹琴，长啸，思索着他自己才有的问题，舒泄着他自己独有的情愫，周围没有一个人，连同游的好友裴迪此刻也不在。这时，语言是无用的，交流更是不必，只需静默，沉思，冥想，灵魂出窍，神游于无限的虚空之中，要说禅境，此差可当之。而为此见证的，惟有一轮明月，一轮照彻古今却默默无言的明月，天上的月和竹馆的人心心相印而又相映成趣。中国诗论极口赞美的不涉色相，不落言筌，所谓羚羊挂角，无迹可求的境界，于此诗可见一二。

- 01·辛夷：亦称木笔，落叶乔木，高数丈，花苞形如笔，绽开如莲，色红紫，有香气。坞（wù）：中间低四周高的地方，也指村落、城堡。
- 02·"木末"句：开在枝头上的辛夷花犹如芙蓉。裴迪同咏云："况有辛夷花，色与芙蓉乱。"红萼（è）：红色的花苞。
- 03·涧户：山涧中的陋室。

辛夷坞 01

木末芙蓉花，　　山中发红萼。 02

涧户寂无人， 03 纷纷开且落。

品·评

辛夷坞，辋川山谷中因辛夷而得名的一处坞堡。王维用极为平静乃至平淡之笔，写出了它的绝对静谧，写出了在如此绝对的静谧中生命的存在和流逝。

静谧是一种境界，发现和表现静谧构成诗的上佳境界。但静谧并不是世界的静止，更不是死亡和寂灭。王维笔下的世界依然有着生命的内在脉动，除了季节迁移的自然节奏，这脉动无须任何外力的推动——尽管山中无人，涧户无人，既没有人关注、照料，也没有人欣赏这里的一切，辛夷花照样含苞，照样开放，开败了的花瓣照样纷纷落下，往年如此，今年如此，今后还会如此，生命在不断延续，不断轮回……诗人只是摄下了一个花开花落的静谧镜头，含义却如此丰富。禅宗有从飞花落叶现象感知世间无常之理，因而开悟的"独觉乘"。也许对于"禅"而言，这首诗可算是不着一字，尽得风流了。难怪前人纷纷评论："其意不欲着一字，渐可语诗禅。"（《王孟诗评》引刘克庄语）"五言绝之入禅者。"（胡应麟《诗薮》）

注·释

●01·漆园：《史记·老庄申韩列传》载，庄子曾任蒙漆园吏，其学甚高。楚威王闻庄子之贤名，以厚币迎之，并许以卿相之位。而庄子却以轻蔑的态度拒绝了。他对使者说："子亟去，无污我。我宁游戏污渎之中自快，无为有国者所羁。终身不仕，以快吾志焉。"辋川别业取以为景点之名。

●02·古人：此指庄子。傲吏：郭璞《游仙诗》："漆园有傲吏，莱氏有逸妻。"以傲吏指称庄子。经世务：经邦济世的能力。

●03·婆娑（suō）：逍遥安适、闲散自得的样子。李善注："婆娑，容与之貌也。"微官：指庄子所任的漆园吏。

漆园 ⁰¹

古人非傲吏，自阙经世务。⁰²

偶寄一微官，婆娑数株树。⁰³

品·评

《辋川集》中诗以写景和融情入景者居多，惟《漆园》一篇纯系抒慨，因景点之名与庄周相关，借咏庄以明志。

庄周向来有"傲吏"之称，他虽曾为漆园吏，不过是聊以应付生活而已，当楚王派员敦请他入朝为相时，就被他一口回绝。所以晋人郭璞《游仙诗》赞美他道："漆园有傲吏，莱氏有逸妻……高蹈风尘外，长揖谢夷齐。"强调他人格奇高，傲世绝俗。这几乎是古人的一致观点。可是，今天王维却偏要唱个反调，并且来个针锋相对。你们都说庄周是傲吏，我就偏说："古人非傲吏，自阙经世务。"庄周不仕，不是他傲，而是他本来就缺少治理国家的本领。所以，他担任漆园吏，不过是"偶寄一微官，婆娑数株树"，是潇洒过活，暂托余生，聊以应世。他既不是傲，也不是品格有多高，他只是心清欲寡，乐天知命而已，言下之意是不必把庄周拔高，让他成为一个普通人。归根到底，这其实是王维对自己行为的定位和解释。王维不希望别人视其酷爱隐居为傲慢，他也需要做官来养家糊口，但他又表示没有多大的才能，也没有过高的权位之想，一切的一切，和光同尘而已。这就是王维的人生哲学。

注·释

● 01·椒：花椒。落叶灌木或小乔木，枝多刺，有香气，果实可做调味香料，也可供药用。椒园应是种植花椒树的园子，亦为辋川景点之一。

● 02·桂尊：亦作桂樽，对酒器的美称。此当指盛有桂酒的酒器。帝子：指娥皇、女英，传说为尧之二女，故称帝子。《楚辞·九歌·湘夫人》："帝子降兮北渚，目眇眇兮愁予。"王逸注："帝子，谓尧女也。"

● 03·杜若：香草名。

● 04·椒浆：以椒浸制的酒浆。古代多用以祭神。奠：祭祀。瑶席：润泽如玉的席子。

● 05·下：请……下来。云中君：即云神丰隆。

椒园 [01]

桂尊迎帝子， [02] 杜若赠佳人。 [03]

椒浆奠瑶席， [04] 欲下云中君。 [05]

品·评

在漆园咏庄周，到椒园咏女神，都是合题而风雅之事。本诗是作者身临椒园时产生的一系列幻想：如何用考究的桂樽捧酒迎接娥皇、女英，手持杜若献给美丽的女神，又如何摆开瑶席，用香浓的椒酒来祭奠尊贵的天神，希望云中君能降尊光临……然而，也只是想，并没有行，如此而已。

辋川闲居赠裴秀才迪

注·释

●01·潺湲（chán yuán）：水缓慢流动的样子。

●02·墟里：村庄，村落。孤烟：指村里的炊烟。陶渊明《归园田居五首》其一："暧暧远人村，依依墟里烟。"

●03·接舆：春秋时楚国的隐士陆通，字接舆，佯狂避世，曾狂歌嘲笑孔子："凤兮，凤兮，何德之衰！"劝孔子隐退。此处代指裴迪。五柳：五柳先生，原为陶渊明自况，见《五柳先生传》："宅边有五柳树，因以为号焉。"此处王维自比。

寒山转苍翠，秋水日潺湲。[01]

倚杖柴门外，临风听暮蝉。

渡头余落日，墟里上孤烟。[02]

复值接舆醉，狂歌五柳前。[03]

品·评

诗题说明了内容，写作地点在辋川，事由是赠友人裴迪，具体而言，诗是一幅辋川秋景图。论风格，可以四字概括，曰：气定神闲。起调已极闲雅，寒山静穆，又添苍翠，潺湲秋水，涤人心肺。次联倚杖柴门者，当是作者，他虽若有所待，但心情平和，不急不躁，听暮蝉悠扬，自觉是种享受。看到的景物也充满宁静安详，渡头已无人影，落日正在西沉，农夫均已回家，村里炊烟袅袅，生活在按部就班、平淡无惊地行进着。这是王维最喜欢的和平安宁的环境。巧的是，裴迪今天喝醉了，这个楚狂接舆式的人物，醉醺醺地唱着歌一路走来，此刻正好走到王维的柴门之前。裴迪的狂歌，衬托了王维的悠闲，构成了一幅动静相谐的图景。本来是王维在看景，现在倚杖临风的王维和醉酒狂歌的裴迪也入了画，成为我们所欣赏的风景了。前人评论此诗，说了很多"意态犹夷""淡宕闲适""品高气逸""自然流转、气象极大"之类的话，这里就不再琐引了。

答裴迪辋口遇雨忆终南山之作 [01]

注·释

● 01 · 诗题一作《答裴迪》《答裴迪忆终南山》，裴迪有《辋口遇雨忆终南山因献绝句》诗，本诗是王维给裴迪的答诗。辋口：辋谷口，王维辋川别业所在地。

淼淼寒流广，苍苍秋雨晦。

君问终南山，心知白云外。

品·评

这是王维回答裴迪的诗，裴迪诗在前，所以应先看。裴诗云："积雨晦空曲，平沙灭浮彩。辋水去悠悠，南山复何在？"终南山有他们共同的游踪，现在他们又同在辋川，因为下雨，看来雨还下得不小，时间也长，迷蒙的雨幕挡住了视线，看不见终南山反而更想念终南山了。裴诗最后问道："辋水去悠悠，南山复何在？"王维的诗就是为回答这个问题而作。首联是对裴诗的呼应，写秋雨和辋水。次联是回答，"心知白云外"，是说我们都明白，终南山自在那白云之外，这本是不言而喻的，故实际上王维答诗还有"终南山在我们心中"之意，是我们心中明白它在那白云之外啊。

游感化寺

01

翡翠香烟合，瑠璃宝地平。 02

龙宫连栋宇，虎穴傍檐楹。 03

谷静唯松响，山深无鸟声。

琼峰当户拆，金涧透林鸣。 04

郢路云端迥，秦川雨外晴。 05

雁王衔果献，鹿女踏花行。 06

抖擞辞贫里，归依宿化城。 07

绕篱生野蕨，空馆发山樱。

注·释

● 01·诗题或作《游化感寺》。寺在今陕西蓝田县。

● 02·翡翠：一种硬玉，呈翠绿色，光泽如脂，半透明，亦称翠玉。此指燃香的烟色如翡翠。瑠璃：也称琉璃，一种有色半透明玉石，佛经以瑠璃为七宝之一，此指琉璃装饰的佛殿。宝地：一作宝殿。

● 03·"龙宫"二句：谓感化寺庄严幽深如龙宫虎穴，或谓喻寺旁有深潭和洞穴，亦通。

● 04·"琼峰"二句：谓寺门正对几个琼玉般的山峰，溪水的叮咚声透过重重树林传来。拆：分开。

● 05·郢（yǐng）路：通往郢州（今湖北省钟祥市）的驿路。秦川：泛指今陕西、甘肃秦岭以北平原地带。

● 06·雁王：佛教称领头的大雁为雁王，亦为佛三十二相之一。清赵殿成《王右丞集笺注》引《佛报恩经》及《法苑珠林》雁王获救及众鸟献果给禅僧二事。诗用此典，谓感化寺僧修行虔诚，故有雁王献果以慰劳。鹿女：佛经中所说的仙女。《杂宝藏经·鹿女夫人缘》："有国名婆罗奈，国中有山，名曰仙山。时有梵志，在彼山住，大小便利恒于石上。后有精气，堕小行处，雌鹿来舐，即便有娠。日月满足，来至仙人所，生一女子，端正殊妙，唯脚似鹿，梵志取之养育长成……此女足迹，皆生莲华。"诗用此典说感化寺灵验。

● 07·抖擞：梵语头陀、杜多的谐音意译，指去除尘垢、烦恼和贪欲，就像抖擞能去除衣服上灰尘一样。辞贫里：辞别贫穷的故里。此借佛经典故形容僧徒皈依佛教，就如穷孩子来到富足之家，将得到宝藏。归依：即皈依，信奉。化城：幻化之城，佛为引导求佛众生而幻化出来让他们暂时歇脚的地方，此喻感化寺。

香饭青菰米，嘉蔬绿笋茎。

誓陪清梵末，端坐学无生。[08]

品·评　王维信佛，凡到寺庙，倘有诗，必表达对佛教的虔敬。其表达的方法，一是描写佛寺的庄严崇高和其环境的清雅幽静，一是直接抒发向佛的决心和诚意。这类作品往往采用许多佛教的典故和语言，与他那些单纯的山水诗明显不同。例如他游庐山辨觉寺，有诗云："竹径连初地，莲峰出化城。窗中三楚尽，林上九江平。软草承趺坐，长松响梵声。空居法云外，观世得无生。"其中颔联写辨觉寺地势之高及由寺中放眼观景所见，气魄颇大，但全诗用了"初地""化城""趺坐""梵声""法云""无生"等一系列佛教词汇，却显得有点堆垛。

这次他游感化寺，所作诗也有此特点。首四句正面写寺，接四句写近处环境，均较一般，直到再两句延伸视线，向北望泰，朝南眺楚，才把感化寺的地理形胜标示了出来。然后转笔，"雁王"四句，用佛教典故赞美和祝福感化寺僧，说他们皈依佛祖，虔心修行，寺中必出种种灵验，而他们也将像穷孩子入富贵之家那样改善境遇。此后四句是写寺僧对诗人的接待，住的是山樱开放的客馆，食的是寺里生长的野蔬，当然，在诗人笔下，吃的住的都被美化了。最后两句是诗人的表态，也就是我们前面所说的，直接抒发向佛的决心和诚意。

历来有不少人十分欣赏王维的这类诗。我们觉得，应该说其中不无可取之处，如"窗中三楚尽，林上九江平""郢路云端迥，泰川雨外晴"等联，但用佛典多和某些语象的一般化，毕竟不是这些诗篇的精彩处。当然，尽管这类作品不代表王维诗的最高水平，我们还是应该阅读和了解的。

积雨辋川庄作

注·释

● 01 · 烟火迟：因积雨潮湿，炊烟迟迟点不着。藜：一年生草本植物，嫩叶可食。饷（xiǎng）：送饭。菑（zī）：开垦了一年的田地。

● 02 · 习静：习养静寂的心性，亦指静修。朝槿（zhāo jǐn）：即木槿，落叶灌木，其花朝开暮落，常用以喻事物变化之速或时间短暂。清斋：素食。露葵：葵是一种草本植物，其叶可食。

积雨空林烟火迟，

蒸藜炊黍饷东菑。 01

漠漠水田飞白鹭，

阴阴夏木啭黄鹂。

山中习静观朝槿，

松下清斋折露葵。 02

● 03・野老：乡村老人，此为诗人自谓。
争席：争座位，表示与人融洽无间，不拘
礼节。海鸥相疑：《列子·黄帝篇》说，海
边有人喜爱海鸥，海鸥也与他亲近。后，
其父要他捉一只海鸥回家。次日他再到海
边，海鸥好像知道他的心机而只在空中盘
旋，不再接近他了。

野老与人争席罢，

海鸥何事更相疑？ ⁰³

品·评　前人对此诗的解说，以方东树《昭昧詹言》（卷十六）为最简明扼要："此题命脉在'积雨'二字。起句叙题；三、四写景极活现，万古不磨之句。后四句言己在庄上，事与情如此。"

题有"积雨"，句首亦云"积雨"，积雨确是本诗主题。被方氏赞为"万古不磨之句"的颔联，则如一幅有声画卷，而尤以"漠漠""阴阴"这一对叠字最受赞赏，因为它们不但使声韵更加优美和谐，而且修饰了水田和夏木，使之更为具体生动，沈德潜甚至说此二句之妙："全在'漠漠''阴阴'，去上二字，乃死句也。"（《唐诗别裁集》卷十三）关于这一联，曾发生过王维抄袭李嘉祐诗的公案，据说李诗是十个字，与王诗去掉叠字后一样。经过争论辨析，事情已经弄清，王维抄袭的帽子可以摘除。

颈联描写作者在辋川庄（即辋川别业）的日常生活，习静本是道家语，但在王维，则与诵经念佛同义。清斋，便是吃素。尾联写他在辋川生活的散淡洒脱，他自称"野老"，自觉已和乡民打成一片，不分你我，他强调自己已毫无机心，连海鸥也不必对他有所怀疑。最后这一句是他对海鸥说的：我已对此，你们还有什么可怀疑的呢？口气是责问，但意思却是肯定的。

128

戏题辋川别业

注·释

● 01 · 松树披云：状松树之高如身披云彩。
从：任从。

● 02 · 藤花：紫藤花，俗称藤罗，蔓生植物。猱（náo）子：猱是猿猴的一种，猱子即幼猱、小猴子。麝：香獐，形似鹿而小，无角，喜食柏叶，雄麝脐间有腺囊，分泌物即麝香，为名贵药物。

柳条拂地不须折，

松树披云从更长。 *01*

藤花欲暗藏猱子，

柏叶初齐养麝香。 *02*

品·评

王维是个具有幽默感的人，前面已提到过，本诗也是一证。戏题者，轻松地开玩笑似的题写之意也。且看王维如何说。他说：在他的别业里，柳条长得拖到地面，没人去折；松树长上了天，身披云彩，也随它继续长。他又说：希望别业的紫藤长得茂密，小猴子们好躲在里面尽情玩耍；而柏树的叶子就让那些会生出麝香的麝鹿随意地吃。四句四事，并列合为一景，总括王维的意思，他的辋川庄里一切都那么自由自在，听其自然，不作任何人工的雕琢和改造，更没有任何功利的追求。真的是这样吗？也许会有点折扣。但这确是王维的理想，是他衷心渴望做到的。诗是这种愿望的具象化，带着对这些事物的温情，有些所思所想故称"戏题"。但我们恰恰从这里看见了王维精神境界的一个重要侧面，那就是仁慈博爱。

春中田园作

⁰¹

注·释

● *01* · 春中：指农历二月。
● *02* · 春鸠：即布谷鸟、杜鹃，鸣于初春之时。
● *03* · 持斧：《诗·豳风·七月》："蚕月条桑，取彼斧斨，以伐远扬。"春季采桑养蚕忙，人们用斧头砍去长得太远而扬起的桑条。觇（chān）：察看。泉脉：地下伏流的泉水。
● *04* · 看新历：查看新一年历书上标示的节气，以便安排农活。
● *05* · 御：进用。

屋上春鸠鸣，⁰² 村边杏花白。

持斧伐远扬， 荷锄觇泉脉。⁰³

归燕识故巢， 旧人看新历。⁰⁴

临觞忽不御，⁰⁵ 惆怅远行客。

品·评

王维隐居，虽未必亲自参与劳作，但毕竟亲近了农家的劳动生活，所以他能写出这样的田园诗来。他的观察是细致的，布谷鸟叫了，杏花开了，燕子归来了，农妇采桑养蚕，农夫伐去疯长的桑枝，又背着锄头察看水脉，人们认真地查看新历书上载明的节气，安排一年的农活，这些普通平凡的农家生活，一一在他的笔下得到表现，有一种亲切，一种喜悦。尾联有点突兀，"临觞"欲饮的应是诗人，可是他忽然又放下了酒杯，因为他想起了远行客还未归来，惆怅的情绪使他无法成饮，前人认为这两句是从《诗经·卷耳》"嗟我怀人，置彼周行"化出。由自己的安适想到他人的辛苦，这样的心怀不必夸说有多高，但不是每个人都具有的。

春园即事

宿雨乘轻屐，　春寒着弊袍。 01

开畦分白水， 02 间柳发红桃。

草际成棋局，　林端举桔槔。 03

还持鹿皮几， 04 日暮隐蓬蒿。

品·评

春园即事，其实也就是春园即景，但即景可以只写所见，即事却还需写到自己的行事，二者多少有点差别。此诗首联所写的主体就是作者本人：早春，在一场夜雨之后，诗人穿着轻便的木屐和旧袍子，冒着寒冷，来到园子里闲逛，这就是本诗要写的事。接着写在园子里看到了什么，等于即景。颔、颈两联告诉我们，他见到农夫在开沟放水灌田，绿柳间隔着桃树，桃花开了，红绿杂错。春草茂长，远远望去那一片绿草被田塍分隔得像一副棋枰，树林边上则有人在用桔槔打水，好一派春意盎然的忙碌气氛。尾联回到自身，面对如此春景，诗人愿意更多地待在园子里，他想提个小凳，隐遁在园子的蓬蒿之中，直到太阳下山。这是想做而尚未真做的事，但这想法表达了作者渴望隐居田园，过一种质朴自然生活的愿望。

山居即事

注·释　●01·荜（bì）门：用竹荆编织的门，指简陋的住处。

寂寞掩柴扉，苍茫对落晖。

鹤巢松树遍，人访荜门稀。[01]

嫩竹含新粉，红莲落故衣。

渡头灯火起，处处采菱归。

品·评　本诗亦以即事为题，所写之事就是诗人的日常隐居生活：傍晚来临，他寂寞地掩上了柴门，陪伴他的只有那西沉的太阳、苍茫的落晖。此外六句皆写所见，实为即景，可见即事、即景区别本来有限。王夫之《唐诗评选》就干脆把八句都认为"景语"。想想也对，当诗人在看景时，他自己连同他所看的景也被我们当成景致看了。诗人接着说，在他隐居之地，有不少松树，松树上筑了许多鹤巢，树和鹤很兴旺，但很少有客人过访，这就回应了前句的"寂寞"二字。这里有旺密的新竹，有肥硕的红莲，可想而知，水里的菱藕一定很丰盛，乡人们纷纷去采摘，直到渡口已点上灯火，他们的船才归来。王维表现这种生活，某种意义上也就是分享这种生活，字里行间流露出欣快的情绪是很自然的。

山居秋暝
⁰¹

注·释

● *01*·秋暝（míng）：秋天的夜晚，暝指天暗。

● *02*·晚来秋：夜晚时分更感到秋意的浓重。

● *03*·浣女：洗衣或漂纱的女子。

● *04*·随意：任凭，不觉。歇：消歇，此指春花凋谢。王孙：王室子孙，泛指贵族子弟，此为作者自称。《楚辞·招隐士》："王孙游兮不归，春草生兮萋萋……王孙兮归来，山中兮不可以久留。"即以王孙指隐士，而作者正以隐士自居。

空山新雨后，　天气晚来秋。⁰²

明月松间照，　清泉石上流。

竹喧归浣女，⁰³　莲动下渔舟。

随意春芳歇，　王孙自可留。⁰⁴

品·评　此诗当作于辋川，写秋日空山夜色，抒长久隐居之愿，向称名作，而以"明月"一联最为脍炙人口。前人的评语，或说"总无可点，自是好"（《王孟诗评》引刘克庄语），或说"极是天真大雅""随意挥写，得大自在"（吴乔《围炉诗话》、高步瀛《唐宋诗举要》），都着眼于其平淡自然的风格。从全诗看，不作刻意雕琢，不立警句，好似浑不着笔力，确系本诗特色，亦是王维多数山水田园诗之特色。但这是绚丽以后的平淡，是艺术风格成熟的标志，而不是幼稚的随意。也有人批评本诗写景太多，如沈德潜认为"中二联不宜纯乎写景"（《说诗晬语》卷上），但依我看，中二联正是诗的妙处所在，因为它们是灵动的形象画面，倒是尾联，直抒胸臆，有点概念化了。

田园乐七首 [01]

（选五）

注·释

● 01·诗题一作《辋川六言》，此选其三以下五首。

● 02·杏树坛边渔父：杏坛相传为孔子聚徒讲学休息处。《庄子·渔父》："孔子游乎缁帷之林，休坐乎杏坛之上。弟子读书，孔子弦歌鼓琴，奏曲未半，有渔父者下船而来，须眉交白，被发揄袂，行原以上，距陆而止，左手据膝，右手持颐以听。"此渔父显然能够欣赏孔子的琴曲。桃花源：陶渊明想象中的世外乐园，见陶著散文《桃花源记》。

● 03·一瓢颜回陋巷：颜回是孔子学生，居七十二贤人之首。《论语·雍也》："子曰：贤哉，回也！一箪食，一瓢饮，在陋巷，人不堪其忧，回也不改其乐。贤哉，回也！"五柳先生：陶渊明自称。

其三

采菱渡头风急，策杖林西日斜。

杏树坛边渔父，桃花源里人家。[02]

其四

萋萋芳草春绿，落落长松夏寒。

牛羊自归村巷，童稚不识衣冠。

其五

山下孤烟远村，天边独树高原。

一瓢颜回陋巷，五柳先生对门。[03]

其六

桃红复含宿雨，柳绿更带春烟。

花落家僮未扫，莺啼山客犹眠。

其七

酌酒会临泉水，抱琴好倚长松。

南园露葵朝折，东谷黄粱夜舂。[04]

品·评　《田园乐》组诗有许多可说的特点。前人概括其内容，谓它们分别写出了景之胜、俗之朴、地之幽、供之淡和身之闲，极尽了田园之乐（《增订唐诗摘钞》）。对于艺术的分析，也颇多可取观点。有谓"首首如画"者，有谓某首"非右丞工于画道，不能得此数语"或某首"上联景媚，句亦媚；下联居逸，趣亦逸"者（《王孟诗评》《画禅室随笔》《唐诗选脉会通评林》），都指出其诗如画的特色。这些我们不再重复说。也有人注意到诗的格律节奏，如潘德舆《养一斋诗话》云："或问六言诗法，予曰：王右丞'花落家僮未扫，鸟啼山客犹眠'，康伯可'啼鸟一声春晚，落花满地人扫'，此六言之式也。必如此自在谐协方妙，若稍有安排，只是减字七言绝耳，不如无作也。"他指出六言体不是七言绝句的减字，应写得自在谐协，这都很对，但过于简单，不够具体，故尚可补充。

六言绝句是七绝的变体，虽只少一个字，但语言节奏发生了很大变化。七绝最末一字，因是单音，常可形成拖腔，虽是一字，在音乐上却可拖成两拍甚至更长。但六言诗全部是双音词组，六个字往往由几种方式构成，或二四式（如"山下孤烟远村，天边独树高原"），或四二式（如"杏树坛边渔父，桃花源里人家"），或二二二式（如"桃红复含宿雨，柳绿更带春烟"），但无论哪一式，都不宜再有拖腔，硬拖便会别扭不自然，我们试诵上选诸篇即可知晓。这样，诵念六言诗就和吟哦七绝的感觉很不一样，倒和唱某些词曲的四、六言句子的味道接近。再者，六言诗比七绝更少用虚字虚词，虽少一字但内容反更厚实充足，每个字所承担的诗意浓度也更高。因此，六言诗的技巧实不易掌握，唐诗史上六言绝句数量远比七绝要少，佳作尤少，绝非偶然。而王维《田园乐》所达到的艺术高度却是难以企及的，我们越是吟诵把玩，就越能体会到它们的佳妙。

蓝田山石门精舍 01

注·释

● 01·蓝田山：在蓝田县东南，今属陕西。石门精舍：位于蓝田山的一座寺庙。精舍是对寺庙的美称。

● 02·漾舟：泛舟，荡舟。信归风：任凭回风的吹拂，归风即归帆之风。

● 03·朝梵：早晨诵经，即僧人的早课。夜禅：晚上坐禅。

● 04·道心：借用道家词汇，实指佛心佛理。

落日山水好，　漾舟信归风。02

玩奇不觉远，　因以缘源穷。

遥爱云木秀，　初疑路不同。

安知清流转，　偶与前山通。

舍舟理轻策，　果然惬所适。

老僧四五人，　逍遥荫松柏。

朝梵林未曙，　夜禅山更寂。03

道心及牧童，04世事问樵客。

暝宿长林下，　焚香卧瑶席。

涧芳袭人衣，　山月映石壁。

再寻畏迷误，　明发更登历。

笑谢桃源人，　花红复来觌。⁰⁵

品·评

王维的辋川别业在蓝田县，故往游同在蓝田的石门精舍，应不是难事。此诗佳句曾被殷璠《河岳英灵集》提及，后收入《文苑英华》，却被作为两首，押东韵的前八句为一首，押仄声陌锡韵的十六句为另一首。但在各本王维集中，都还是合为一首，且从内容看，似也以贯通来讲为优，故不妨将本诗视为前后两段转韵的五言古体诗。

前八句写水上之游。诗人在船上任情漂泛，饱览山景，沿水而上，追溯到了源头。使他感到惊喜又奇妙的是，清清的流水竟将他引到了山的另一面。他舍舟登岸，持杖步行，来到了他此次游览的目的地石门精舍。

九、十两句是全诗的转折，以下则是对山寺的描绘，但用笔的重心不是写庙景，而是写人。首先进入画面的是几个在松柏荫里逍遥的老和尚。接着说明与此刻逍遥相对的忙碌，严格的早晚两课，早上是念经，晚上是坐禅。再写老僧们道行高深，道心广被，连无知牧童也受到感染，而他则忘怀世事，所了解的一点，还是从樵夫那里听来的。从"暝宿长林下"起，写作者留宿石门精舍的情况。这里的住处有佛门的简陋朴素，环境和用具却又十分高雅珍贵。山间的空气是那样清新，有着自然的沁人馨香，月光洒满石壁，使人心境既明朗又宁静。诗人觉得这就是他衷心向往的地方，他心灵的世外桃源。他非常不愿离开，但又不能不走，他渴望再来，又怕像那个有幸到过桃花源、重来时却迷了路的渔夫，所以第二天一早就再次登临察看，并跟僧人约定：明年花红时，我将再来看望。

诗就是这样平平稳稳、波澜不惊地叙述了过程，描绘了情景，含蓄地抒发了学佛出世的理想，表现了一种清高脱俗的人生观，创造了一种清新宁静的美。对于一位生活在一千二三百年前的诗人，我们还能苛求他什么呢？

山中

荆溪白石出，⁰¹ 天寒红叶稀。

山路元无雨， 空翠湿人衣。

品·评　这是一首《辋川集》风格的小诗，清淡幽雅，飘拂着高隐和禅家的妙趣。首联的白石、红叶是王维诗爱用的物象，二者又以鲜明色彩形成对映之美，这是可考虑的一点。最有力的根据当然还在于下联的诗情和禅意。行走在山路上的诗人，实际上并没有遇雨，但山中的"空翠"——那种朦胧不可实指而又丰沛洋溢、无处不在的绿意岚色——却把他的衣衫润湿了。这种无道理的事情，只能是心灵的感受，是超越真实的体悟，在王维山水诗中却偏要把这说成事实，其实恰是他最擅长缔造的境界。《山中》具备了这些特点，不管究竟是谁写的，它的"王维风"，应是客观存在，这才是最重要的。

辋川别业

注·释

● 01 · 东山：东晋谢安隐居处，在今浙江省绍兴市上虞区西南，后以东山代指隐居地。

● 02 · 二句写诗人在这里所结识的，既有精于经论的高僧，又有伛偻老人那样的乡里贤者。优娄：人名，梵语音译，即优楼频螺迦叶，佛的弟子。比丘：梵语音译，俗称和尚，为男性的出家僧人。经论：佛教经典分经、律、论三部分。经，总说根本教义；律，记述戒规威仪；论，阐明经义。伛偻（yǔ lǚ）丈人：驼背老人。《庄子·达生》说：孔子去楚国，经过一树林，见有驼背老人持长竹竿粘蝉，像抬取东西一样轻巧。孔子问其道，老者说他粘蝉时专心致志，虽天地之大，万物之多，他只知有蝉翼，怎么会得不到呢？

● 03 · 披衣倒屣：形容急于见客，来不及穿好衣服，反穿着鞋子就去迎接。衡门：横木为门，简陋的住处，此借指隐者的居所。晋陶潜《癸卯岁十二月中作》诗："寝迹衡门下，邈与世相绝。"

不到东山向一年，⁰¹

归来才及种春田。

雨中草色绿堪染，

水上桃花红欲燃。

优娄比丘经论学，

伛偻丈人乡里贤。⁰²

披衣倒屣且相见，

相欢语笑衡门前。⁰³

品·评

此诗表达作者重回辋川别业的欣喜。其实他离开得并不久，还不到一年，但他渴望远离烦人的官场，思念清幽宜人的山庄，所以在感觉上仿佛已是久别，回到这里就禁不住心头的狂喜，于是看出去的一切都异乎寻常的美。诗的当中两联，一写自然环境，一写庄里乡亲，都作了极大夸张，把普通的和尚比作饱读经书的高僧，把平凡的老者比作庄子笔下的高人。但诗人的喜悦确是由衷的，发自内心的，诗尾描绘他急于见到来看望他的客人——大概就是他心目中的优娄比丘和伛偻丈人吧——披衣倒屣，相欢语笑的样子，真是令人有几分感动。

酬张少府 01

注·释

● 01·酬：酬答，以诗文回赠别人相赠的诗文。张少府：名不详。少府是县尉的别称。
● 02·长策：良策。
● 03·穷通：穷困和显达，得志和失意。

晚年唯好静，　万事不关心。

自顾无长策，⁰² 空知返旧林。

松风吹解带，　山月照弹琴。

君问穷通理，⁰³ 渔歌入浦深。

品·评

诗题显示，是张少府有诗赠王维，王维乃以此酬答。既是酬答，总需有点针对性，张诗今不存，只能从答诗推测一二。估计张少府诗有问候、慰勉王维之意，故答诗一开头，王维就说：我老了，万事都不再关心，更不必说国事朝政了。这有点放矢的开头两句，曾让王维在某些文学史书中遭到严厉批判。其实，诗人说话总不免夸张，是需要打点折扣，对他们宽容些的。再者，经历了安史之乱的巨大变故，好不容易获得皇恩赦免，恢复了官位，王维拿什么本钱来"关心"世事呢？就是还有点儿关心，他又能怎样向张少府宣示呢？更何况他已人到老年！"自顾无长策，空知返旧林"，是自我批评，也是在说事实，是自我解嘲，如果说从中能体会到作者的一点隐痛和悲哀，恐非无中生有。当然，"松风吹解带，山月照弹琴"，又有点自我陶醉，是在逃避现实中自得其乐，在忧患与无奈中发现美，体验美。凡真正经历过苦难的人应该知道，做到这一点并不容易。张少府大约还比较年轻，入世不深，所以会向王维请教"穷通理"——无非是怎样才能亨通腾达？怎样避免穷愁困顿？如何"达则兼济，穷则独善"，诸如此类有关人生哲学的大问题。这叫诗人如何回答呢？真是一言难尽。结果他的回答是"渔歌入浦深"，是不答之答，你怎么理解都行。但根本的意向是明白的，诗人不是鼓励张少府去奔竞钻营，去追名逐利，或用冠冕堂皇的话叫他建功立业，而是诱导他向往自然和自由。己所不欲，勿施于人，王维实践了孔子的教导。

送杨长史赴果州 ⁰¹

注·释

● 01·杨长史：杨济，官至大理寺少卿兼御史中丞。长史，州郡刺史的属官。果州：唐山南西道的属州，今四川省南充市北。

● 02·褒斜：古道路名，因取道褒水、斜水二河谷而得名，二水同出秦岭太白山，通道山势险峻，历代凿山架木，于绝壁修成栈道，为川陕交通要道。輶：车幔，此指车辆。之子：即这个人，此指杨长史。

● 03·官桥：官道上的桥梁。祭酒：古人出行，要祭祀路神。祭酒客：为行路人祭神的巫师。女郎祠：陕西省汉中市褒城县有女郎山，山旁有女郎坟，山下有女郎庙及捣衣石。传说女郎为张鲁之女。

● 04·子规：鸟名，谐音"子归"，即杜鹃、布谷，鸣声凄厉，听来似"不如归去"，能动旅人思归之情。

褒斜不容幰，之子去何之！ ⁰²

鸟道一千里，猿啼十二时。

官桥祭酒客，山木女郎祠。 ⁰³

别后同明月，君应听子规。 ⁰⁴

品·评　此诗得到历代诗评家激赏，原因大概有三。一曰情深，二曰词雅，三曰创格，不落俗套。开篇以强烈的呼喊和问语起调，同情、不安，乃至忧虑悲伤尽其中。次联想象的摹拟，把由陕去蜀的艰险夸张而形象地道出，文字美，对仗工，"至今送令读者眼中如有鸟道，耳畔如有猿声，诗之移人如此！"（《唐诗快》卷八引黄周星语）三联将想象从空中、远处移至地上、眼前，进一步具体渲染蜀道的艰险凄凉，犹如音乐的回旋。尾联借月为中介将身在异地的友人与诗人相联系，再借子规鸟名和啼声表达希望朋友早日归来。前人评为"收忌太平熟，此惟得之"（《唐贤三昧集笺注》引黄培芳语）。而纪昀总评全篇则云："一片神骨，不比凡马空多肉。"（《瀛奎律髓汇评》卷四）凄清俊逸，超凡脱俗，确是本诗特色。

冬晚对雪忆胡居士家[01]

注·释

● 01·胡居士：名不详。居士，在家修行的佛教徒。

● 02·寒更：寒夜中的更鼓声。传晓箭：箭，古代计时工具漏壶上指示时间的箭状指针。传晓箭意为指针已指向天晓。

● 03·牖（yǒu）：窗户。

● 04·积素：指积雪。

● 05·袁安：晋周斐《汝南先贤传》（《后汉书·袁安传》唐李贤注引）："时大雪积地丈余，洛阳令身出案行，见人家皆除雪出，有乞食者。至袁安门，无有行路。谓安已死，令人除雪入户，见安僵卧。问安何以不出。安曰：'大雪，人皆饿，不宜干人。'（洛阳大雪，大家都在挨饿，不好去麻烦别人。）令以为贤，举为孝廉。"此以袁安比胡居士。偕（xiāo）然：超脱自在貌。

寒更传晓箭，[02] 清镜览衰颜。

隔牖风惊竹，[03] 开门雪满山。

洒空深巷静，　积素广庭闲。[04]

借问袁安舍，　偕然尚闭关？[05]

品·评

此诗一作王邵作，非。王维另有《胡居士卧病遗米相赠》及《与胡居士皆病寄此诗兼示学人二首》，知胡家贫而向佛，与王维为道友。题云"忆胡居士家"，是作者曾去过胡家，亲见其穷困清高之状，故于雪朝严寒中念及耳。

诗之首联写时间，是大雪纷飞的夜晚，夜已深了。作者揽镜自照，镜里是苍老的衰容——不但时令入了冬天，人生也到了冬季。中两联写雪，好处是正面描写。清洪亮吉云："古今咏雪月诗，高超者多，咏正面者殊少。王右丞'洒空深巷静，积素广庭闲'，可云咏正面矣。"（《北江诗话》卷一）其实"隔牖风惊竹，开门雪满山"二句，也是正写，下句且出现了"雪"字。当然"洒空"两句更好，写出了大雪纷飞，铺天盖地的样子，又点出了"静"和"闲"，把在雪景中充分享受着闲趣和美感的安然心态表达了出来。而这又恰好与尾联的内容形成反比与对照。在此心神恬适之际，他猛然想起，胡居士此刻会如何？他家贫穷，为人又清高，在此大雪严寒之夜，大概会像东汉高士袁安那样紧闭家门，僵卧床上，而绝不肯因冻饿向任何人求援的。牵挂、不安之情就此油然而生。这样的结尾，使我们想起《春中田园作》的"临觞忽不御，惆怅远行客"两句。看来儒家"己饥己溺"的思想，对王维影响颇深，用现代话来说，那就是对朋友有一份爱心吧。

渭川田家

注·释

● 01·墟落：村庄。穷巷：陋僻的巷子。
● 02·雉（zhì）：野鸡。雊（gòu）：野鸡的鸣叫声。秀：秀穗，指麦子灌浆。蚕眠：蚕蜕皮前不食不动，如睡眠状。
● 03·式微：《式微》系《诗经·邶风》的篇目，首章云"式微！式微！胡不归？"王维乃断章取义，以吟"式微"，表述渴盼回归田园之意。

斜光照墟落，穷巷牛羊归。⁰¹

野老念牧童，倚杖候荆扉。

雉雊麦苗秀，蚕眠桑叶稀。⁰²

田夫荷锄至，相见语依依。

即此羡闲逸，怅然吟"式微"。⁰³

品·评

这是一首堪与陶渊明作品比美的田园诗，写农村暮景，笔端浓情厚意，至善至美。王夫之云："通篇用'即此'二字括收，前八句皆情语，非景语。属词命篇，总与建安以上合辙。"（《唐诗评选》卷二）其实，一切景语皆情语，承认前八句为写景之笔，完全不影响肯定它们同时是灌注了深厚感情的情语。非要说它们是情语不是景语，就未免矫情了。

诗云：红日西沉，村落沐浴于斜光之下。牛羊纷纷来归，冷清的街巷顿时热闹起来。老人拄着拐杖，在自家柴扉前等候着孙儿。这是大好的春季，麦苗快抽穗了，野鸡在啼叫求偶，蚕儿吃饱桑叶，开始静静地休眠。农夫们背着锄头从田间回家，见了面问候招呼十分亲切。上面所写，不正是一幅悠闲和谐的田园晚景吗？怎能硬说它不是景语呢？当然，作者对此充满了感情，即使没有"即此羡闲逸"两句，我们也看得出王维是真心地喜欢这淳朴温馨的田家气氛，写景中渗透着感情。虽然他未必愿意，更未必能够真正成为农家的一员，但他乐于在这样的气氛中度日，他希望在这里修建起他生活和心灵的家园，享受他渴盼的"闲逸"。他在诗的最后明表达了这个意愿。值得注意的是，他在"怅然"而吟。为何怅然？是可惜没早点来，浪费了宝贵时光？还是今日真要实现归隐并不容易？还是有别的种种原因？我们无法确切知晓，而这正是本诗余味无穷的所在。

新晴野望

01

注·释

● *01*·新晴：雨后刚刚放晴。野望：一作晚望。

● *02*·氛垢：尘埃。

● *03*·郭门：外城的城门。

● *04*·"白水"二句：雨后农田中的积水在阳光下闪光，与山田背后碧翠的山峰相辉映。

● *05*·农月：农忙时节。

新晴原野旷，　极目无氛垢。 *02*

郭门临渡头，*03* 村树连溪口。

白水明田外，　碧峰出山后。 *04*

农月无闲人，*05* 倾家事南亩。

品·评　如果说在《渭川田家》中，王维主要写出了农村生活中人情的亲切感，那么，这一首写的则是农村自然风光的美。这里并无奇山异水，有的只是普通平凡之景，但诗人却从这里发现了美，一种平和而温馨的美。

诗人选取雨后新晴的天气，首先写出了它的爽朗清新，"新晴原野旷，极目无氛垢"，让我们感到了空气的透明，作为一个现代人，对此会格外敏感而珍惜。"郭门"一联，景致是常见的，用平平的语调写出，给人平和之感。"白水"一联目光放远，所见开阔，景色也增添了层次，白水明田已在远处，更远处是层叠的山峰。如果作画，这两句该是大笔濡染深浅不同的青绿色。有了这背景的衬托，郭门、渡头、村树、溪口都更突显了出来。画面上没有人，即有，也很小，这是中国山水画的特点之一，王维此画亦然。在诗中，他作解释道：正是农忙，人们全到田里去了，所以到处都看不见人。八句只是写景，但景语也是情语。

过香积寺

注·释

- 01·香积寺：唐寺，址在今陕西省西安市长安区南，宋时已毁，后易地重建。
- 02·空潭曲：清幽空寂的潭水弯曲处。安禅：僧人坐禅时入静无念的状态。毒龙：佛经中喻杂念俗欲。

不知香积寺，数里入云峰。

古木无人径，深山何处钟？

泉声咽危石，日色冷青松。

薄暮空潭曲，安禅制毒龙。02

品·评

赵殿成《王右丞集笺注》对本诗有很好的解说，兹引如下，并略作申述和补充。赵曰："此篇起句极超忽，谓初不知山中有寺也。追深入云峰，于古木森丛，人踪罕到之区，忽闻钟声，而始知之。四句一气盘旋，灭尽针线之迹，非自盛唐高手未易多觏。'泉声'二句，深山恒境，每每如此。下一'咽'字，则幽静之状恍然；着一'冷'字，则深僻之景若见，昔人所谓诗眼是矣。"

赵氏指出，王维"过"香积寺，带有偶然性，他本不具体知道寺在山中何处，但应该大略地听说过此山中有个香积寺。所以他深入云峰，走的是"无人径"，乃古木森丛、人踪罕到之地。忽然听到钟声，便有无限惊喜——原来寺庙就在这里！这种写法，赵氏称之为"起笔超忽，而四句一气盘旋，灭尽针线之迹"，就是使刻意的安排像自然流出一样。以下论述五、六两句，指出景色虽无特异处，但作者的炼字很出色。清泉流过山石，阳光照到松树，本是常景，但说"泉声咽危石，日色冷青松"，那泉声便人化了，仿佛有什么幽怨似的，青松也人化了，对日色产生了冷暖的感觉。所以，赵殿成说"咽"和"冷"两个字就是中国诗学中所谓的"诗眼"，即让诗灵动起来、活泛起来的关键词。对尾联，赵氏没作分析，可引王夫之《唐诗评选》卷三中语"结亦不累"来补充。尾联的意思有点直露，甚至有点说教味，但与本诗总的意境还不算很违悖，故一向要求严格的王夫之也就放它过关，而我们也不必为王维做什么辩护了。

田家

注·释

- 01·诗题一作《田家作》。
- 02·旧谷：秋收前的陈粮。希：望也。
- 03·卒岁：终岁。语出《诗经·豳风·七月》："无衣无褐，何以卒岁？"
- 04·"雀乳"二句：雀鸟在长满青苔的枯井中孵育幼雏，公鸡在未涂油漆的门扇前啼鸣。乳：鸟产卵。
- 05·赢牸（léi zì）：瘦弱的母牛。草屩（jué）：草鞋。豪豨（xī）：豪壮的猪。
- 06·拆：成熟开裂。

旧谷行将尽，　良苗未可希。[02]

老年方爱粥，　卒岁且无衣。[03]

雀乳青苔井，　鸡鸣白板扉。[04]

柴车驾赢牸，　草屩牧豪豨。[05]

夕雨红榴拆，[06]新秋绿芋肥。

●07 · 饷田：为田里干活的人送饭。憩（qì）：休息。旁：通"傍"。舍：田间小屋。

●08 · 愚谷：典出《说苑·政理篇》：齐桓公打猎走入一山谷，向一老者询问谷名，老者回答叫愚公之谷并解说来历：他所养母牛，生了一头小牛，他卖掉小牛，换来一匹马驹，一个青年却说牛不生马，就把他的马驹拿走了。邻居听说后都说他愚，于是就把这山谷叫作愚谷。

饷田桑下憩，　旁舍草中归。 *07*

住处名愚谷， *08* 何烦问是非？

品·评

这是一首更地道的田园诗。全诗十四句，以十二句的篇幅描写农村日常生活，画面上交织着劳动与闲适，清贫与安逸，衰老与生机，突出地表现了作者眼中的春日田园之美。作者虽是一位官身的隐士，但他的感情受到乡邻的感染，已在不知不觉中，与他们有了共同的关心、共同的语言。

诗一开头就写到"旧谷行将尽，良苗未可希"。春天是美好的，但也是农家最怕、最难熬的青黄不接之际。相信王维不会缺粮，这里写的应是农户的情况、农人的感情。紧接着的"老年方爱粥，卒岁且无衣"，当然也应是农家老人的情况。老人爱粥，口味清淡，不嗜肥甘，既与年龄有关，也与根本无肉可吃有关，这且不去说他。但无衣无褐，难以卒岁，却不能说不是无奈的贫困。王维是亲眼看到了辛勤一年，乃至劳苦一生的农民生活之贫苦，并把这写入诗中的，他也许并非有意揭露，但也确实没有粉饰盛唐。下面的"柴车驾羸牸，草屩牧豪豨"，进一步描绘了艰苦的劳动和物质的匮乏。满载的柴车由瘦弱的母牛拉着，硕大的肥猪让穿着草鞋的儿童赶着牧放——我们的解释或许增添了一点想象，但基本不违诗意——这景象就是在今天的农村，不是也能见到吗？

诗描绘了农家生活的安宁，"雀乳"一联透出一种平静祥和的气氛。"夕雨红榴拆，新秋绿芋肥"，更写出了眼见和想象的田园之美。

"饷田桑下憩，旁舍草中归"，反映了农民"有太平日子过，即使穷一点"这种情绪。只是文化人比农人思想复杂，他总要想一些问题，对一些问题追问一个是非对错，比如贫富悬殊对不对呢？比如隐退山林对不对呢？甚至诵经崇佛对不对呢？如此等等。追问的结果是想不明白，又何苦追问呢？难得糊涂罢了。诗的结句就落到了这一点上。这当然是消极的，对于王维，却又是无可奈何的，不是吗？

杂题五首 皇甫岳云溪 01

注·释

●01·皇甫岳：生平不详，《新唐书·宰相世系表》有皇甫恂之子皇甫岳的记载，可能即为此人。云溪：皇甫岳隐居之处。

鸟鸣涧

人闲桂花落，夜静春山空。

月出惊山鸟，时鸣春涧中。

品·评

王维的《辋川集》是歌咏自家别墅内的景点，而这五首诗是因皇甫岳别墅的景点而引起的歌咏，二者风格基本相同。如这一首就几乎可称《辋川集》里《鹿柴》、《辛夷坞》的姐妹篇，把一个静字写得入骨三分。

"人闲桂花落，夜静春山空"，一静矣，然尚是作者明言之静。"月出惊山鸟"，更静矣，试想无声的月出竟似乎能打破山中之静使熟眠的鸟儿惊醒，那山中之静是到了何等程度！然而作者至此仍不停笔，又来一句"时鸣春涧中"——鸟儿被惊醒，这里那里不时发出鸣声，这声音不但没有使山中变得嘈杂，相反，偶发的鸟鸣声和它的回音，却让这座春山显得更空旷更宁静——静极了的春山中，时不时的鸟鸣，使春涧更静谧，自然的生活竟然如此符合辩证法。而外界的静，是要有一颗宁静的心去发现的，甚至是由这颗宁静的心去赋予的。我们根本搞不清（也无须弄清）这静究竟是真实的还是虚拟的，是客观的抑或是主观的，这便是禅。所以诗论家胡应麟说："太白五言绝，自是天仙口语，右丞却入禅宗。如'人闲桂花落……'、'木末芙蓉花……'，读之身世两忘，万念俱寂，不谓声律之中，有此妙诠。"（《诗薮》内编卷六）

注
·
释

● 01·坞：四周高中间低的地方，此指四周莲花丛生的停靠船只的地方。

● 02·篙：撑船用的长竹竿。红莲衣：本指红莲的花瓣，但水中红莲何必怕湿？此实喻采莲女裙衣。

莲花坞 [01]

日日采莲去，洲长多暮归。

弄篙莫溅水，畏湿红莲衣。[02]

品
·
评

此首可与《辋川集》之《白石滩》媲美。《白石滩》写浣纱女，描绘的是月下浣纱的情景；这首写采莲女，用笔更集中于写人，更富动态、乐趣和美感。姑娘们采莲一天，傍晚才归来，劳动结束了，年轻人在小舟上快活地打闹，诗人似乎听到她们的对话，其中有个姑娘对撑篙的同伴说："小心撑呵，别把水溅起来，我们的红裙可怕弄湿呢！"在"红衣"二字中加个"莲"字，是即景生情，随手拈来，但很妙。这一来，姑娘们的裙衣和水中的莲花就印合起来，双关起来，红莲既是花，也是裙，相互映衬，大增其美。仔细一想，花哪里会怕水？"畏湿"的当然是姑娘的裙子。诗人记下了她们的话，我们则如闻其声，如见其人，如看到了一幅生动的采莲归舟图。

● 01·鸬鹚(lú cí)：一种水鸟，俗称鱼鹰，
黑色羽毛，闪绿光，善捕食鱼类，常为渔
民捕鱼的帮手。堰(yàn)：挡水的堤坝。
● 02·乍：刚，初。没：潜没，消失。
浦：水边。飐：飞起。
● 03·缡褷(lí shī)：羽毛濡湿粘合的样子。
查：同"槎"，水中的浮木，木筏。

鸬鹚堰 ^{01}

乍向红莲没，复出清浦飐。 ^{02}

独立何缡褷，衔鱼古查上。 ^{03}

品·评

王维不但善写静景，亦善刻画动态，这从上一首已可见出，本首描绘鱼鹰，简直像一首小小咏物诗。起笔两句就把鱼鹰的神气勾勒出来。那鱼鹰忽然没入水中，忽然蹿出水面，红莲、清浦成了它的绝佳陪衬。后两句描写鱼鹰捕鱼成功，浑身湿淋淋地站在渔人的木排上，作短暂的休息，画面便也短暂的静止，与前两句所写的灵动恰成对照。作者在画面的构思，亦即诗境的布局上，真有一种举重若轻的功力。

注·释

● 01·"朝耕"二句：写农夫整天的劳动生活，此劳动者也可能就是皇甫岳。

● 02·沮溺：长沮和桀溺，二人为春秋时期的隐者。《论语·微子》："长沮、桀溺耦而耕，孔子过之，使子路问津焉。"

上平田

朝耕上平田，暮耕上平田。⁰¹

借问问津者，宁知沮溺贤？⁰²

品·评

这是一首因观感而引发的议论诗。王维在云溪见到耕田人，突发此想：有人整天耕田，有人汲汲于"问津"（这里的问津是谋取功名富贵的比喻说法），这两种人，谁更贤明呢？他心目中的答案当然是清楚的，因为诗句是以责问的口气对问津者说：你们可知道（懂得）成天耕田的长沮、桀溺的贤明吗？言下之意是拿你们跟长沮、桀溺比一比看，该惭愧了吧！

注
·
释

● 01·萍池：长满浮萍的池塘。

● 02·会：应、需。

萍池 [01]

春池深且广，会待轻舟回。[02]

靡靡绿萍合，垂杨扫复开。

品
·
评
这又是一幅极普通极寻常却能让人读出深意来的画。画面一片碧绿，让人心醉。满池塘的绿萍，小舟轻荡，浮萍被划开了，又慢慢地合拢。垂杨的枝条拂着水面，刚刚合拢的浮萍重又被扫开。萍池的面貌和命运，就这样安静，这样无始无终地轮回着。就是这么简单，极端的宁静中不息地变动着，不断地变动着，却永远那么宁静。刘克庄评曰："每每静意，得之偶然。"（《王孟诗评》引）应该说抓住了一层诗意，但是否仅此而已呢？是否还有一层同样"得之偶然"的禅意可于言外、画外体会？不妨再读再思。

书事
01

注·释

● 01·书事：写眼前的事情或感受。

● 02·阁：楼阁也。或作动词用，则搁置，
暂歇之意。慵（yōng）：懒。

轻阴阁小雨，深院昼慵开。*02*

坐看苍苔色，欲上人衣来。

品·评

此首为王维集外诗，明顾起经《类笺唐王右丞诗集》和清赵殿成《王右丞集笺注》均将其收入外编，《全唐诗》之王维集亦然。但这首诗却是十足的王维风格的作品。

它与王维的许多五言绝句相同，是一首看似不经意而浑然天成的小品，静和禅是它的最大特色。在深院无人作伴的小阁上（白天院门慵开，意即无客可到），阁外是无声如细雾的小雨。环境静极了，心情也静极了。此时此刻，诗人独坐冥想，眼前是院前地上大片苍绿色青苔，看久了，这绿色竟似有了生命，在诗人的眼中脑里慢慢地洇化开来，简直像要漫到作者的衣裳上来，要笼罩了他整个人似的……"坐看苍苔色，欲上人衣来"是典型的王维式的禅句，与前面的"返景入深林，复照青苔上""深林人不知，明月来相照""月出惊山鸟，时鸣春涧中"等句意境相类，其中富含"不着一字，尽得风流"的禅思，亦有深厚浓郁而又婉曲自如的诗意。宋僧惠洪将此诗与王安石的《若耶溪归兴》"若耶溪上踏莓苔，兴罢张帆载酒回。汀草岸花浑不见，青山无数逐人来"并列，以为"皆含不尽之意"（《诗人玉屑》卷六引《天厨禁脔》），洵为的评。

济上四贤咏 [01] 三首

崔录事 [02]

解印归田里，贤哉此丈夫。

少年曾任侠，晚节更为儒。

遁世东山下，因家沧海隅。

已闻能狎鸟，余欲共乘桴。 [03]

成文学 [04]

宝剑千金装，登君白玉堂。

身为平原客，家有邯郸倡。 [05]

使气公卿座，论心游侠场。

中年不得志，谢病客游梁。 [06]

注·释

● 01 · 济上：指济州，王维开元九年至十四年（721—726）曾在济州任司仓参军。《全唐诗》于题下注云"济州官舍作"。

● 02 · 崔录事：录事是唐各级官府均有的小官吏，崔录事，其人不详。

● 03 · 狎鸟：用《列子·黄帝》海上之人日常与鸥鸟狎游，一旦有擒取意，鸥鸟不再与之亲近的典故。谓崔录事可狎鸟，即说他心地坦荡，毫无机诈。乘桴（fú）：桴是木筏，《论语·公冶长》有"子曰：'道不行，乘桴浮于海。'"之语，意谓不能实现政治理想，宁可避世于海上。

● 04 · 成文学：文学是官名，在太子或亲王府中掌"修撰文章，雠校经史"等文字工作，见杜佑《通典·职官典》。成文学，其人不详。

● 05 · 平原客：战国赵公子平原君赵胜，喜养士，家中宾客至数千人。此谓成文学曾是贵戚家的座上客。邯郸倡：倡即歌舞妓，邯郸是战国时赵国都城，据云赵女多善歌舞而为倡。此谓成文学富豪，家中养有歌妓。

● 06 · 谢病：以生病为理由辞职。客游梁：用司马相如客辞去朝官，随梁孝王而去之典比喻成文学之居济州。

郑、霍二山人 [07]

翩翩繁华子，　　多出金、张门。[08]

幸有先人业，　　早蒙明主恩。

童年且未学，　　肉食骛华轩。[09]

岂乏中林士？　　无人献至尊！

郑公老泉石，　　霍子安丘樊。

卖药不二价，[10]　著书盈万言。

息阴无恶木，　　饮水必清源。[11]

吾贱不及议，　　斯人竟谁论！

- 07・郑、霍二山人：山人即隐士。郑、霍二山人，具体不详。
- 08・金、张门：金、张两家均汉武帝至宣帝时权臣，已见前。此以"繁华子"与郑、霍二山人作对照。
- 09・骛（wù）：奔驰飞扬。华轩：装饰华丽的车子。
- 10・卖药不二价：用《后汉书·逸民列传》韩康（字伯休）之典，韩隐姓埋名卖药于长安市上，绝不讨价还价。此以之喻二山人。
- 11・"息阴"二句：用陆机《猛虎行》"渴不饮盗泉水，热不息恶木阴"诗意，形容二山人品格高洁。

品·评　　此诗作于济州，是王维失意之时，故不免牢骚不平之气。三诗所咏之人，号称"四贤"，是王维心目中的理想人物。他们均曾有过意气风发的青少年时代，但现在都已年老归隐。王维羡慕他们往昔的豪迈生活，更钦佩他们肯抛弃俗世荣利，回归乡野田园的勇气，所以他衷心地歌颂他们脱俗任真的品格和高尚皎洁的节操。而这种对理想人格的歌颂，实际上也就是对作者自身心性的间接写照。诗人是否从四贤身上看到了自己的未来？或者向往着这样的未来？值得我们思考。在艺术上，三首诗够得上是精彩的人物素描，用笔不多，却使人物跃然纸上。对崔录事，突出了他从少年到晚节的变化，突出了他为人纯朴和毫无机心；对成文学，强调了他藐视公卿、任情使气的高傲性格；而对郑、霍二山人，则先以出于金、张门的"繁华子"与之对比，再大力渲染他们的孤高、耿介和洁身自好。三诗艺术上的另一特征是抒情成分的介入。它们不全是客观描绘，每一首都恰到好处地穿插了主观抒情，包括议论。如第一首"解印归田里"之后的那句"贤哉此丈夫！"和"已闻能狎鸟"之后的"余欲共乘桴"，均是作者由衷的赞叹。第三首开头六句作为郑、霍二山人的对立面，写了金、张之家世代豪贵，紧接着便是"岂乏中林士？无人献至尊"的议论，作者的愤懑与感慨喷溢而出。至结尾又有"吾贱不及议，斯人竟谁论！"这样涵盖三篇四人的大感叹、大抒情，从而使三诗虽是分写，却有一线贯注、神完气足之妙。

寓言二首

注 · 释

- *01* · 朱绂（fú）：朱红色的系官印的丝带，也代指官印。无乃：莫不是。金张：西汉金日磾（mì dī）和张安世的合称，两家世代高官，此以汉喻唐，代指世族。
- *02* · 骊驹：深黑色的马。从：跟着。铜龙门：即龙楼门，汉长安宫门之一，此处泛指宫门。
- *03* · 平乐馆：汉代上林苑中斗鸡走狗的游乐场所。上林园：即上林苑，汉代皇帝狩猎的园林。
- *04* · 曲陌：街巷。珠翠：珍珠和翡翠之类首饰，此代指姬妾、女侍等。
- *05* · 轩冕：古代卿大夫的车子和冠冕，此代指达官显贵。布衣：平民百姓。

一

朱绂谁家子？无乃金张孙！ *01*

骊驹从白马，出入铜龙门。 *02*

问尔何功德？多承明主恩。

斗鸡平乐馆，射雉上林园。 *03*

曲陌车骑盛，高堂珠翠繁。 *04*

奈何轩冕贵，不与布衣言！ *05*

品 · 评

青年王维和许多出身寒门的读书士子一样，有着从儒家教育所得的民本思想和天然的布衣感。《寓言二首》就是那个时期的作品。寓言，在这里是说诗中有所寄托和寓意，言外应有更深的意思在。不过题目既已标明，内容也很清楚，寓意其实不难明了，作者如此制题，只是不想对批评对象表示出太尖锐的直斥态度而已。

然而此诗对凭借祖荫养尊处优、骄横不可一世的世族子弟，还是表示了极大的不满。一开头，就以一个不客气的问句毫不隐讳地流露出对他们的鄙视。隔一联，又是一个更尖锐的责问，点明世家子弟的特殊地位靠的是"明主恩赐"。不能说王维就有批评皇帝之意，但读者由此联想到皇恩的不公平，却顺理成章。王维除了看不惯这些人的政治特权外，也不满他们斗鸡走狗、倚红偎翠的奢侈生活，"斗鸡"四句是叙，但叙述中含着批评。比较起来，王维最痛恨的是他们对布衣之士的骄横态度，故诗末落到："奈何轩冕贵，不与布衣言！"宣泄出为布衣才士的王维胸中的强烈愤懑和不平。

注 · 释

● *01* · 御沟：流经宫苑的河道，两旁多住着显贵人家。

● *02* · 列鼎：列鼎而食，富贵人家的宴饮。中贵：即中贵人，此或泛指朝中贵官，后专指宦官。珂（kē）：白色似玉的美石。一说为贝类。常用作马勒的饰物。至尊：最高统治者，皇帝。

● *03* ·"生死"二句：达官们掌握着评议之权，一句话可定他人的生死和穷达。八议：据《汉书·刑法志》载，周朝的官制有八议之法：议亲、议故、议贤、议能、议功、议贵、议勤、议宾。穷达：困顿和显达。

● *04* · 矜：自傲，自夸。狐白：狐狸腋下的白毛皮，极为名贵。二句谓：做官的应知天下多苦寒之士，不该只顾得意自己拥有温暖的狐裘。

二

君家御沟上，⁰¹ 垂柳夹朱门。

列鼎会中贵， 鸣珂朝至尊。⁰²

生死在八议， 穷达由一言。⁰³

须识苦寒士， 莫矜狐白温。⁰⁴

品 · 评

一首已毕，意犹未尽，乃有第二首的创作，其主题思想则与前首同。此首一作卢象诗，题为《杂诗》，但各本王维集均收入，姑且仍算王维作品吧。倘说本诗与前首有何不同，则似乎主要在后四句。"生死在八议，穷达由一言"，是一个互文句，是说寒士举子们的命运全在这些人（前首的"金张孙"，这首的"君"）手中，所谓"生死穷达"，尽在他们的"八议""一言"之中耳。这话不管是谁所说，王维也好，卢象也好，在我们看来，这两句乃是对当时政治的一个方面，即用人制度的不合理，表示出的一种恐惧，一种忧愤和抗议。当然，从诗的结句看，诗人的批评仅到达官贵人不认识寒士的才能这个层次，并没有提高到对制度的怀疑。但喊出"须识苦寒士，莫矜狐白温"，应该说已很不容易，尤其是对王维这么一个性格温和的人来说。

鱼山神女祠歌

01

注·释

● *01*·鱼山神女:鱼山,亦作渔山、吾山,在郓州东阿县南(今属山东省聊城市阳谷县)。其事详见干宝《搜神记》卷一。诗题一作《渔山神女智琼祠二首》,见唐殷璠《河岳英灵集》;亦作《祠渔山神女歌》,见《乐府诗集》卷四七清商曲辞。

● *02*·坎坎:击鼓声。

● *03*·洞箫:乐器名,用竹管制成,音极优雅。极浦:极远处的水涯。

● *04*·陈瑶席:陈设精美如玉的席子。湛:通"斟"。清酤:清醇的美酒。

迎神曲

坎坎击鼓,⁰² 鱼山之下。

吹洞箫,望极浦。⁰³

女巫进,纷屡舞。

陈瑶席,湛清酤。⁰⁴

风凄凄兮夜雨,

不知神之来兮不来,

使我心兮苦复苦!

送神曲

纷进拜兮堂前，

目眷眷兮琼筵。*05*

来不语兮意不传，

作暮雨兮愁空山。*06*

悲急管，思繁弦，

灵之驾兮俨欲旋。*07*

倏云收兮雨歇，

山青青兮水潺湲。*08*

品·评 　鱼山神女祠，承载着一个美丽凄婉的神话故事，是为纪念神女成公智琼与世间男子弦超曲折不易的婚姻而建，寄托着百姓们有情人终成眷属的善良愿望和朴素理想。故事的形成在魏晋，流传到唐代，已有了好几百年。但从王维这两首诗看，人们对成公智琼的迎送和纪念仍然那么认真而热忱。而诗人王维也就像当年的屈原一样，参与了这类仪式，体验了民众的喜乐，并用自己的文才为之增彩。这两首诗既是对古老民俗的记录，又直接参与到民俗活动中去。《迎神曲》为迎接女神的降临而唱，现场的主角是那位女巫，"风凄凄兮"以下三句，唱出了盼神降临的焦急，人们相信女巫的歌声能够沟通人神，这诚挚恳切的邀请，定可使女神翩翩而来，并降福于民众。《送神曲》是仪式尾声的结束歌，曲词回顾仪式过程，恭送神灵回天，表现了人对神的感激和虔诚。就艺术价值而言，此二诗可为"《骚》之匹也"（翁方纲《石洲诗话》卷二），而在学术上，则与李贺的《神弦曲》《神弦别曲》等都是具有历史价值的民俗资料。

寄崇梵僧
01

注·释

● 01·崇梵：寺庙名，在唐济州东阿县（今山东阳谷县东北阿城镇）。

● 02·覆釜：村名，《全唐诗》注："崇梵寺近东阿覆釜村。"

● 03·涧户山窗：指依山临涧的寺院屋舍。

● 04·"峡里"二句：山中的僧人不知有人世之事，而住在济州的诗人远眺崇梵寺，只见空寂的云山而已。

崇梵僧，崇梵僧，

秋归覆釜春不还。02

落花啼鸟纷纷乱，

涧户山窗寂寂闲。03

峡里谁知有人事，

郡中遥望空云山。04

品·评　崇梵寺在济州，崇梵僧指这个寺里的和尚，是一个人还是几个人，不清楚，但从诗题未称其名的情况推测，可能不止一个人。王维从开元九年至十四年（721—726）春，大概有六年时间在济州为官，完全有可能与崇梵寺的和尚交上了朋友。崇梵寺位于离济州城不远的覆釜村，秋天和尚告别王维回寺去了，直到春天没有回来——也许他们曾有过约定——诗人便写了这首诗寄去，表达想念之情。诗的三、四、五句是诗人的想象之词，想象和尚回寺以后的情景。在王维心目中，崇梵寺的环境是很优美的，落花啼鸟，涧户山窗，寂寂悠悠，足以使人忘怀人寰世事。他想，和尚或者正因为此而不再回到济州城的吧？那么，自己在郡中便只能"遥望空云山"了。诗到第六句戛然而止，思念之情则被表述得空灵而深长。

双黄鹄歌送别

01

天路来兮双黄鹄，

云上飞兮水上宿，

抚翼和鸣整羽族。02

不得已，忽分飞，

家在玉京朝紫微，

主人临水送将归。03

悲笳嘹唳垂舞衣，04

宾欲散兮复相依。

几往返兮极浦，

尚徘徊兮落晖！05

注·释

●01·诗题下有注："时为节度判官，在凉州作。"黄鹄（hú）：俗称天鹅，色白或黄，善高翔，生活于江河湖泊间。

●02·抚翼：拍击翅膀。羽族：通常指鸟类，此处指羽毛。

●03·玉京：道家称天帝所居之处。此指帝都。紫微：即紫微垣，星座名，传说为天帝所居之处，此指帝王的宫殿。送将归：语出宋玉《九辩》："憭慄兮若在远行，登山临水兮送将归。"

●04·笳（jiā）：即胡笳，古时西域少数民族使用的一种管乐器。嘹唳：形容胡笳奏出的凄清之声。

●05·极浦：远方的水边。

岸上火兮相迎，

将夜入兮边城。

鞍马归兮佳人散，

怅离忧兮独含情。 *06*

品·评 此诗以高飞的双黄鹄起兴，写送别的主题，故题为"双黄鹄歌送别"。体式为七言歌行，句数和字数都比较自由。第一段三句，兴也，亦比也。高飞的一双黄鹄，既可比喻作者和将要离去的友人，他们本是一同从长安来到边疆的，也是一种起兴，昔日双飞的黄鹄马上要分开了，岂不是当下情景的象征？第二段也是三句，其中首句将七字换成两个三字，使节奏急促，与离别的气氛相应。这一段说两人的家都在长安，回朝者将可面见皇帝，而另一位却只能成为今日饯行宴的主人，其伤感惆怅不言而喻。以下是一系列楚辞式的"兮"字句，总共四组，是送行者在尽情地唱叹舒泄。一组写宴上悲笳噭咳，舞者伤情，宾客们不忍散去；一组以黄鹄身负夕阳，往返徘徊于极浦，象征将离去者对此地的深深留恋；再一组回到现实，饯行宴终于结束，行者自行，送者自归，需在夜黑前赶回边城；末一组是作者回到驻地，独自忧愁伤心。唐人并不怕出塞，很多文士都有过赴边从军的经历，特别是盛唐文人，更往往豪情满怀。但这不等于他们不思念长安，不渴望回家，当有人或因公或因私要返回京城时，留下的人总会在送行时唱出感情丰沛、既悲且壮的歌来。岑参是这样，李益是这样，从这首诗看，王维也是这样。

162

哭孟浩然

01

注·释

● *01*·诗题下有注："时为殿中侍御史，知南选，至襄阳有作。"孟浩然：唐代诗人（689—740），襄阳人，是王维的好友，少好节义，仕途不利，隐居鹿门山，有《孟浩然集》。

● *02*·故人：老友。二句谓老朋友再也见不到了，而汉水却照旧日夜东逝而去。

● *03*·襄阳老：襄阳当地的老人。蔡洲：襄阳城东北汉水中的小洲，因东汉长水教尉蔡瑁曾在此居住，故称蔡洲。二句谓：向襄阳故老打听孟浩然，江山之间只有他生前登临过的绿洲仍在！

故人不可见，汉水日东流。*02*

借问襄阳老，江山空蔡洲。*03*

品·评

根据题下小注，此诗作于开元二十八年（740）。是年秋冬之际，王维知南选，赴岭南公务，途经襄阳。本来可在此与诗人孟浩然相会，可惜孟已于前不久去世，王维唯一可做的，是作诗哀悼。诗短小已极，仅二十字，但内容却极其丰富，感情亦极为沉挚。"故人不可见"，这是事实，令人痛心，是不能不承认、不接受的事实。"汉水日东流"，不是写景，而是把汉水用作哀思的象征，汉水的浩瀚无尽、滔滔不绝，正如诗人哭奠好友的汹涌泪水。在诗人心目中，孟浩然是不朽的，他的存在，就像他生前常爱登临的蔡洲一样，将与江山天地共存。"借问襄阳老，江山空蔡洲"深意如此。《唐贤三昧集笺注》引黄培芳的话说得好："王、孟交情无间，而哭襄阳之诗只二十字，而感旧推崇之意已至，盛唐人作近古如此，后人则尚敷衍。"不是说写得长便一定不好，但若意深情真，则长短皆好，短小尤佳。

赠裴旻将军

01

注·释

●01·裴旻（mín）：唐代名将，勇武善战，剑法和射技都很有名。《新唐书·文艺传中》："文宗时，诏以白（李白）歌诗、裴旻剑舞、张旭草书为'三绝'。"

●02·七星文：七颗星的图纹，剑饰七星谓其古老珍贵也。雕弓：雕刻着精致花纹的弓。

●03·云中：汉代名将李广曾镇守云中，屡败匈奴。此以李广比裴旻。黠（xiá）虏：狡猾的入侵之敌。

腰间宝剑七星文，

臂上雕弓百战勋。*02*

见说云中擒黠虏，*03*

始知天上有将军。

品·评　裴旻是盛唐开元时代的一位奇人，不但武艺高强，而且深通艺术，当时名声远播，与许多文艺界人士都有交往。王维赠裴将军此诗，是他们友谊的见证。这种诗赞美对方，贵在得体。得体之要，一在赞得准，此诗极赞裴的弓剑武艺，塑造了他神勇俊伟的形象，赞到了点子上；二在赞语恰到好处，不媚不谄，此诗突出裴将军守边的功绩，誉之为天将，既是极赞，又较空灵，可使人联想到突厥颂唐太宗为"天可汗"，称唐朝为"天朝上国"等事，自有一股超越个人荣耀的盛唐豪气，可谓赞得高明。

送赵都督赴代州得青字 01

天官动将星，汉地柳条青。 02

万里鸣刁斗，三军出井陉。 03

忘身辞凤阙，报国取龙庭。 04

岂学书生辈，窗间老一经！ 05

注·释

●01·都督：唐代官名，掌督诸州军事。赵都督：不详何人。代州：治所在今山西省忻州市代县。唐时于此设中都督府，督代、忻、蔚、朔、灵等五州，都督为正三品官。得青字：古时几人一起作诗，常分拈诗韵，各人按所得韵作诗，王维这次拈得"青"字韵。

●02·天官：古人把天上星座与人间官位对应，称为天官。将星：星名。《隋书·天文志》云：天上有将星十二，主武兵，中央大星为大将，外小星是吏士，将星动，预示将有战事发生。汉地：本可泛指中国，此限指代州。

●03·刁斗：古代行军用具。斗形有柄，铜质，白天用作炊具，晚上击以巡更。井陉（xíng）：古关塞名，一名土门关，在今河北井陉山上，地处太行，中央低，四周高，似井，形势险要，又称井陉口。

●04·凤阙：以西汉建章宫东之建筑代指朝廷，已屡见。龙庭：或称龙城，系匈奴祭天地鬼神之处，此指匈奴的大本营。

●05·一经：指儒家经典《诗》《书》《礼》《易》《春秋》中的一部。按唐代科举制度规定，儒生专治一经，考试合格即可为官。

品·评

这是一首应酬诗。但应酬诗也有好坏，并非一为应酬便无足观。本诗的可观处，前人指出了它起笔的豪健。清施补华说："起处既有峻嶒之势。"而"天官"二句就是"起势之峻嶒者"（《岘佣说诗》）。又有人指出全篇"一鼓作气，雄劲无前"的特色（《网师园唐诗笺》），这也很对，尤其是中二联更给人这种感觉。我们还可补充，作者歌赞赵都督率军出征的磅礴气势，同时亦未忘表现自己的壮志宏愿，把赞美对方和表现自己巧妙地结合了起来。这就是诗的结句："岂学书生辈，窗间老一经！"此语既可以理解为是指赵而言，赵当上了都督，当然不是白首穷经的书生，然而更应理解为作者的自勉：今日送赵出征，激起我雄心壮志，我又岂甘做个死读书的文人！青年王维表述的这一心愿，几乎是唐代所有读书人的心结。不过，盛唐人还葆有实现宏愿的机会，所以我们会觉得王维说的是真实的豪言。到了中唐的李贺，他也大呼："男儿何不带吴钩，收取关山五十州。请君暂上凌烟阁，若个书生万户侯？"（《南园十三首》其五），我们就觉得他有点声嘶力竭，甚至凄厉惨烈了。

戏赠张五弟三首之二 [01]

张弟五车书，[02] 读书仍隐居。

染翰过草圣， 赋诗轻《子虚》。[03]

闭门二室下，[04] 隐居十年余。

宛是野人野， 时从渔夫渔。[05]

秋风日萧索， 五柳高且疏。

望此去人世， 渡水向吾庐。

岁晏同携手， 只应君与予。

注·释

- 01·诗题下原注："时在常乐东园，走笔成。"长安有常乐坊，此常乐东园或即在西京。张五弟谭：张谭（yīn），在家族中排行第五，唐代书画家，善草隶，工山水。先隐居于嵩山，后与王维结邻，同隐终南山。
- 02·五车书：《庄子·天下篇》："惠施多方，其书五车。"后用以形容博览群书、学问渊博。
- 03·染翰：以笔沾墨，挥毫写字。草圣：草书圣手，擅长草书的书法家，汉代张芝，盛唐张旭皆有此称。《子虚》：汉代司马相如著名的《子虚赋》。
- 04·二室：指中岳嵩山的太室山和少室山，在今河南省登封市北。
- 05·"宛是"二句：谓张谭朴素宛如村野农樵，有时还跟从渔民外出打鱼。

品·评　《唐才子传》卷二有《张谭传》，云："谭，永嘉人。初隐少室下，闭门修肄，志甚勤苦，不及声利。后应举，官到刑部员外郎。明《易》象，善草隶，兼画山水，诗格高古。与李颀友善，事王维为兄，皆为诗酒丹青之契……天宝中，谢官归故山偃仰，不复来人间矣。"由此可知，王、张的友谊盖基于两点，一均为艺术家，二均有隐居嗜好。王维赠答张谭诗颇多，如《故人张谭工诗善易卜兼能丹青顷以诗见赠聊获酬之》《答张五弟》等，即此《戏赠》亦有三首，这里所选是其中第二首，赞张亦所以自赞。赞了张的哪几点？首先是读书多，学富五车。其次是书法佳和作赋才能高，堪与古人比美。最欣赏的还是他作风的朴野清高，故王维把他引为同调。像这类诗，赞美对方，把对方引为知己，实际上也就是赞美自己，宣扬自己的人生哲学，这应该很好理解。不过，这一首"戏赠"的意思不明显，到下一首，逗张道："你在山里捕鱼逮兔以饱口腹，怎能算真的隐逸？这才是开对方玩笑。接着借此宣示自己与张的不同："吾生好清静，蔬食去情尘……我家南山下，动息自遗身。入鸟不相乱，见兽皆相亲。云霞成伴侣，虚白侍衣巾。"也是以炫耀的方式开玩笑。而从这些玩笑中却看得出二人心意的相通和无间的亲切，也看得出王维心态的放松和自得。

送丘为落第归江东 [01]

注·释

- *01* · 丘为：唐诗人，嘉兴（今浙江省嘉兴市）人，多次应试失利，至天宝二年（743）方登进士第，后官至太子右庶子。江东：长江下游一带，丘为家乡所在。
- *02* · 为客：作客他乡。黄金尽：《战国策·秦策》载苏秦游说秦王，十次上书不奏效，身着的黑貂裘衣已破，所带的黄金百斤也用尽。此以苏秦故事喻丘为落第失意。
- *03* · 五湖：泛指江南的湖泊，亦可专指太湖，丘为家乡嘉兴即在五湖流域。三亩宅：形容田宅之窄小。
- *04* · 祢（mí）：指东汉的祢衡，字正平，有才华，其友孔融珍视他的才能，曾上书推荐。事见《后汉书·祢衡传》，此以祢衡比丘为。献纳臣：诗人自谓，时王维任右拾遗，有向皇帝进谏和举荐贤良之责，故称献纳臣。

怜君不得意，　况复柳条春。

为客黄金尽，[02] 还家白发新。

五湖三亩宅，[03] 万里一归人。

知祢不能荐，　羞为献纳臣。[04]

品·评

唐代开科取士，为寒门子弟设一仕进之门，然到底僧多粥少，每年落第者众，后来科场腐败，行贿舞弊、黑箱操作日盛，怀才不遇者更多，下第归家和送落第人归家，遂成唐诗一大主题。王维此篇专送丘为，但前四句却适合多数落第士子，其中当亦有诗人自己当年的感慨在内。正因感同身受，故结句对身在谏职却无力帮助丘为深表遗憾。

本诗的佳句是第三联"五湖三亩宅，万里一归人"二句，把丘为的家境和他铩羽而归所导致的全家失望、个人颓唐，表现得极为含蓄深沉，诗句巧用数字，却绝无堆垛之弊，反有一唱三叹之妙。善于在律句中安排数字，是王维诗特色之一。但也有人不喜，如清毛先舒就说："'鸟道一千里，猿啼十二时'，'五湖三亩宅，万里一归人'，句法孤露，意兴欲尽，尤易为浅学者效颦，作者不欲数见者也。"（《诗辨坻》卷三）这批评唯一有理处在于"易为浅学者效颦"，即在律诗中玩弄数字，需是高手，需有分寸，生硬勉强地学，会产生别扭俗套的恶果，但若说王维这两联不好，却实在无理。果然后来有人驳道："'五湖'宽说具区，'三亩'方切本家，'万里'约举往返，'一归人'紧贴本身，并非堆垛死胚。毛稚黄以为病，何也？"（张谦宜《絸斋诗谈》卷五）

注·释

送綦毋校书弃官还江东 ⁰¹

明时久不达，弃置与君同。

天命无怨色，人生有素风。⁰²

念君拂衣去，四海将安穷？⁰³

秋天万里净，日暮澄江空。

清夜何悠悠，扣舷明月中。

和光鱼鸟际，澹尔蒹葭丛。⁰⁴

无庸客昭世，衰鬓日如蓬。

顽疏暗人事，僻陋远天聪。⁰⁵

微物纵可采，其谁为至公？⁰⁶

余亦从此去，归耕为老农。

● 01·綦毋（qí wú）：即綦毋潜，见《送綦毋潜落第还乡》注。校书：官名，秘书省校书郎，从九品上。江东：泛指长江中下游地区，綦毋潜家乡虔州（今江西省赣州市），故云。

● 02·素风：纯朴、率真的作风。

● 03·拂衣去：指辞官。安穷：可有两解，一谓安于穷困生活；二是整句作问语，意谓茫茫四海，君将何往？以后解为佳。

● 04·和光：和光同尘也，谓与尘俗相容而不自立异。澹尔：淡泊恬静的样子，澹，今作淡。蒹葭（jiān jiā）：芦苇。

● 05·顽疏：性情愚顽，不懂人情世故。天聪：天子的听闻，原为臣子称颂皇帝圣明的辞令，此处即指皇帝。

● 06·微物：微细而可取之优长。至公：绝对公正。

品·评 綦毋潜在开元十四年进士及第，做过几任小官，后入秘书省，为校书郎，但约在天宝初，即辞官归隐于江东别业。在离开长安的时候，许多朋友赋诗相送，王维除本诗外另有《别綦毋潜》一首。

此类送别诗，所赋对象当然以行者为主，但友情深的，或善构思的，诗中往往兼及送者，将二人的遭遇、命运、抱负和感慨糅合为一，从而使诗境无分彼我，而收同声共气、既慰藉又共勉之效。王维这首诗就是如此。开端即云"明时久不达，弃置与君同"，立刻将自己与綦毋潜放在同一命运遭际的平台上，使以下十六句所咏亦綦毋潜亦王维，直到诗末唱出"余亦从此去，归耕为老农"，一以贯之地与即将离去的朋友同感共鸣。

诗的中心段落是对綦毋潜弃官归隐一事的抒情感慨，对当朝政治有委婉的不满和批评，主要则是赞美朋友的高尚风节，想象隐居生活的清贫淳朴和闲逸之乐，宣扬一种与世浮沉、和光同尘的人生哲学。全诗感情浓至而用语平和，是诗人真性情的自然流露。

送殷四葬 *01*

注·释

● *01* · 殷四：殷遥，在家族中排行第四，丹阳人。为作者的好友，天宝年间在忠王府任仓曹参军。诗题一作《哭殷遥》。

● *02* · 石楼山：名石楼之山有多处，据考殷遥葬地或在汝州梁县（今河南省汝州市），参陈铁民《王维集校注》。宾驭：宾客与驭手。宾驭还：送葬的人都已回去了。

送君返葬石楼山，

松柏苍苍宾驭还。*02*

埋骨白云长已矣，

空余流水向人间。

品·评

王维有《哭殷遥》诗二首，一首为五古，本书未选，另一即本诗。合两首及同时人储光羲的悼诗看之，可知殷遥家境贫寒，遭遇不幸，最可悲的是当他死去时，景况是"慈母未及葬，一女才十岁"，家事完全没有着落，故诗人对他给予了极大的同情，在以五古追思其平生，悲叹"负尔非一途，痛哭返柴荆"后，又写下本诗，诉说悠远不尽的哀思。

苑舍人能书梵
字兼达梵音皆
曲尽其妙戏为
之赠 01

名儒待诏满公车，
才子为郎典石渠。 02
莲花法藏心悬悟，
贝叶经文手自书。 03
楚词共许胜扬马，
梵字何人辨鲁鱼？ 04

注·释

●01·苑舍人：即苑咸。据《唐书·艺文志》：苑咸，京兆人（或云成都人）。登进士第，开元末上书，拜司经校书，中书舍人，为李林甫书记。后贬汉东郡司户参军，复起为舍人，终永阳太守。梵字：古天竺国（印度）的一种文字。达梵音：通晓梵乐。

●02·待诏：等待诏命之意。汉代征士未有正官者，均待诏公车。公车：汉代官署名。掌管宫殿司马门的警卫、天下上书及征召等事宜。郎：皇帝侍从官的通称。石渠：指石渠阁，汉未央宫收藏秘籍之所。典石渠：掌管石渠。

●03·莲花法藏：指佛教经典。悬悟：透彻领悟。贝叶经：古印度人用贝多罗树叶抄写佛经，称贝叶经。

●04·楚词：即楚辞，此泛指诗赋文章。扬马：扬雄和司马相如。鲁鱼：鲁鱼二字的篆文字形相似易混淆，辨鲁鱼谓识字多，能辨人所不识者。

● 05·三事：本指三公（丞相、太尉、御史）之位，此泛指高官。承明庐：汉代侍从之臣值夜之处曰庐，承明庐在石渠阁外，此处代指苑舍人的职位。

故旧相望在三事，

愿君莫厌承明庐。⁰⁵

品·评　此诗作于天宝五、六载（746—747）间，时王维为库部员外郎，苑咸为中书舍人。据史书所载，苑咸乃天宝中权相李林甫的笔杆子，被史家称为"文士之阘茸者"（《旧唐书·李林甫传》）。他有一项本领，就是能识读印度古文字，即梵文，这一点颇得王维欣赏。此诗是王维主动题赠苑咸的，称赞他是才子，在如云的名儒中脱颖而出，称赞他能以梵文写佛经，对佛经很有悟性，又能诗善赋，将会官运亨通等。诗写得文字典丽，对仗工稳，起承转合，章法井然，语调也很友善客气，虽然结句的祝祷有"戏"的成分，却毕竟使对方感到舒服。然而，这类诗一般并无多深切的感情，交往应酬而已。但在唐诗中数量却不少。比如苑咸得诗后，受宠若惊，当即以诗回敬，诗的小序写得相当谦卑："王员外兄以予尝学天竺书，有《戏题》见赠。然王兄当代诗匠，又精禅理，枉采知音，形于雅作，辄走笔以酬焉。且久未迁，因而嘲及。"此诗落句云："应同罗汉无名欲，故作冯唐老岁年？"对王维的久未升迁表示同情，并以"罗汉无名欲"即思想境界高为其解嘲。结果引得王维只好写《重酬苑郎中》，对他作出回应。这次因要全面回答苑咸，故诗的内容层次颇富，有诗评家说："中间意绪转折太多，约略一篇文字数百言尽于五十六字中，此等诗最高品也。"（顾可久《唐王右丞诗集注说》）——以诗代书，以诗为应酬之具，是中国文化人的一种高雅行为，此种文明传统，一个现代中国人，也不可不知。

与卢员外象过崔处士兴宗林亭 ⁰¹

注·释

● 01·卢象：诗人，曾任左补阙、河南府司录、司勋员外郎，又曾任膳部员外郎。崔兴宗：王维表弟，诗人。处士：隐居不仕而有品格的学者。

● 02·科头：不戴帽子。箕踞：古人席地而坐，两腿向前伸展，形如簸箕，是一种不拘礼仪之态。《庄子·至乐》："庄子则方箕踞鼓盆而歌。"白眼：蔑视的目光。《晋书·阮籍传》："籍又能为青白眼，见礼俗之士，以白眼对之。"

绿树重阴盖四邻，

青苔日厚自无尘。

科头箕踞长松下，

白眼看他世上人！ ⁰²

品·评

王维与卢象到表弟崔兴宗家作客，同去者有王缙、裴迪等，各人均有诗。卢象诗《同王维过崔处士林亭》云："映竹时闻转辘轳，当窗只见网蜘蛛。主人非病常高卧，环堵蒙笼一老儒。"写出崔家林亭的破败萧条及主人的老态，是实言、直笔。王缙诗《与卢员外象过崔处士兴宗林亭》云："身名不问十年余，老大谁能更读书？林中独酌邻家酒，门外时闻长者车。"裴迪诗与王缙同题，云："乔柯门里自成阴，散发窗中曾不簪。逍遥且喜从吾事，荣宠从来非我心。"二诗均强调主人崔兴宗淡泊名利而受人尊敬，肯定了崔的重要特点，也是他的优点。这次，王维的诗写得少有的粗豪奔放，他刻画的崔氏形象竟是"科头箕踞长松下，白眼看他世上人！"很有点目空一切、藐视天下的劲头，弄得一向对王维称赞备至的沈德潜忍不住批评他这种写法"品不贵""粗派"（《说诗晬语》卷上），但林亭主人崔兴宗却为此十分兴奋，请看他的《酬王维卢象见过林亭》："穷巷空林常闭关，悠然独卧对前山。今朝忽枉稽生驾，倒屣开门遥解颜。"王维在诗中把崔兴宗比为善为青白眼的阮籍，崔则以阮籍的最好朋友嵇康比王维，他们可说是心心相印的。

青雀歌
01

注·释

● *01*·青雀：鸟名。

● *02*·玉山：传说中的仙山。

● *03*·黄雀：麻雀。

青雀翅羽短，

未能远食玉山禾。*02*

犹胜黄雀争上下，*03*

唧唧空仓复若何！

品·评

《全唐诗》之《王维集》于此诗下有小注云："与卢象、崔兴宗、裴迪、弟缙同赋。"查《全唐诗》，确于各人名下得同题诗作，看来当是数人过崔氏林亭时偶见青雀，一时兴起而同赋此民歌体的小诗。顾可久的理解是可取的："诸咏皆命意自寓，所谓'盍各言尔志'者。右丞则洁清高远矣。"（《唐王右丞诗集注说》）王维诗的意思是以青雀自比，虽因自己"翅羽短"而不能食玉山禾，犹如不能得高官厚禄，不能得道成仙，但总比那些为"争上下"而唧唧于空仓的黄雀好！表示他绝不肯为争蝇头微利或空名虚誉而混同常人，也表明他视官场仙界如"空仓"的超脱观念。其他几位诗亦各有寓意，且各符本心，如卢象强调安分守己，裴迪希冀有人提携上青云。最有趣的是崔兴宗，其诗云："青扈绕青林，翩翻陋体一微禽。不应常在藩篱下，他日凌云谁见心！"如果以"诗言志"的理论来解释，那么这位处士似乎并非真的要离群出世，他的政治抱负大得很呢。这也很正常，因为后来崔先生确曾出仕，可惜没能"凌云"罢了。比较起来，倒是时为官身的王维还比较"洁清高远"，也就是淡泊清高些，不是吗？

崔九弟欲往南山马上口号与别 ⁰¹

注·释

● 01·崔九弟：即崔兴宗。南山：终南山。口号：即口占，谓诗乃信口吟成。

● 02·霰（xiàn）：白色不透明的球形或圆锥形小冰粒，多在下雪前或下雪时降落。

城隅一分手，几日还相见？

山中有桂花，莫待花如霰。⁰²

品·评

这种送别小诗，总以玲珑有味、冲淡自然为佳，亦多用与对方对话方式来表现。如众所熟悉的白居易《问刘十九》："绿蚁新醅酒，红泥小火炉。晚来天欲雪，能饮一杯无？"王维此作比白氏为早，实开风气之先。但问句在前，犹如开门见山，心情似较急切，谓今日在城隅一别，何日能够再见？然后殷殷劝其早归，道：足下到山中居住，有桂花欣赏，可别迟迟不归，直待花落如霰呵！此次送行，裴迪亦在，且亦有诗，而崔则有答诗，均在《全唐诗》中。

故人张谭工诗善易卜兼能丹青草隶顷以诗见赠聊获酬之 *01*

不逐城东游侠儿，

隐囊纱帽坐弹棋。*02*

蜀中夫子时开卦，

洛下书生解咏诗。*03*

药栏花径衡门里，

时复据梧聊隐几。*04*

屏风误点惑孙郎，

团扇草书轻内史。*05*

故园高枕度三春，*06*

永日垂帷绝四邻。

注·释

● *01*·张谭（yīn）：已见前《戏赠张五弟》诗注。易卜：根据《周易》进行卜筮。丹青：本指丹砂和青腹（huò）两种可作颜料的矿物，后即代指绘画艺术。草隶：草书和隶书。

● *02*·隐囊：犹今日靠垫。纱帽：纱制的帽子，古代君主及贵族所戴，后扩及士庶百官。弹棋：汉代创制的一种两人对弈的棋局，至宋代已失传。

● *03*·蜀中夫子：指汉代蜀中隐士严遵，字君平。据晋皇甫谧《高士传》：严遵"隐居不仕，尝卖卜于成都市，日得百钱以自给，卜讫则闭肆下帘，以著书为事"。此以严君平喻张谭之善易卜。洛下书生：本泛指晋洛阳书生。洛下书生善咏，而吟诗声音重浊，如同鼻塞一般。《世说新语·轻诋》载：顾恺之曾把洛生之咏贬为"老婢声"，刘孝标注："洛下书生咏音重浊，故云老婢声。"此仅取洛生善咏意以喻张谭善诗。

● *04*·药栏：芍药之栏，泛指花栏。衡门：横木为门，指房舍简陋。据梧：靠着梧桐树。语出《庄子·德充符》："倚树而吟，据槁梧而瞑。"郭象注："行则倚树而吟，坐则据槁而睡。"隐几：凭依着小桌子。

● *05*·"屏风"二句：用典故比喻张谭画技和书法之高超。前句典出唐张彦远《历代名画记·曹不兴》："曹不兴，吴兴人也。孙权使画屏风，误落笔点素，因就成蝇状。权疑其真，以手弹之。"后句典出《晋书·王羲之传》：王曾任晋右军将军、会稽内史，有次他见一老妪卖竹扇，他在每把扇上各写了五个字。老妪很生气，王羲之告诉她，只管说这些字是王右军所写，可以要价百钱。老妪依言而卖，人们竞相购买。

● *06*·三春：此指春季，因春季分孟春、仲春和季春，故称。

●07·"自想"二句：蔡邕，字伯喈，博学
多才，善辞章及琴棋书画，精天文术数，
为后汉一代名儒。他非常欣赏建安七子之
一的王粲。《三国志·魏志·王粲传》载：
蔡邕家中宾客常满，但听说王粲来访，竟
倒屣而迎。王粲年幼矮小，貌不惊人，客
人皆感奇怪。蔡邕说："王粲有异才，我
不如他。我家书籍文章，当全部送给他。"
二句以蔡邕比张谞，谓其年已老而乏后继
者也。

自想蔡邕今已老，

更将书籍与何人？ 07

品·评　此诗为酬答张谞而作，惜张谞原赠之诗不见，无从对照而读。仅从王诗来看，其内容主要是赞美张谞学问技艺和隐居生活。全诗十二句，部分句子的字面上下对称，显得较为精致，然就整体观之，则仍为七言歌行。

首联赞其不与终日游手好闲的游侠儿为伍，次联即写其像严君平那样占卜为生，而又善于吟诗，三联与五联描绘其闲散幽静的隐居生活，四联夸其技、书法之高超，尾联则为其年渐老而无好的后继者担忧。用典多，"叠叠说故事，不觉重叠"（凌濛初刊《王摩诘诗集》引顾璘语），是本诗一大特色。二、四、六联共用五个事典，用五位古人的事迹比拟张谞。这还不算语典，像隐囊、纱帽、弹棋、据梧、隐几等，均非实写，而都是用成语指今事。加上"蜀中夫子""洛下书生"一联，"屏风误点""团扇草书"一联和"故园高枕""永日垂帷"一联的近律和对仗，这样就形成了本诗典雅高华的美学特征，在七古中是一首很别致的作品。

送秘书晁监还日本国 [01]

积水不可极，安知沧海东！[02]

九州何处远？万里若乘空。[03]

向国唯看日，归帆但信风。[04]

鳌身映天黑，鱼眼射波红。[05]

注·释

● 01 · 秘书晁监：即晁衡，日本人，日名阿倍仲麻吕，两《唐书》作仲满。唐开元五年（717）随日本遣唐使来华，后久留中国，充任唐朝官员，曾任左补阙、秘书监等职。天宝十二载（753）奉命以唐官身份送日本遣唐使藤原清河归国，本诗即作于晁衡一行离开长安启程之时。同时赠诗相送的有赵骅、包佶诸人，晁衡亦有回赠。秘书监：秘书省长官，从三品，掌邦国经籍、艺文图籍之事。日本国：即今之日本。

● 02 · 积水：指大海。不可极：无边际。沧海东：指大海以东，日本之所在。

● 03 · 九州：泛指中国，古代中国分为九州，但此句似将日本也笼涵在九州之内，谓其是九州最远之处，距中心有万里之遥。乘空：飞翔空中。

● 04 · "向国" 二句：回国只要对着太阳升起的地方而行，路上归途的船帆惟有随风而行。

● 05 · "鳌身" 二句：诗人想象晁衡回日本途中所见海上景色。大鳌身背高耸，映得天色发黑，晶亮的鱼眼照得波水泛红。

乡树扶桑外，主人孤岛中。⁰⁶

别离方异域，音信若为通？

品·评

日本人晁衡在唐朝算得个名人，不仅因为他以外国人身份而留在唐朝做官，官位还不低，而且因为他天宝十二载（753）回国时，身份特殊，礼遇隆重，有当朝多位名人相送，留下了许多感情深挚的诗篇，更因为他回国途中遇到大风，同伴遇难者不少，他却大难不死辗转回到长安，仍在唐朝任职，直到大历五年（770）老死于中国。晁衡的一生既是唐人胸怀博大、海纳百川的证明，又可作中日两国历史友谊与渊源的表征。当晁衡出海遇险溺死的讹信传来，大诗人李白曾有《哭晁卿衡》之作，"明月不归沉碧海，白云愁色满苍梧"，悲痛之情溢于言表。而王维此诗则是送他出行时的一篇力作。晁衡能得唐代两位大诗人的赠哭之诗，也真不枉其平生矣。

王维此诗的特殊之处，还在于诗前有长序一篇，用典丽工整的骈体文写成，在王维诗中堪称特例。该文可分数段，大意如下：首称中华之威德，着重表彰"我开元天地大宝圣文神武应道皇帝"（即唐玄宗李隆基）"涵育无垠"的"大道"。次述唐人眼中的日本国："海东国日本为大，服圣人之训，有君子之风……"应该说虽了解甚浅，评价却不低，叙述口吻固不免居高临下，但流露一片善意。其后详述晁衡来中国及在唐朝求学为官的经历，再述此次返日公私两方面的意义。最后设想晁衡海上行程之艰巨惊险，以吉言祝其顺利荣归："嘻！去帝乡之故旧，谒本朝之君臣。咏七子之诗，佩两国之印。恢我王度，谕彼蕃臣。三寸犹在，乐毅辞燕而未老；十年在外，信陵归魏而逾尊。子其行乎，余赠言者。"

诗是对上述文章的演绎，或者也可说是用诗的语言和格律咏叹上述内容。前人对其评论甚多，概而言之，约有几点：一是起句工于发端，气势浩浩；二是"九州"一联体会晁衡心情，写其将返日本而不忍离别中国（九州）的感受，可谓淋漓尽致；三是"鳌身映天黑，鱼眼射波红"一联绝妙，一韵之响，遂能振起百倍精神。四是五、六、九、十等句均极秀琢工整，而全篇壮幻奇警，正大雄阔，语语得当，神韵俱佳，作为一首五言排律诗，达到了难得的浑成之境（据陈伯海主编《唐诗汇评》上册王维此诗评语综合）。此诗在唐代即获高度好评，姚合《极玄集》称此诗及《送丘为下第》《观猎》三首为"诗家射雕手"，而以此篇为压卷。这一评价可供我们参考。

春过贺遂员外药园

药园 01

前年槿篱故，　　新作药栏成。 02

香草为君子，　　名花是长卿。 03

水穿盘石透，　　藤系古松生。

画畏开厨走， 04　来蒙倒屣迎。

蔗浆菰米饭，　　蒟酱露葵羹。 05

颇识灌园意，　　於陵不自轻。 06

注·释

●01·贺遂：盛唐时人，生平不详。李华《贺遂员外药园小山池记》谓其是"衣冠之鸿鹄，执宪起草，不尘其心，梦寐以青山白云为念"，喜于家中药园接待宾客，"赋情遣辞，取兴兹境，当代文士，目为诗园"。

●02·槿（jǐn）篱：栽植木槿树以当篱色，称为槿篱。药栏：种植芍药以为花栏，亦泛指树栏栅以养花之花栏。

●03·"香草"二句：屈原《离骚》以许多香草，如蕙、兰、茝等比喻君子和贤良。长卿即汉代司马相如（字长卿），以诗赋华丽著称。前句以花比人，后句以人与文比喻药栏中的名花。

●04·"画畏"句：《晋书·顾恺之传》载：顾曾将自己珍惜的一橱柜画作，封糊后寄呈桓玄，桓玄取出画后把橱柜缄闭如初，退还顾恺之，顾不怀疑桓，却认为是妙画通灵而去。此谓贺遂家藏有名画。

●05·菰米：菰（gū）是一种多年生草本植物，俗称茭白，其果实称菰米，一名雕胡米，古以为六谷之一。蒟（jǔ）：一种蔓生植物，果实像桑椹，可制酱，作调味品。露葵：莼菜，多年生水草，嫩叶可以做汤菜。

●06·灌园：给园畦浇水，指从事劳动。於（yū）陵：古邑名，在今山东省邹平市西南，齐国贤士陈仲子隐居在此，号於陵子。

品·评

王维的田园山水诗，不仅善于描绘风光景色，尤善在景中见人，本首亦明显地具有这个特点。"香草"一联代药园主人贺遂言，称香草为君子，将名花比拟为文豪司马相如，既足见他对花草的热爱，又表现了他的高情远韵，且语含几分幽默感，读来令人解颐。诗末的"颇识灌园意"正面表达了王维对朋友的理解：他之隐居和亲自灌园，如同古贤於陵子，可不是自暴自弃啊！有了这些对园之主人的刻画为支柱，全诗所有的描写，无论是流水或松藤，无论是文物画品，也无论是简单朴素、极富山野风味的饮食，就都有了中心，有了归属，就都带上了清高雅致的韵味。景中见人，人景相融，可以说是这首诗的根本特色。

春日与裴迪过新昌里访吕逸人不遇 [01]

桃源一向绝风尘，
柳市南头访隐沦。[02]
到门不敢题凡鸟，
看竹何须问主人？[03]
城外青山如屋里，
东家流水入西邻。
闭户著书多岁月，
种松皆老作龙鳞。[04]

注·释

● 01·新昌里：即新昌坊，在长安朱雀街东第五街，近长安外郭之东门（延兴门）。吕逸人：生平不详，一位姓吕的隐逸之士。

● 02·柳市：汉代长安九市之一，此借指唐长安东市，新昌里在东市之东南。隐沦：指隐士。

● 03·题凡鸟：典出《世说新语·简傲》，嵇康与吕安交情很好，有次吕安访嵇康未遇，嵇康的哥哥嵇喜出来迎接，吕安没进屋，只在门上题了一个"凤"字就走了。嵇喜不知吕安是在讥刺他（"凤"由"凡鸟"二字合写而成），还暗自高兴。此谓"不敢题凡鸟"，是说吕逸人家无俗人。看竹：典出《晋书·王徽之传》，当时吴中一士大夫家有好竹，王乘舆至竹下讽啸良久，主人扫洒请坐，王不入，主人乃闭门，王赏竹尽欢而去。此句变用其事，意谓主人虽不在，但可尽情观赏景物。

● 04·龙鳞：喻老松之树皮，层层斑驳，犹如龙鳞。

品·评

此诗首联写明地点，次联写不遇，虽未遇主人而犹可入门赏景，家中僮仆皆明事懂礼也。三联写景极富特色，既实事求是地点出吕逸人之园林并不大——故需借城外青山为景，而东家之水即可流入西邻也——又作了诗意的美化，此景被王维如此一写，却变得情韵悠长，缺点反成了特色。"城外青山如屋里，东家流水入西邻"，行云流水般的诗句透出欣喜赞美的善意。尾联说主人多年闭户著书，不务虚名，不逐功利，并以其所种之松的苍劲挺拔象征他的品格和形象。前人评云："此篇似不经意，然结语奇突，不失盛唐。"又云："信手拈来，头头是道，不可因其真率，略其雅逸也。"（明凌濛初刻本《王摩诘诗集》引顾璘语）诚然！

夏日过青龙寺谒操禅师 01

注·释

● 01·青龙寺：在唐代长安新昌里南门之东，为密宗的重要道场。谒（yè）：拜见。操禅师：一位法号中有"操"字的和尚，生平不详。

● 02·龙钟：形容人衰老的姿态。禅宫：佛寺。

● 03·义心：即佛所说的"第一义心"，指一切众生先天具有的佛性。空病空：佛教认为一切皆空，人如不能认识空意，即为空病，但按佛理言之，空病也是空。二句谓欲向禅师请教有关众生具有佛性和一切皆空的佛理。

● 04·天眼：佛教中五眼（肉眼、天眼、慧眼、法眼和佛眼）之一。法身：佛教语，系梵语意译，指证得清净自性，成就一切功德之身。法身不生不灭，无形而随处现形，也称为佛身。二句谓禅师佛法高深，山河皆在其天眼之中，其法身涵盖世界的一切。

● 05·"莫怪"二句：谓夏日炎热，但入寺后，暑热即消，对此不必奇怪，因为这里有佛，能生大地之风。

龙钟一老翁，徐步谒禅宫。 02

欲问义心义，遥知空病空。 03

山河天眼里，世界法身中。 04

莫怪销炎热，能生大地风。 05

品·评 位于长安新昌里的青龙寺，北枕高原，南望爽垲，有登眺之美。天宝年间，王维常爱与他的诗友们结伴前往游览，拜望那里的高僧大德，也往往留下同题而咏的诗坛佳话。天宝初，王维与王昌龄、裴迪、王缙曾聚于青龙寺的昙壁上人院，众人皆有诗，王维且为诗集作序。约数年后，至迟不过天宝末安史乱前，他和裴迪旧地重游（因安史乱后裴即离开长安），写下了这首《夏日过青龙寺谒操禅师》。令我们吃惊的是，诗一开头，王维竟然宣称自己已是"龙钟一老翁"。这才几年呐！是否过于夸张了？从全诗和王维一向的为人来看，不像。恐怕只能用诗人心态变化、自我感觉的苍老来解释。在作者笔下，同样壮美的风景，被写成"山河天眼里，世界法身中"这样把外界景物与禅师的道行学养加以浑融表现的句子。句子诚然漂亮有气魄，但雄阔的风景却变成了抽象的说理。诗的尾联再次把寺庙的清凉归因于佛教禅旨的威力。作者注意力明显发生转移，而这转移便一定程度地透露出其心情的变化，正与开篇的称老相呼应。

和太常韦主簿五郎温汤寓目 [01]

注·释

● 01·太常：指太常寺，设主簿二人，从七品上，掌管印章簿书等事。韦五郎：不详。温汤：指骊山华清宫温泉，天宝年间，唐玄宗杨贵妃常去此地避暑。

● 02·汉主：以汉皇代指唐帝。露台：用以观察天象的高台，汉文帝欲建，后因费用甚巨而罢。《汉书·文帝纪》颜师古注："今新丰县南骊山之顶有露台乡，极为高显，犹有文帝所欲作台之处。"秦川：即今所谓八百里秦川，泛指秦岭以北广大地区。

● 03·玉殿：指骊山上的宫殿。"碧涧"句谓温泉水从宫中汤池流出，形成山间碧溪。

● 04·"闻道"二句：甘泉，汉宫名。《汉书·扬雄传》载，扬雄因善辞赋被荐于汉成帝，曾随成帝祠甘泉，归作《甘泉赋》以献。二句赞韦郎有文才，并预祝其以此进用。

汉主离宫接露台，

秦川一半夕阳开。[02]

青山尽是朱旗绕，

碧涧翻从玉殿来。[03]

新丰树里行人度，

小苑城边猎骑回。

闻道甘泉能献赋，

悬知独有子云才。[04]

品·评　此诗与朝官应酬唱和，内容涉及皇家事体，故以赞调出之，风格典重酝藉。起句以"冠裳宏丽"，即景象开阔壮观，而被誉为唐七律中最值得效法的"大家正脉"（胡应麟《诗薮》内编卷五），中四句紧扣"寓目"的题面，先写近景，再写远景，均如画而富动感，有"雄浑富丽""温厚深长"之致，亦被认为"皆足为法"（《王孟诗评》引顾璘语）。末联切人，归结到唱和对象，完足应酬祈祝之意。总之，诗的结构稳妥匀称，韵律和谐温润，辞藻清俊雅丽，前人赞为"盛唐正轨"，今日来看，亦堪称官场应酬之作的典范。

送友人归山歌二首

注·释

● 01·犊：小牛。养鸡和耕作本农家事，但云"入云中养鸡"及"抱犊上山"则与古仙人传说有关，见《列仙传》及《元和郡县志》。

● 02·"神与"二句：涉及两个神话传说。《史记·封禅书》载，李少君说，他曾游海上，遇神仙安期生。安期生给他吃枣，枣大如瓜。又葛洪《神仙传》载，董奉居住在庐山，替人治病为生，重病愈者栽杏五棵，轻者一棵为报。数年后杏乃成林，董告众曰：可以谷换杏，同量即可。有人给谷少而取杏多，林中有虎追吼，其人慌逃，失杏很多，到家一量，所剩恰与带去的谷子数量相等。若有人偷杏，老虎便会追还。后董奉仙去，妻女仍以卖杏为生。

● 03·詹尹：指郑詹尹。《楚辞·卜居》写到屈原被流放三年未被召回，心中烦乱，不知所从，便去见太卜郑詹尹，请他解决心中疑虑。

一

山寂寂兮无人，又苍苍兮多木。

群龙兮满朝，　君何为兮空谷？

文寡和兮思深，道难知兮行独。

悦石上兮流泉，与松间兮草屋。

入云中兮养鸡，上山头兮抱犊。[01]

神与枣兮如瓜，虎卖杏兮收谷。[02]

愧不才兮妨贤，嫌既老兮贪禄。

誓解印兮相从，何詹尹兮可卜。[03]

● 04 · 翠菅（jiān）：青翠的菅草。菅，多
年生草本植物，叶子细长而尖，茎可作绳
织履。靡：倒伏。
● 05 · 褰（qiān）衣：撩起衣服。此谓提
衣涉水决然而去。
● 06 · 眇：极目远望的样子。

二

山中人兮欲归，云冥冥兮雨霏霏。

水惊波兮翠菅靡，⁰⁴

白鹭忽兮翻飞，君不可兮褰衣。⁰⁵

山万重兮一云，混天地兮不分。

树晻暖兮氛氲，猿不见兮空闻。

忽山西兮夕阳，见东皋兮远村。

平芜绿兮千里，眇惆怅兮思君。⁰⁶

品·评 两首均为骚体歌行，激情洋溢，真气贯注，一首未能尽意，故有其二。前一首揭示友人归山之因，显系与时不合，与世相忤，抨击时世力度之强在王维诗中并不多见，而对友人高洁品性的赞美尤无以复加，几有仙化圣化之意味。在此基础上，不惜触及自己灵魂，发誓追随友人而去，诗尾四句对自身现状深致不满，不害呕心悲号，令人深感震撼。后一首送友人之将归，设想其归山后情景，担忧，不舍，欲挽留而知其不可，明知不可而仍欲挽留，复杂矛盾的情思一一在自然景观变化中透出。宋诗人刘辰翁认为此诗风格、水准在"宋玉之下，渊明之上，甚似晋人。不知者以为气短，知者以为《琴操》之余音也"（《王孟诗评》引）。何谓《琴操》？刘向《别录》有云："君子因雅琴以致思，其道闭塞悲愁而作者，名其曲曰'操'，言遇灾害不失其操也。"王维此二首诗，既送友人，亦明己志，谓时世不佳欲远飚而独善也。

184

相思

注 · 释

●*01* · 红豆：红豆树、海红豆及相思木等植物种子的统称。其籽鲜红而坚硬，或纯红，或小半为黑色，古人常用以喻示爱情或相思。南国：我国南方，特指红豆产地岭南地区。

●*02* · 采撷（xié）：采摘。

红豆生南国，*01* 春来发几枝？

劝君多采撷，*02* 此物最相思。

品 · 评

此诗以其深情绵邈、通俗浅显、朗朗上口、极易成诵而几至家喻户晓，老少咸知。今人一如古人，离家远行者尤能理解、喜爱，故无须多论，惟引管世铭一言评之足矣："王维'红豆生南国'，王之涣'杨柳东门树'，李白'天下伤心处'，皆直举胸臆，不假雕锼，祖帐离筵，听之恻恻。二十字移情固至此哉！"（《读雪山房唐诗钞·五绝凡例》）

赠裴十迪

风景日夕佳，　与君赋新诗。

澹然望远空，　如意方支颐。[01]

春风动百草，　兰蕙生我篱。

暖暖日暖闺，　田家来致词：

"欣欣春还皋，　澹澹水生陂。

桃李虽未开，　黄蘖满其枝。[02]

请君理还策，　敢告将农时。"

品
·
评

此诗首句"风景日夕佳"，就令人想起陶渊明的"山气日夕佳，飞鸟相与还"两
句（《饮酒二十首》之五）。全诗写眼前情事，亦摹拟渊明笔调，质朴自然，似
不着力，而和丽的春光，勃郁的朝气，已跃然纸上，弥漫着浓浓的田园风味。
后半田家致词，如作画之再次皴染，于是视野更阔，春意更浓，且使诗歌散发
出一种乡土气息。

登裴迪秀才小台作

注·释

● 01·端居：也叫平居，即过家常日子，与下"不出门"相关。
● 02·遥知二句："远林际"指王维的辋川别业，"此檐间"则指裴迪小台。二句设想从辋川遥望裴迪小台，当然是看不见什么的。
● 03·乘月：乘着月亮好，外出游玩。莫上关：别插上门闩。

端居不出户，⁰¹ 满目望云山。

落日鸟边下， 秋原人外闲。

遥知远林际， 不见此檐间。⁰²

好客多乘月， 应门莫上关。⁰³

品·评

本诗所写之事很简单，也很普通——王维在裴迪陪同下，登上其家小台览眺，谁知却引出一首好诗。首句平平而起，紧接着就是一个突兀响亮、令人惊喜的好句——"满目望云山"，这个不起眼的小台呵，竟展开了如此阔大的一幅景致！颔联是全诗的精华，也是最具王维风格的诗句。"落日鸟边下"，是一幅大全景，无穷远处是壮丽而浑圆的夕阳，在这个背景上，时而有鸟儿飞过，快速移动的本是飞鸟，诗人偏将注意力放到夕阳和辽阔的天幕上，把句子炼成仿佛是夕阳在鸟的后边慢慢沉落。"秋原人外闲"，镜头移近了，但与在作者眼前走过的行人相比，那片静静的秋原又得算是远景了。近者动而远者静，近者小而远者大，动静对比，小大映照，意象是那样灵动鲜活，画面是那样雄浑壮伟，而诗句是那样和谐工整，情调是那样宁静恬淡，王维山水诗往往有此令人难忘的一联。后四句写出登台的感受，申足诗意，语气略带诙谐，也进一步透露了诗人的好心情。

闻裴秀才迪吟诗因戏赠

注·释　●01·巫峡声：巫峡中凄厉的猿啼声。巫峡：长江三峡之一，西接今重庆市巫山县，东临湖北省恩施土家族苗族自治州巴东县，因巫山而得名。郦道元《水经注·江水二》谓巫峡之中"每至晴初霜旦，林寒涧肃，常有高猿长啸，属引凄异，空谷传响，哀转久绝。故渔者歌曰：'巴东三峡巫峡长，猿鸣三声泪沾裳。'"秋江客：秋季长江上的游客。

猿吟一何苦，愁朝复悲夕。
莫作巫峡声，肠断秋江客！ *01*

品·评　唐多苦吟诗人，然多出在中唐以后，如被苏轼讥为"寒瘦"的孟郊、贾岛之流。殊不知苦吟者盛唐亦有，如王维以诗戏赠的裴迪。此诗将裴之苦吟比为巫峡猿啼，不必多作渲染，已足使人领略其悲酸凄楚。而求其莫再苦吟的理由，则是身为"秋江客"的作者将被其声引起共鸣，催得肠断，雅谑中实含真情，非尽为打趣也。

酌酒与裴迪

注·释

● 01 · 白首相知：谓相知甚久，友谊深厚也。按剑：古人佩剑，愤怒欲发时常以手按剑把。弹冠：《汉书·王吉传》："吉与贡禹为友，世称'王阳（吉字子阳）在位，贡公弹冠'，言其取舍同也。"此以弹冠为出仕任官。

酌酒与君君自宽，

人情繁复似波澜。

白首相知犹按剑，

朱门先达笑弹冠。 *01*

草色全经细雨湿，

花枝欲动春风寒。

世事浮云何足问，

不如高卧且加餐。

品·评　前一首戏谓裴迪作诗如猿啼，求他别吟了，以免自己被弄得"肠断"。这一首主题相似，劝对方把心放宽，表现方式却变作酌酒相慰，温情而亲切了。用来劝说的道理，则是对俗世的批判，是对人情世故的透彻剖析。颔联是直说：世人哪怕是多年知交，到利害冲突相争不下时，也难免按剑准备动武，这就叫人情波澜；而那些先占要路而又拉帮结派的家伙，早把官场瓜分完毕，又哪里还有你我的位置？颈联更妙，是比喻，却也像写景。花草比喻地位低下而无力自卫的裴迪们，细雨、春风比喻有权有势的在位者。小草被细雨淋着，能不浑身湿透吗？你想借春光开一朵鲜花，又怎禁得住它春风料峭寒冷？春风、细雨，本是春天的常景，似乎并非专门有意跟花草作对，但对小花小草就有如此的"杀伤力"，就如此无从抵御，防不胜防！世态既然这样，尾联的结论：不如高卧且加餐，便很自然了。你可以责怪王维思想消极，但你不能否认他所揭示的世情很真实，而且这世情并不限于古代，是不是呢？

山中送别

注
·
释

● 01 · 王孙：原意是王室子孙，扩大可指贵族子弟，再扩大可指一切有身份的年轻人。"春草"二句语本《楚辞·招隐士》："王孙游兮不归，春草生兮萋萋……王孙兮归来，山中兮不可以久留。"

山中相送罢，日暮掩柴扉。

春草明年绿，王孙归不归？ 01

品
·
评
这首诗虽短小简单，但有两种理解。其缘故盖在于对"送别"的主客体解释不同。一种解释是王维在山中送客，客走后，诗人心语：他明年还会归来吗？即是否还会来到山中？王孙指的是刚才离开的那位客人。但也有另一种说法，是王维进山隐居，有人相送，王维留下，送者告辞，临行时，客问王维：明年春草绿时，你归不归？这样，王孙就是指王维，而所归之处也变成山外某地，或就是指京城了。在我看来，后一种解释太曲折绕弯，不大符合王维诗风。其实，这是一首单纯明快的小诗，大致的情景应是有人进山探望王维，过了一段日子，告辞走了，王维仍旧过他寂寞的隐居生活。客人刚走，王维不免有点惆怅，这种情绪从诗的前两句可以看出。王维对来者是深怀谢意和情谊的，故希望他明年能够再来相聚。"春草"二句表达的就是这层意思。这位来访的王孙当然不是这山里的人，也不是王维的家里人，但为了表示亲切，王维便把他的再次来访，说成是"归来"。如此而已，没有必要把纯净如水的诗意讲得那么模糊弯曲。

同崔傅答贤弟

01

洛阳才子姑苏客，*02*

桂苑殊非故乡陌。

九江枫树几回青，

一片扬州五湖白。

扬州时有下江兵，

兰陵镇前吹笛声。*03*

夜火人归富春郭，

秋风鹤唳石头城。*04*

周郎陆弟为俦侣，

对舞《前溪》歌《白纻》。*05*

曲几书留小史家，

草堂棋赌山阴墅。*06*

注·释

● *01*·本诗题意谓崔傅先有答贤弟之诗，王维见而有和作，"同"即"和"也，故可标为《同〈崔傅答贤弟〉》。崔傅及贤弟：究是何人，待考。

● *02*·洛阳才子：指汉代贾谊。潘岳《西征赋》："终童，山东之英妙；贾生，洛阳之才子。"此兼指崔傅及贤弟。姑苏：即今苏州。

● *03*·下江：古指长江自江陵以下流域为下江。下江兵：有注家以为指安史乱时永王东巡的部队，见陈铁民《王维集校注》，可备一说。兰陵镇：指今江苏常州一带，晋代这里是兰陵县。

● *04*·夜火：指夜间发生战事。富春：古县名，即今浙江省杭州市富阳区。郭：外城。石头城：古城名，在今南京市清凉山。

● *05*·周郎：即三国周瑜，此喻崔傅。陆弟：指晋陆机之弟陆云。机、云二人均有才华，时称"二陆"，此以陆云喻贤弟。俦（chóu）侣：同伴，伴侣。《前溪》：舞曲名，属乐府《清商曲辞》之《吴声歌曲》。《白纻（zhù）》：舞曲名，属乐府《舞曲歌辞》。

● *06*·"曲几"句：《晋书·王羲之传》："（羲之）尝诣门生家，见棐（fěi）几（棐几，用香榧木制成的几桌）滑净，因书之，真草相半。后为其父误刮去之，门生惊懊者累日。"小史：即小吏。"草堂"句：《晋书·谢安传》：谢安在淝水前线军情紧急时，仍从容聚集亲朋好友，与谢玄下围棋并以别墅为赌。

● *07 · 衣冠：指士人。话：谈论。外台：指与内朝相对的外官，如州刺史之类。夫君：对友人的敬称。席上珍：喻儒学之士具有贤德才俊，就如席上的珍宝。*

● *08 · 台阁：指朝廷中枢，所谓三省六部等官署。三语：用"三语掾"之典。《世说新语·文学》："阮宣子（修）有令闻，太尉王夷甫（衍）见而问曰：'老庄与圣教同异？'对曰：'将无同（该没有什么不同吧）。'太尉善其言，辟之为掾（属官），世谓'三语掾'。"即只说了三个字就得到幕府属官的职务，后常以此比喻轻而易举地获得美职。此事在《晋书·阮瞻传》中被当作阮瞻事，王衍作王戎。*

衣冠若话外台臣，

先数夫君席上珍。⁰⁷

更闻台阁求三语，

遥想风流第一人。⁰⁸

品·评　此诗为七言古风，十六句，二句一转韵，仄韵平韵相间，共八韵。创作时间地点不详，故背景本事与所涉人物均有待考索。虽然如此，诗之美仍可欣赏。就诗言诗，前四韵主要是写时势，崔傅及其弟或曾客居苏州多年，而此时似在扬州，恰遇兵乱，世人无不惊慌逃避。虽具体事实不详，但诗句已将动乱的紧张情势写出。后四韵写崔氏兄弟的才能和从容不迫的应对态度，以及作者对他们前途的乐观预测，实际上也就是一种祝颂。"外台臣"似应指崔傅，他已为地方官，政绩为衣冠们所赞扬，而被誉为"风流第一人"的，便应是贤弟了，作者预言他将为台阁重臣所青睐。前后两种气氛、两种情调形成鲜明对比，更突出了崔氏兄弟的气度胸襟。全诗写得行云流水，"九江"一联字面有对仗意，用了好几个数字，非常醒目。此联与下二联又连用了好几个地名，但由于选择巧妙，这些地名的字面本身均极富形象和色泽，故读来自然流畅，引人遐想，而绝无堆砌别扭之感。"周郎陆弟"以下连用数典，状拟崔氏昆仲的才情胸怀，但因出典并不偏僻晦涩，历史人物和故事使诗味的浓度大为增加。尾联的祈祝又像是在不经意中运用了近律而不甚严格的对句，亦颇增添了诗的韵味。全诗风格俊爽明快，其确切创作时间虽不明确，但不像是在安史乱后王维戴罪为官时所作，则大致可以肯定。

春夜竹亭赠钱少府归蓝田 01

注·释

●01·钱少府：指钱起。少府，即县尉。
钱起字仲文，吴兴人，"大历十才子"之
一。天宝九载进士，曾任秘书省校书郎，
后任蓝田县尉，终考功郎中。蓝田：县名，
今属陕西。
●02·群动：各种动静和声息。
●03·明发：黎明，天亮时分。蕨（jué）：
一种野菜，俗称蕨菜，可食。采蕨：指过
隐居生活。轩冕：官车和官帽，代指官位。

夜静群动息，⁰² 时闻隔林犬。

却忆山中时，　人家涧西远。

羡君明发去，　采蕨轻轩冕。⁰³

品·评　据考，钱起任蓝田县尉是在唐肃宗、代宗交替的乾元和宝应年间（759—763），当时王维已起复为朝官，任给事中。他们有两次唱和。一次是钱起去蓝田，王维赠以此诗，钱答《酬王维春夜竹亭赠别》；另一次是王维作《送钱少府还蓝田》，钱作《晚归蓝田酬王维给事赠别》。钱起并不是蓝田人，而是在蓝田为官，他赴蓝田，何以曰"归"？猜想他有可能置别墅于彼，故赴任即是回家。就本诗看，王维送钱起，表达的主要是对他的歆美之意，这从"却忆山中时"两句可见。而"采蕨轻轩冕"固然是说钱起清高，更是王维一生的理想、此时的渴望。他是真想退隐的，但安史乱中他有陷贼从伪之罪，现在好不容易被赦并重新回朝任职，一时间还不能马上提出回归田里，更不可能弃官而去。他只能在诗中深情地回忆曾经的山中隐居生活，并对钱起的归去作出"采蕨轻轩冕"的想象，其实钱起的实际情况不会如此。前人评此诗云："曲尽幽景远情，言简意长。"（《网师园唐诗笺》）说得对，但未免笼统了些。

送别

注
释

● *01*・饮（yìn）君酒：拿酒请君喝。何所之：到何处去？

● *02*・南山陲：终南山的边陲。

下马饮君酒，问君何所之？ *01*

君言不得意，归卧南山陲。 *02*

但去莫复问，白云无尽时。

品
评

我们不需要知道王维这次是在送谁——送谁都行，我们只知道王维匆匆赶来为一位"归卧南山陲"的朋友送行。这位朋友明确宣布：决心跟让他"不得意"，亦即不称心的官场和世俗决裂，回归山中。王维对他美慕不已，但他没有像前一首诗那样明白点出"美"字，他只是代替即将离去的朋友向前来送行的诸公说：走了，走了，走了以后将会如何？不必问，你就看那山中的白云吧，那就是我未来的日子，也就是我今天的回答！"白云无尽时"，是自由，是潇洒，是飘逸，是随心所欲，无拘无束，是身心的彻底解放，也是无限，是永恒……前人激赏此诗，说了很多话，如谓"第五句一拨便转，不知言外多少委婉"，"慷慨寄托，尽末十字，蕴藉不觉"，"淡然片语，悠然自远"，"与太白七绝《山中问答》意调仿佛"，"五古短调要浑括有余味，此篇是定式"（引自陈伯海主编《唐诗汇评》卷上）。均可供读者参考。

苦热

注·释

- ● 01·诗题一作《苦热行》，收入《乐府诗集》卷六十五杂曲歌辞。
- ● 02·纨（wán）：一种质地很细的丝织品。阴：树荫。
- ● 03·莞（guān）：俗名水葱、席子草。亦指用莞草织的席子。簟（diàn）：供坐卧铺垫用的苇席或竹席。绨（chī）：细葛布。绤（xì）：粗葛布。濯（zhuó）：洗涤。
- ● 04·却顾：回顾。觉：佛学用语，由梵语意译而来，指对佛理的开悟。
- ● 05·甘露：佛教把佛法譬为甘露。甘露门：谓开悟佛理，犹如进入甘露涅槃之门，到达超脱一切苦难的澄明境界。

赤日满天地，火云成山岳。

草木尽焦卷，川泽皆竭涸。

轻纨觉衣重，密树苦阴薄。

莞簟不可近，绨绤再三濯。

思出宇宙外，旷然在寥廓。

长风万里来，江海荡烦浊。

却顾身为患，始知心未觉。

忽入甘露门，宛然清凉乐。

品·评　乐府中有《苦热行》，据《乐府解题》说，主旨是"备言流金烁石、火山炎海之艰难也"。并举出鲍照的"赤阪横西阻"一首，谓是"言南方瘴疠之地，尽节征伐，而赏之太薄也"（见《乐府诗集》卷六十五）。王维的《苦热》描述渲染炎热之苦与《解题》所言相同，但与征伐和怨恨赏薄无关。王维由苦热想到的是人的佛性问题——感到炎热，并觉得苦，那是尚未超脱"以身为患"的俗境，是心智蒙昧、尚未开悟的缘故。如能认真学佛，进入甘露涅槃之门，那就不会怕热，再热的天气也自有清凉之乐了。佛经中常把充满纷忧烦扰的人世，特别是你争我夺的名利场比为"火城"或"火宅"，而把佛教宣扬的超然脱俗、坦荡坚忍处世哲学视为扑灭大火的甘霖雨露，把悟得解脱之道比喻为脱离火海危宅，王维在本诗中所表现的感悟和诗末的用语，显然与他信佛有关。当然，我们即使不信佛，也觉得俗话所说的"心静自然凉"，并非毫无道理。人的主观调整能力，有时也是不能低估的。

寒食城东即事 01

清溪一道穿桃李，

演漾绿蒲涵白芷。 02

溪上人家凡几家，

落花半落东流水。

蹴鞠屡过飞鸟上， 03

秋千竞出垂杨里。

少年分日作遨游，

不用清明兼上巳。 04

注·释

● 01·寒食：指古时民俗节日寒食节，在清明前一天或两天，参见《送綦毋潜落第还乡》注。即事：记述眼前景物或事情，并抒发感想。

● 02·演漾：流动、荡漾。白芷：香草名。古人以其叶为香料。

● 03·蹴鞠（cù jū）：鞠是用皮缝制的球，蹴鞠是古代的踢球游戏。

● 04·分日：指春分日。清明：农历二十四节气之一，在春分之后，谷雨之前，约当农历三月初。上巳：古代民俗节日之一，定在农历三月上旬的巳日，后以三月三日为上巳日。寒食、清明、上巳三节正值大好春日，古有扫墓祭祖及郊游踏青习俗，唐时尤盛。

品·评

王维此诗以寒食节为主，涉及清明和上巳两个民俗节日，还提到了春分这个时令。这些都是春天的节日，节日的来源、含义和过法各有不同，但有一个共同点，那就是人们竞相投向大自然，以多种多样的游艺方式尽情享受春光。唐诗中有很多以这类民俗节日为题材的作品，而写寒食游艺的，以王维这首较早较有名。

诗的前四句写春景，清溪、桃李、绿蒲、白芷，色彩是那么鲜艳，春光是那么明媚骀荡，而生活在这种环境中的民家又是那么和平宁静。过节的人们在尽情地玩乐，"蹴鞠"一联摄下了节日游艺最典型的场面，成为描绘寒食清明游艺的千古名句，从此凡写到这两个节日便往往少不了蹴鞠和秋千。杜甫在成都作《清明》诗，有云："十年蹴鞠将雏远，万里秋千习俗同。"白居易《洛桥寒食日作十韵》有"蹴球尘不起，泼火雨新晴。宿醉头仍重，晨游眼乍明"之句。直到唐末韦庄，在《长安清明》诗中叙今思昔，也还是不忘蹴鞠秋千："早是伤春暮雨天，可怜芳草更芊芊。内官初赐清明火，上相闲分白打钱。紫陌乱嘶红叱拨，绿杨高映画秋千。游人记得承平事，暗喜风光似昔年。"诗末，作者以欣喜羡慕的心情写到年轻人的青春活力，他们等不及清明、上巳这样的节日，在春分时节就玩开了。这一笔给全诗做了很好的收束。

奉和杨驸马六郎秋夜即事 01

高楼月似霜，秋夜郁金堂。02

对坐弹卢女，同看舞凤凰。03

少儿多送酒，小玉更焚香。04

结束平阳骑，明朝入建章。05

注·释

● 01·杨驸马：据《新唐书·公主列传》，唐玄宗有女二十九人，姓杨的驸马有七个，本诗所奉和的驸马杨六郎未详何人。

● 02·郁金堂：郁金是香草名，郁金堂谓堂屋华美馨香。

● 03·弹卢女：此句倒装，即卢女弹也。乐府有《卢女曲》，其所咏卢女系魏武帝时官人，七岁入宫，善鼓琴，后遂以卢女代指宫中伎人。舞凤凰：形容宫女舞蹈如凤凰般华美。

● 04·少儿：据《汉书》中《卫青传》、《霍光传》，少儿是卫青的姐姐，曾为平阳侯侍女，霍仲儒与之私通，生子即霍去病。少儿在此借指侍女。小玉：亦借指侍女。

● 05·结束：装束，打扮。平阳骑：卫青曾为汉武帝之姐阳信长公主（又称平阳公主）家骑，后其家卫子夫为汉武帝皇后，卫青被任为建章监侍中（见《史记·卫将军骠骑列传》）。建章：汉长安宫殿名。

品·评　这是一首应酬之作，格律、对仗无可挑剔，也颇为清新可诵。因是和驸马唱和，故诗中所用之典均与皇室、外戚事有关，汉史中的真人少儿与唐人习用的侍女代名小玉相对，稍含诙谐之意。末尾是照例的祝词，对驸马来说，应该是很受用的。

送梓州李使君

01

注·释

● 01 · 梓州：唐代州名，属剑南道东川节度使管辖，治所在今四川省绵阳市三台县。李使君：生平不详。

● 02 · 壑（hè）：山谷，山沟。杜鹃：鸟名。又名杜宇、子规。相传为古蜀王杜宇魂魄所化。春末夏初，常昼夜啼鸣，其声哀切。

● 03 · 杪（miǎo）：树梢。一夜雨：或作一半雨，误。

● 04 · 汉女：指蜀地之女，因三国时刘备曾在蜀建国，国号汉，故称。输：交纳赋税。橦（tóng）布：用一种多年生的木本棉花织的布匹。巴：古国名，属地在今四川一带。芋：芋头。"巴人"句谓：巴蜀人常为芋田之事打官司。橦：一作賨。

● 05 · 文翁：西汉庐江舒人，汉景帝时蜀郡太守。他见蜀地僻陋，有蛮夷风，便兴办学校，倡导教化，取得卓著成效（事见《汉书·循吏传》）。翻教授：改用了教化的措施。敢不：各本多作"不敢"，据赵殿成说臆改（见《王右丞集笺注》）。倚：依傍，仿效。

万壑树参天，千山响杜鹃。*02*

山中一夜雨，树杪百重泉。*03*

汉女输橦布，巴人讼芋田。*04*

文翁翻教授，敢不倚先贤？*05*

品·评

送人去梓州，即想象梓州情景，此属常规，王维的本领在于将想象之景写得极有特色，尤其是前四句，使诗评家惊叹："兴来神来，天然入妙，不可凑泊！"（王士禛《带经堂诗话》卷十八）但这种想象也于无意中流露出王维的审美情趣，所以吴乔认为前四句"竟是山林隐逸诗"（《围炉诗话》卷二）。而我们的感受则是一幅巨大而生动的山水画，画面高处是一片深绿苍翠之色，树杪百重细泉呈流动跳跃之态，且伴有流水之音与杜鹃啼声。此二句发端得势，下接流水对（"山中"一联），格律严整而不乏自然之趣，仅此已足以确立本诗的价值。五、六句臆想梓州民风，抓的是从书本上看来的一般特点，故不免泛泛，但特点还是抓住了的。尾联的解释，唯纪昀最老实："结二句不可解。"关键是"翻教授"不好理解，"敢不"是否为"不敢"也难肯定。但大意约为希望李使君学习发扬先贤文翁教化民众的精神，应是不错的。

春日上方即事

01

好读《高僧传》，　时看辟谷方。 02

鸠形将刻杖，　　龟壳用支床。 03

柳色春山映，　　梨花夕鸟藏。

北窗桃李下，　　闲坐但焚香。

注·释

● 01·上方：住持僧居住的内室。亦借指佛寺。

● 02·《高僧传》：书名，梁释惠皎撰，十三卷，记载自东汉永平十年（67）至梁天监十八年（519）几百年间二百五十七位高僧事，附录一卷，收载二百余人。辟谷：我国道家的一种修炼方法，不食米麦，避却五谷，通过吐纳导引、食气咽津或服用药饵等方法进行修炼。辟谷方：实行辟谷的方子。

● 03·"鸠形"句：《后汉书·礼仪志》载，仲秋八月，县道按户访问老人，年满七十的，赠送玉杖和糜粥，八九十岁的，另加礼物，所赠玉杖的一端刻鸠鸟为文饰，鸠为不噎之鸟，以此祝愿老人进食时不哽噎。"龟壳"句：《史记·龟策列传》载，南方有位老人用龟来支床足，过了二十多年，老人死后，撤动床位，发现龟仍然活着，因龟能行气导引。二句形容僧人年老，生活古朴。

品·评

前人评此诗："后半忽作绮语，亦反观法。"（乔亿《剑溪说诗》又编）又说它"幽处秀发"（《瀛奎律髓汇评》卷四七）。确实看出了本诗的主要特点。王维过访老僧，笔下深含敬意，此由前四句可见。后四句转为绮丽，恰与前面的苍老形成对照，即所谓"反观"，也即是写出了"幽处"的"秀发"。老僧生活在如此美丽而充满朝气的环境中，一颗向佛的心仍然那么沉静，毫无波澜，甚至对春色春意视而不见。"但焚香"，一个"但"意味深长，暗示了其道心之坚、道行之深。诗人赞叹老僧的意思，因这一转而突出，诗歌也因此而显得精彩灵动。这样的结构显然经过精心的设计，而写出这样的诗，诗人自己的心情也应是比较开朗的。

送方尊师归嵩山 01

注·释

●01·方尊师：生平不详。尊师，对道士的敬称。嵩山：山名，在河南省登封市北，为五岳之中岳。

●02·仙官：称神仙中有官位者。九龙潭：在嵩山东峰太室山东岩之半。旄节朱幡：指方尊师的仪杖。旄节是以竹为节杖，上缀以牦牛尾。幡为长幅直挂的旗。龛（kān）：供奉神佛的小石室。

●03·山压天中：谓中岳嵩山雄居天下之中，而九龙潭在山之腰。洞穿江底：谓九龙潭洞府深邃曲折，其下与长江相连，可直通江南。

●04·岚（lán）：山中的雾气。

●05·苏耽：传说中的仙人，郴县（今属湖南）人。葛洪《神仙传》卷九载，一日，苏耽洒扫庭院，装饰屋宇。友人问他何为，他说当有神仙降临。一会儿即见西北天空有紫云升起，数十只白鹤飞翔其中，翩然降于苏家，化为端庄的少年。苏耽跪告母亲说，他已受命成仙，仅卫卒来迎接。遂辞母而去。衡岳：南岳衡山，离苏耽的郴州不远，此指苏耽的所居之地。

仙官欲住九龙潭，

旄节朱幡倚石龛。 02

山压天中半天上，

洞穿江底出江南。 03

瀑布杉松常带雨，

夕阳彩翠忽成岚。 04

借问迎来双白鹤，

已曾衡岳送苏耽？ 05

品·评 方东树评说此诗云："起，破题明切；中四，分写嵩山远、近、大、小景；收亦奇气喷溢，笔势宏放，响入云霄。"（《昭昧詹言》卷十六）可谓简明概括。本诗的警句当然是"山压"一联，字面的巧对和意思的递进，写出了嵩山的气势和九龙潭的神秘，给人难忘的印象。沈德潜说："奇境非此奇句不能写出！"激赏之意溢于言表。"瀑布"一联的佳处，则在于既有写实之妙，写出了山景的随时变化，又给此景笼罩上一层如幻的仙气。尾联以问语出之，"迎来"亦即"来迎"，前来迎接尊师的那双白鹤，是不是刚才送过衡岳苏耽登仙啊？方尊师和仙界的关系由此可以想见矣。

送杨少府贬郴州 01

注·释

● 01· 杨少府：其人不详。郴（chēn）州：唐代州名，属江南西道，治所在今湖南省郴州市。

● 02· 衡山：即五岳中的南岳，在今湖南省。洞庭：湖名，在今湖南。若为：哪堪。

● 03· 渚（zhǔ）：江河中的小洲。三湘：泛指洞庭湖南北、湘水流域一带。五两：古时测定风力的器具，用鸡毛五两系于桅杆顶上而成。五两轻：指风大。恶（wù）：讨厌，不愿。

● 04· 青草瘴（zhàng）：瘴气的一种。所谓瘴气，指我国岭南或西南部地区山林间湿热环境下蒸发的能致病之气。《番禺杂编》："岭外二三月为青草瘴，四五月为黄梅瘴，六七月新水瘴，八九月黄茅瘴。"虽指岭南地区而言，郴州情况亦可参考。夏口：古城名，其地在今武汉。湓（pén）城：古城名，唐初改为浔阳，在今江西九江市。

● 05· 贾谊：西汉文学家，年轻时曾受文帝重视，后文帝听信谗言，贬贾为长沙王太傅，过湘水时作《吊屈原赋》，借以自伤。屈平：即屈原，屈原名平。

明到衡山与洞庭，

若为秋月听猿声？ 02

愁看北渚三湘近，

恶说南风五两轻。 03

青草瘴时过夏口，

白头浪里出湓城。 04

长沙不久留才子，

贾谊何须吊屈平！ 05

品·评

杨少府被贬郴州，王维相送，作此诗。开头两句便设想杨到了衡山、洞庭，眼前是孤冷的秋月，耳中是凄切的猿啼，一股悲凉之气腾然而起。颔联细探迁客心曲，当贬逐之地（北渚三湘）愈来愈近时，偏偏南风颇大。乘着南风本可北归，可现在再大的南风又有何用？故反而不愿提起南风，甚至恨起了南风。颈联还是假想，但转为祈祝。眼下是秋季，但愿明春江水盛大、青草瘴升起时，你能船过湓城、夏口，北归长安。为了加强这祈祝的可信和力度，尾联又将贾谊被贬长沙的典故来个反其意而用之：放心吧，你不会被久留在贬所的，就不必像贾谊那样作赋哀吊屈原了！为王维诗作笺的赵殿成评说这个结尾道："送人迁谪，用贾谊事者多矣，然俱代为悲怨之词。唯李供奉《巴陵赠贾舍人》诗云：'圣主恩深汉文帝，怜君不遣到长沙。'与右丞此篇结句，俱得忠厚和平之旨，可为用事翻案法。"翻旧典之案的感受是对的，但何必扯到什么"忠厚和平之旨"，不如就理解为作诗构思的出奇出新为好。

送沈子福归江东 _01_

注·释

● 01 · 诗题一作《送沈子归江东》。江东：指长江下游一带。

● 02 · 罟（gǔ）：捕鱼的网。罟师：渔夫，此指船夫。临圻（qí）：临近曲岸的地方，或谓是地名（高步瀛《唐宋诗举要》），亦通。

杨柳渡头行客稀，

罟师荡桨向临圻。_02_

惟有相思似春色，

江南江北送君归。

品·评　王维确实是个优秀诗人，不但感情丰富，而且善于表达感情。这首诗的感情表达看似随手拈来，却又那么贴切，那么意味深长，那么新颖别致。把对友人的相思牵挂之情比喻为丰盈洋溢、无处不在的春色，从而伴着友人一路而行，直到他的家乡，这是何等一往情深，又何等聪明巧妙！这让我想起宋代词人贺铸《青玉案》对同样难以形容的"闲愁"的吟咏："试问闲愁都几许？一川烟草，满城风絮，梅子黄时雨。"贺铸用三种具体事物状写满腹闲愁，王维诗则采用以虚状虚的手法描绘对朋友的思念，其间虽有所区别，但有异曲同工之妙。

寄河上段十六 01

注·释

● 01·河上：泛指黄河之上，下文孟津即为黄河上的渡口，段十六家应在此地。段十六：其人不详。

● 02·孟津：古黄河著名的渡口，亦名盟津或河阳渡，在今河南省孟州市南，靠近洛阳。

与君相见即相亲，

闻道君家在孟津。02

为见行舟试借问，

客中时有洛阳人。

品·评

段十六家在孟津，孟津靠近洛阳，故作者凡见到乘船来的洛阳人，便忍不住打听段十六的消息。诗的内容如此，逻辑如此，而欲表达的是对段的想念之情，想念的原因则是"与君相见即相亲"，这是一种一见如故的友谊。借叙事以抒情，即通过人物动态、通过"事"之片段（见舟而问）以表现情（思念），可以说是本诗值得注意的表现手法。

观别者

注·释

●01·都门：京都之城门。帐饮：古时送行，于郊外设帷帐宴饮道别，称帐饮。宾亲：指送行的亲戚朋友。

青青杨柳陌，陌上别离人。

爱子游燕赵，高堂有老亲。

不行无可养，行去百忧新。

切切委兄弟，依依向四邻。

都门帐饮毕，从此谢宾亲。*01*

挥泪逐前侣，含凄动征轮。

车从望不见，时时起行尘。

余亦辞家久，看之泪满巾。

品·评

王维十五岁即离家外出游宦，与亲人离多聚少。身为离人而观人离别，感触尤深。此诗即写出有唐一代寒士生活的一个重要侧面。诗以五古形式、写实手法、亲切朴素的话语，描述作者所见的情景。"爱子"以下十二句既深探游子心曲，明白揭示以宦代耕、养家活口的谋生方式，又写出离别给行者和留者造成的痛苦。最后点出"观"字，虽是旁观，但因同病相怜，引发切肤之痛，终于忍不住泪流满巾。前人激赏"不行无可养，行去百忧新。切切委兄弟，依依向四邻"几句，谓"实能道出贫士临行恋母情状"，"当置《三百篇》中与《蓼莪》比美"（余成教《石园诗话》卷一、吴乔《围炉诗话》卷三）。其实，本诗最令人感动的还是全篇感情的浑融淳厚，这种浑融淳厚，不是表现在哪几句，而是蕴含在整个篇章的每一个字之中。

山中寄诸弟妹

注·释　●01·法侣：一起修行的同志，或曰即指僧侣。禅诵：坐禅和诵经。

山中多法侣，禅诵自为群。[01]

城郭遥相望，惟应见白云。

品·评 王维在山中隐居，寄书弟妹，告诉他们自己在山中的生活，无非是与法侣们打坐参禅和念经，此为首联。妙处主要在下一联，设想身居城郭的弟妹想念自己，必是遥望山中，那么，他们看到了什么？"惟应见白云"，是事实，也是一个意味深长的"空镜头"。飘逸的白云，是世间人对出世人生活和形象的想象。这种由对面写来的手法，常能使诗意浓厚，尤其是用在篇幅短小的绝句上，效果往往更佳。

过沈居士山居哭之 01

注·释

● 01·沈居士：信佛而在家修行者称居士，此沈居士应为王维友人，具体不详。

● 02·杨朱：战国卫人，据云著有《杨子》，早佚，其言多见于《列子》，该书《仲尼》载："随梧之死，杨朱抚其尸而哭。"这里王维以杨朱自比。桑扈：人名，见《庄子·大宗师》，云桑户（扈）死，其友琴张等哭之曰："嗟来桑户乎！而（尔）已返其真，而我犹为人猗！"此地以桑扈比沈居士。

● 03·千古：千古不朽，对死者的悼祝之词。

● 04·善卷：人名，见《庄子·让王》，云舜曾让位于善卷，善卷不受，逃入深山。黔娄：古贫士，据说是齐国隐士，齐威王很尊敬他。这里说沈居士如善卷、黔娄那样贤能而安贫。

● 05·逝川：逝去的流水，语出《论语·子罕》："子在川上曰：'逝者如斯夫，不舍昼夜！'"丘井：丘墟和枯井，语出《维摩诘经·方便品》："是身如丘井，为老所逼。"

● 06·"前后"二句：意谓沈虽先死，但自己隔不多久，将与沈前后相继，相悲的时间过不了几天。讵：岂也。

杨朱来此哭，　　桑扈返于真。 02

独自成千古， 03　依然旧四邻。

闲檐暄鸟雀，　　故榻满埃尘。

曙月孤莺啭，　　空山五柳春。

野花愁对客，　　泉水咽迎人。

善卷明时隐，　　黔娄在日贫。 04

逝川嗟尔命，　　丘井叹吾身。 05

前后徒言隔，　　相悲讵几晨？ 06

品·评　起四句写前来吊唁，斯人已逝，而周围环境依旧。中八句写吊唁当日所见，一切景物无不涂上悲悼之情，且以古贤比喻死者，写景写人皆以极浓郁的主观色彩出之，表现了真挚深厚的友情，此为本诗特色。末四句感叹，以逝川比死者，以丘井自比，竟恨不得以身相随，因悼念之深而不觉出此重语，将诗人对沈居士亡故之悲痛推向更深一层。

临高台送
黎拾遗
01

注·释

●*01*·临高台：据郭茂倩《乐府诗集》卷十六汉铙歌引《古今乐录》云，汉鼓吹铙歌十八曲中有《临高台》曲，此处王维或仅取其"临高台"之意耳。黎拾遗：其人不详。

相送临高台，川原杳何极！

日暮飞鸟还，行人去不息。

品·评 临高台本为汉乐府曲名，但此处似更取其登临高台之意。送友人而登临高台，友人远去而目光乃延伸至极远，故有"川原杳何及"之慨。等到日暮，则见飞鸟纷纷归林，想象中友人却还在行走，未遑休息，牵挂怜悯之情于写景中含蓄表出。此类小诗，最能显示王维情深语简、蕴藉不尽的风格特色。

崔兴宗写真咏

01

注·释　●01·崔兴宗：王维内弟，已见前。写真：古称为人画像为写真，所画得之像亦称写真。此即指后者。

画君年少时，如今君已老。

今时新识人，知君旧时好。

品·评　画像上是崔兴宗年轻时的容颜，而他现在已然老去。作者是看着他渐渐老起来的，但新认识崔的人，也就是只看到他老相的人，从画像上才发现崔年轻时竟是那样美好。五言绝句，二十个普普通通的字，通过叙述人们对一幅人物画的观感，写出时间的流逝，抒发青春不再的感慨，却让人回味无穷。我们不能不感叹王维诗歌的魅力。

文

选

送李补阙充河西支度营田判官序 ⁰¹

汉张右掖，以备左衽，西遮空道，北护居延，然犬戎夜猎于山外，匈奴射雕于塞下，岁或有之。⁰²

我散骑常侍曰王公，勇能尽敌，礼可用兵，读黄石书，杀白马将。入备顾问，载以乘舆副车；出命专征，赐以内栈文马。将军幕府，请命介于本朝；天子琐闱，辍谏官以从士。⁰³

补阙李公，家世龙门，词场虎步，五经在笥，一言蔽《诗》。⁰⁴广屯田之蓄，度长府之羡，以赡边人，以弱敌国。然后驰檄识匿，略地昆仑。使麾下骑，

注·释

●01·补阙：唐代官名，有左右补阙之分，分属门下省和中书省，从七品上，掌供奉讽谏。李补阙：名及生平不详。河西：唐时指今甘肃、青海两省黄河以西地区，即河西走廊与湟水流域一带，唐于河西设节度使府。节度使兼领支度、营田、招讨、经略等使，下设副使和判官为僚属。李补阙此次去河西将充任支度和营田两个判官，分别掌管军资粮仗与屯田事务。序：古代用以送别赠言的一种文章体裁。

●02·张：设置。右掖：汉朝为防匈奴在西北部设置张掖郡，其意如"张开右掖（臂）"，古以西为右，故称。左衽：我国古代某些少数民族服装衣襟向左开，即用以比喻少数民族。居延：古边塞名，汉初为匈奴南下的要道，在今甘肃居延故城附近。犬戎：古族名，匈奴前身，旧时对入侵的少数民族的蔑称。

●03·散骑常侍：官名。唐代分属门下省和中书省，在门下省者称左散骑常侍，在中书省者称右散骑常侍，多用为将相大臣的兼职。王公：当时曾任河西节度使的有王倕和王忠嗣，究竟是何人，不详。黄石书：指兵书，相传秦汉之交，有黄石公者在圯桥上赠此书给张良。白马：亦称白马氏，我国古代西南地区氏族的一部。此泛指入侵的少数民族。"入备顾问"句：指王公入朝为散骑常侍，在皇帝出巡时乘副车相随。"出命专征"句：谓王公奉命出征，皇帝赐以宫厩的文马（毛色有文采、品种名贵的马）。"将军幕府"句：指王公的参谋办事处曾向朝廷请派吏员。"天子琐闱"句：谓李补阙暂停在朝的谏官职务，随王公出征。

●04·家世龙门：东汉李膺地位崇重，文士被其容接，号为"登龙门"，见《后汉书·李膺传》。此谓李补阙家世很高。或曰龙门是地名，亦通。词场虎步：犹谓文坛称雄。五经在笥（sì）：谓博览群书。一言蔽《诗》：孔子曾说："诗三百，一言以蔽之曰：思无邪。"此谓李补阙通《诗经》。

刃楼兰之腹；发外国兵，系郅支之颈。五单于遁逃于漠北，杂种羌不近于陇上。子之行也，不谓是乎？ ⁰⁵

拜首汉庭，驱传而出。穷塞砂碛以西极，黄河混沌而东注。胡风动地，朔雁成行，拔剑登车，慷慨而别！ ⁰⁶

●05·广屯田之蓄：使军队屯田的收获和积蓄更丰。度长府之义：使藏财货武器的府库更丰裕。驰檄识匿：识匿是唐西域国名。《新唐书·西域传下》："识匿……东南直京师九千里，东五百里距葱岭守捉所。"此谓向识匿下达讨伐的檄文。略地昆仑：向昆仑方向扩张领土。刃楼兰之腹：楼兰为古西域国名。此谓把尖刀插入楼兰腹地，即制服楼兰。系郅（zhì）支之颈：郅支是匈奴单于呼韩邪之兄，用绳索系郅支之颈，亦制服意。五单于：西汉后期，匈奴势弱内乱，分立为呼韩邪单于和屠耆单于等五个单于，互相争斗，后为呼韩邪单于所并。此以五单于被驱赶到大漠以北之典比拟李的武功。杂种羌：泛指西域各族。陇上：指今甘肃一带。

●06·拜首：亦作拜手，作拜时头与手相接的一种仪式。驱传：乘坐传车（驿车）。砂碛（qì）：大沙漠。西极：西边的极地。极，亦可作动词用，指到达极西之地。胡风：北风。

品·评　据考，此序作于天宝年间，最晚当在天宝六载十月（陈铁民《王维集校注》卷九）。这正是唐朝国力强盛的顶点。一位原在朝任谏官的李某去河西节度使府，新的职务是支度和营田判官，将作为节度使的僚属管理军资粮仗和屯田生产等事。在盛唐时代，从军就是赴边疆建功立业，故王维写了这篇赠序，壮其行色。文不长，按其意可分四段。首段说边疆形势，大体安稳而小患不断。次段写主帅王公，是朝廷允许他充实幕府的请求，为李补阙开了的奔赴边疆之路。三段即写补阙李公，先赞其学识，后述其志向，祝其为巩固边防而建立功勋。这是文章的重点，是作者最用力的所在。四段即末段，写李公慷慨辞行，勇赴河西。本文用骈体写成，辞藻华丽，用典频繁，对仗工稳，韵律严整，而句式多变，绝不板滞，读来朗朗上口。全文贯注以豪放之气，显示出盛唐气象的一个方面。此时的唐人不以离家远行、涉度沙漠和辗转战斗为苦，相反把这视为好男儿建功立业的机会，与中唐以后人的心态很不相同。

山中与裴秀才迪书

近腊月下，景气和畅，故山殊可过。足下方温经，猥不敢相烦。⁰²辄便独往山中，憩感配寺，⁰³与山僧饭讫而去。比涉玄灞，清月映郭，夜登华子冈，⁰⁴辋水沦涟，与月上下。⁰⁵寒山远火，明灭林外。深巷寒犬，吠声如豹。村墟夜春，复与疏钟相间。此时独坐，童仆静默，多思曩昔，携手赋诗，步仄径，临清流也。⁰⁶当待春中，草木蔓发，春山可望，轻鲦出水，白鸥矫翼，露湿青皋，麦陇朝雊，

注·释

● 01 · 天宝三载（744），王维在蓝田山中购置辋川别业。裴迪曾是别业的常客，此时裴迪在温经备考，王维约他明春来这里与他同游。

● 02 · 腊月下：指腊月（十二月）之末。故山：指蓝田的辋川别业。殊：很，非常。过：拜访，此指游玩。足下：敬称对方。方温经：正在温习经书，准备考试。猥：鄙陋，用作谦称自己。

● 03 · 辄：副词，就。感配寺：寺名，或即王维诗中提到过的感化寺、化感寺，此寺应在蓝田县。

● 04 · 比：或作北，比涉谓等到渡过（北涉谓北行而渡过）。玄灞：深青色的灞水。华子冈：辋川的山冈名，别业内的一个景点，参阅《辋川集》中诗。

● 05 · 辋水：即辋川，在蓝田县南，向北流入灞河。沦涟：涟漪。

● 06 · 曩昔：从前。仄径：狭窄的小路。

● 07·鲦（tiáo）：生活在淡水中的一种小
白鱼。矫翼：展翅。雊（gòu）：雉鸣。倘
能：也许能够？
● 08·无忽：不要忽视。
● 09·黄檗（bò）：一种落叶乔木，茎可制
染料，树皮可入药。亦作"黄柏"。驮黄
檗人：运送黄檗的人。因驮黄檗人往：乘
驮黄檗人出山而送此信给裴迪。不一：或
作不一一，用于书信结尾，意谓不一一详
述了。

斯之不远，倘能从我游乎？ ⁰⁷
非子天机清妙者，岂能以此不急
之务相邀？然是中有深趣矣，无
忽。⁰⁸ 因驮黄檗人往，不一。⁰⁹
山中人王维白。

品·评 这封书信可与王维的山水田园诗，特别是辋川之什对照着读，因为它很像是那些诗篇的散文化。从文学的源流来说，向上，可追溯到魏晋文章，像王右军的《兰亭集序》之类。此文似魏晋文的清淡，有魏晋人的潇洒和从容。向下，则可伸延到宋明人的小品，如苏东坡、袁中郎、张岱之流的作品，因为除了优美的写景，其中又明显地增多了人情味，在更温馨、更带烟火气这一点上，它们有着某种共同点。而与同时人比，则王维与柳宗元遭际、心情虽颇不同，但在写景这点上，也并非毫无相似之处。试读"草木蔓发，春山可望，轻鲦出水，白鸥矫翼，露湿青皋，麦陇朝雊"，不是也能使我们想起《永州八记》的某些片段吗？

与魏居士书

01

注·释

● *01*· 原诗下作者有"仆年且六十，足力不强"等语，信当写于乾元二年（759）前后。魏居士：唐代名臣魏征的后人，名及生平不详。王维在信中劝说魏居士走出山林，进入朝廷。居士，在家修行的佛教徒。

● *02*· 足下：古时对人的尊称。太师：指魏居士的先人魏征。贞观十六年（642），魏征拜为太子太师，位列三公。四代五公：亦称"四世三公"，典出《后汉书·袁安传》。汉司徒袁安，子袁敞，孙袁汤，袁汤子袁逢、袁隗等相继为三公。克复旧业：继承和恢复祖业。

● *03*· 伯仲诸昆：指同姓的兄弟。早世：年轻而早亡。寿光：人名，当是魏居士兄弟中的一人。播越：流离失所，到处搬迁。皂隶：古代贱役，后也专称衙门差役。此谓魏氏子孙沦为贱民。

● *04*· 降志屈体：（为某个目标而）委屈自己的志向和身体。六亲：泛指所有的亲属。霢霂（mài mù）：本指小雨，此指流汗貌。

足下太师之后，世有明德，宜其四代五公，克复旧业，*02* 而伯仲诸昆，顷或早世，惟有寿光，复遭播越。幼生弱侄，藐然诸孤，布衣徒步，降在皂隶。*03* 足下不忍其亲，杖策入关，降志屈体，托于所知。身不衣帛，而于六亲孝慈；终日一饭，而以百口为累。攻苦食淡，流汗霢霂，为之驱驰。*04* 仆见足下，裂裳毁冕，二十余年，山栖谷饮，高居深视，造次不违于仁，举止必由于道。高世之德，欲

盖而彰。⁰⁵

又属圣主搜扬仄陋，束帛加璧，被于岩穴，相国急贤，以副旁求，朝闻夕拜，片善一能，垂章拖组。⁰⁶况足下崇德茂绪，清节冠世，风高于黔娄、善卷，行独于石门、荷蓧。朝廷所以超拜右史，思其入践赤墀，执牍珥笔，羽仪当朝，为天子文明。⁰⁷且又禄及其室养，昆弟免于负薪，樵苏晚爨，柴门闭于积雪，藜床穿而未起。若有称职，上有致君之盛，下有厚俗之

●05·裂裳毁冕：撕毁衣帽，喻指绝意仕进。亦作裂冠毁冕，《后汉书·逸民传序》："汉室中微，王莽篡位，士之蕴藉义愤甚矣。是时裂冠毁冕，相携持而去之者，盖不可胜数。"造次：仓促行事。不违于仁：不违背仁义的原则。欲盖而彰：想掩盖反而更彰显。

●06·仄陋：地位卑微的人。束帛加璧：束帛之上又加玉璧，形容贵重礼物。岩穴：山岩洞穴，指隐士居住的地方。片善一能：指很小的长处和才能。垂章拖组：章是印章，组是系印的绶带，此言挂印做官。

●07·黔娄：人名。晋皇甫谧《高士传·黔娄先生》称黔娄是齐隐士，不肯出仕，家贫，死时衾不蔽体。后作为贫士的代称。善卷：相传为尧舜时隐士。石门：本指春秋时鲁都城的外门，后借指看守石门的那位隐者。荷蓧（diào）：意谓肩扛着除草的农具。右史：唐代官名，即起居舍人，负责记载皇帝言行，写成《起居注》，提交给史馆，官阶从六品上。赤墀：皇宫中的台阶，因以丹漆涂饰，故称。执牍：犹执简。珥笔：古代史官、谏官上朝，常插笔冠侧，以便记录，称为"珥笔"。羽仪：辅翼。

化，亦何顾影踽步，行歌采薇？是怀宝迷邦，爱身贱物也。⁰⁸岂谓足下利钟釜之禄，荣数尺之绶？虽方丈盈前，而蔬食菜羹；虽高门甲第，而毕竟空寂。人莫不相爱，而观身如聚沫；人莫不自厚，而视财若浮云，于足下实何有哉！⁰⁹

圣人知身不足有也，故曰欲洁其身而乱大伦；知名无所着也，故曰欲使如来名声普闻。故离身而返屈其身，知名空而返不避其名也。¹⁰

●08·室养：受供养的家人。樵苏晚爨（cuàn）：砍打柴割草，然后烧火做饭，形容生活贫困。柴门闭于积雪：东汉袁安穷困，但冬日积雪仍闭门不向人求援（见《后汉书·袁安传》）。藜床：藜茎编的绳床，一种简陋的坐榻。致君：辅佐君主使其取得成就，杜甫诗曰："致君尧舜上。"采薇：《史记·伯夷列传》载，周武王灭殷后，伯夷、叔齐义不食周粟，隐于首阳山，采薇而食之。后因以"采薇"指隐遁生活。怀宝迷邦：比喻有才德而不为国用。

●09·钟釜之禄：以钟、釜（古计量单位）计算的俸禄。绶：古代用以系官印等物的丝带。方丈盈前：面前方丈之地放满了佳肴。空寂：佛教术语，无诸相曰空，无起灭曰寂。聚沫：泡沫易聚也易散，譬喻身之无常。

●10·圣人：一般是指孔子，但看下文，此圣人又兼指佛祖。身不足有：人的肉身不足恃。欲洁其身而乱大伦：愿为珍洁自身而违背大伦，大伦指根本的伦理，如君臣之义。名无所着：人的名声无所依附。欲使如来名声普闻：如来是佛的别名，为释迦牟尼的十种法号之一。《维摩诘经·香积佛品》载维摩诘曾向香积佛讨饭施给众人，目的是让如来之名普闻世间。离身而返屈其身：因知身不可恃，反而委屈自身。意本因爱身而隐居，现在就偏要屈身出仕。知名空而返不避其名：知道名声是空，反而偏要扬名。

● 11 · 许由：古隐士。相传他日常以手掬
水而饮，人赠一瓢，他将瓢挂树上，风吹
瓢响，厌其声，遂弃瓢。又传尧欲让天下
予他，他以为耳朵被污，特洗耳于颍水之
滨。恶外者垢内：厌恶外物反使内心污垢。
病物者自我：视外物为病患，其实是自己
有病。旷士：旷达之士。岂入道者之门：
怎够得上佛道的门槛？

古之高者曰许由，挂瓢于树，
风吹瓢，恶而去之；闻尧让，
临水而洗其耳。耳非驻声之地，
声无染耳之迹。恶外者垢内，
病物者自我。此尚不能至于旷
士，岂入道者之门欤？[11]

降及嵇康，亦云顿缨狂顾，逾
思长林而忆丰草。顿缨狂顾，
岂与俛受维絷有异乎？长林丰
草，岂与官署门阑有异乎？异
见起而正性隐，色事碍而慧用
微，岂等同虚空，无所不遍，
光明遍照，知见独存之旨邪？

此又足下之所知也。[12]

近有陶潜，不肯把板屈腰见督邮，解印绶弃宫去。后贫，《乞食》诗云："叩门拙言辞。"是屡乞而多惭也。当一见督邮，安食公田数顷，一惭之不忍，而终身惭乎？此亦人我攻中，忘大守小。不□其后之累也。[13]

孔宣父云："我则异于是，无可无不可。"可者适意，不可者不适意也。君子以布仁施义，活国济人为适意。纵其道不行，亦无意为不适意也。苟身心

● 12·嵇康：魏晋时人，竹林七贤之一。其《与山巨源绝交书》云："又读《庄》《老》，重增其放，故使荣进之心日颓，任实之情转笃。此由禽鹿，少见驯育则服从教制，长而见羁则狂顾顿缨，赴蹈汤火，虽饰以金镳，飨以嘉肴，逾思长林而志在丰草也。"顿缨狂顾：谓禽鹿拼命挣脱绳索。俛受维絷：俯首接受捆绑。异见起而正性隐：（世俗的）不同见解发生，人的正性会被掩盖。色事碍而慧用微：（违背色空观）看重（长林丰草之类）色事，灵慧之心就微弱了。

● 13·陶潜：字渊明或元亮，晋宋时诗人。据《宋书·隐逸传》载，陶任彭泽令，有督邮来，县吏提醒他"应束带见之"。陶叹曰："我不能为五斗米折腰向乡里小儿！"即日解印绶去职。《乞食》：陶渊明诗，其中有"饥来驱我去，不知竟何之。行行至斯里，叩门拙言辞"等语。人我攻中：佛家以为无论人、我，无非是空，根本不必管，陶渊明把拜见督邮看得很重，说明他心中被人、我的概念所纠缠。忘大守小：指陶渊明为守气节而失去俸禄，是坚守了小的，丢失了大的。不□其后："不"后原文缺字，试补以"思""顾""计"等字，均通。

相离，理事俱如，则何往而不适？此近于不易。愿足下思可不可之旨，以种类俱生，无行作以为大依，无守默以为绝尘，以不动为出世也。[14]

仆年且六十，足力不强，上不能原本理体，裨补国朝；下不能殖货聚谷，博施穷窭。偷禄苟活，诚罪人也。然才不出众，德在人下，存亡去就，如九牛一毛耳。实非欲引尸祝以自助，求分谤于高贤也。略陈起予，惟审图之。[15]

● 14 • 孔宣父：即孔子，因唐贞观年间，追谥孔子为"文宣王"，亦称"尼父"。"我则异于是，无可无不可"：孔子语，见《论语·微子》，其旨在于处事看情况而定，可仕则仕，不可仕则隐，亦即达则兼济，穷则独善之意。但王维将儒家处世哲学变成佛教泯灭是非物我的色空观，并进一步解释为苟安取适的人生态度。身心相离：谓把身心当作空无。理事俱如：谓将本质和事象相等同。种类俱生：与家族共得生存。无行作以为大依：佛家以无行无作、无取无舍、寂静无思为"入不二法门"，故劝魏以此为"大依止处"。无守默以为绝尘，以不动为出世也：别拿沉默和不动当作超尘绝俗，换言之即：还是应该说话和行动，归根到底是不要再坚持隐居而拒绝朝廷的任命。

● 15 • 尸祝：古代祭祀时的主祭人。分谤于高贤：把诽谤分给魏居士这样的高贤。起予：《论语·八佾》："子曰：'起予者商（子夏）也，始可与言诗已矣。'"后以起予指对人有启发的话。

这是一封很有意思的书信，是王维晚年写给一位姓魏的居士的。这位魏居士是唐初功臣魏征之后，因德行高洁为朝廷所知，朝廷给了他一个"右史"的官衔，敦请他出山。从王维的信看，这位居士不肯接受任命，于是王维才写了这封信劝他——王维的行动是自愿的，抑或是应命而为，不得而知，但不妨在此打个问号——我之所以产生这个想法，是因为王维信中劝导魏居士的理由和对"佛道"的解释，与王维本人一贯的思想行为很不相符，简直矛盾得厉害。这到底是怎么回事呢？

为了使眉目清晰，便于解读和讨论，我在上面把此信按内容分为若干自然段。

第一段说的是魏居士难能可贵的品行，关键性的两句话是"身不衣帛，而于六亲孝慈；终日一饭，而以百口为累"，就是说他宁可自己劳苦，并甘于清贫，却尽力照顾家族的很多人，这当然很不容易。

第二段写到朝廷敦请魏居士出仕，而他却不肯答应，王维批评他这是"怀宝迷邦，爱身贱物"，因为魏是信佛的，故又拿佛理来批评他，说魏不肯出仕违反了佛教"观身如聚沫、视财若浮云"的教旨，因为如果真承认身如聚沫，就不必像魏居士那样珍视节操，就该很随便地处置自己的身体。王维这样说是否符合教义，我们不好肯定，但看得出他这是用了"以子之矛攻子之盾"或"即以其人之道还治其人之身"的战法：你不是信佛吗，我就用佛理来攻你，当然言外更有责备魏辜负朝廷器重之意。

以下转为正面论述，全段颇长，我又将它划为几个小段落。第一小段是转折的冒头，也可叫作"引论"，王维抬出圣人对"身"和"名"的看法，即"身不足有"和"名无所著"，简言之，就是人的身体和名声，都是空虚的，即所谓"色空"，所以不值得那么重视，人不妨"屈其身"和"不避其名"——而魏居士之不肯做官，其实质是太爱惜自己的身体和名声了，这倒是不符合圣人之教的。需要注意的是，王维在这里提出的圣人，并未说清是儒还是佛，挺含糊，而其实是含混的、兼容的。再从下面的文字看，他所谓的圣人，从思想上看，几乎是儒释道三家相通的。

引论过后，举出三个古人的例子加以评论，我把它们各列一个小段。第一个被提出的是许由，他听说尧要让位给他，就跑去洗耳朵，仿佛高洁得很。王维说：声音并不能污耳，"病物者自我"，以为听了让位的话就是污了耳朵，问题出在他自己身上。第二个是嵇康，他宣布要"顿缨狂顾"，"思长林而忆丰草"，也就是要追求摆脱一切世俗束缚的绝对自由。王维说，佛旨认为一切皆空，光明遍照，按佛旨看，顿缨狂顾与俯首受缚并无差异，长林丰草与官署衙门其实一样，嵇康自以为是在追求自由，不过是从一种束缚走向另一种束缚而已。第三个轮到陶渊明，他因不肯屈身拜见督邮而断然弃官，但他因此失去官俸，贫穷得酒也喝不上，酒渴时不得不多次乞讨，这就叫"一惭之不忍而终身惭"，或者叫"忘大守小"，当然是不智的。就这样，王维把历来众口称赞的隐士典范全都从根本上否定了。

三个反面例子说完，第四小段便正面推出孔圣人。孔圣人主张"无可无不可"，即以自己"适意"为准则的处世哲学。王维又把这与佛教"色空"的教义，乃至道家"无为"和俗世所重的现实利益混提，而落实到魏居士，便是应该马上应命出仕，在官任上能够实现政治理想当然好，即使不能，至少也能赚取俸禄养家活口，根本无需自寻烦恼。这一长段的意思是通过反复论证让魏居士明白：接受朝廷任命，是符合圣人之教的。

文章的最后一段，是王维自述。他写此信时，"年且六十"，那么是在唐肃宗乾元元年、二年（758—759）之间，王维五十八九岁的时候了。这时，他被赦免安史乱中"从伪"之罪不久，正在朝为官，所以他说自己是在"偷禄苟活"。照他一向的思维逻辑，下面本该说自己也很想辞官归隐才对，但他现在却反而是在劝魏居士出仕。这是什么原因呢？似乎有什么难言之隐。王维没往下说，信中只是希望魏居士别把他劝其做官理解为是为了拉他垫背和同流合污。

读这篇文章，我们看到了什么？我们看到的是一个与往日印象大不相同的王维。他本人不是常常念叨着要退隐山林，摆脱尘俗吗？他自己不是也曾隐居山林吗？怎么会去劝一位居士出来做官？而且劝起来又如此振振有词？他是儒生，但又是信佛的，在他笔下佛理与儒教似乎是一回事，可以一起用来劝人做官。这封书信，若是奉命而作，里面该有些言不由衷的违心之言，可它们是哪些呢？如若不是，那王维是出于何种动机呢？信的内容是否说明王维思想复杂而混乱呢？王维的言行是矛盾的，还是统一的呢？或者是又矛盾又统一呢？还有，王维诗中的主导思想和此文的论调，是否有矛盾？能否统一起来呢？人的思想本来就是复杂的，多层次、多侧面而且会变化的，佛教和儒家思想本来也是丰富复杂，可以从不同方向作出解释的，我们以往是不是把王维的思想，乃至把佛教和儒家思想都理解得太单一了？读王维的这封信，也许能促使我们多想一想吧。

图书在版编目（CIP）数据

王维集 / 董乃斌，王继洪注评. -- 南京：凤凰出版社，2024.10
ISBN 978-7-5506-3562-3

Ⅰ. ①王… Ⅱ. ①董… ②王… Ⅲ. ①王维（699-759）－唐诗－诗歌欣赏 Ⅳ. ①I207.22

中国国家版本馆CIP数据核字(2024)第101589号

书　　　名	王维集	
注　　　评	董乃斌　王继洪	
责 任 编 辑	孙思贤　黄如嘉	
书 籍 设 计	曲闵民	
责 任 监 制	程明娇	
出 版 发 行	凤凰出版社(原江苏古籍出版社)	
	发行部电话 025-83223462	
出版社地址	江苏省南京市中央路165号，邮编：210009	
照　　　排	南京凯建文化发展有限公司	
印　　　刷	苏州市越洋印刷有限公司	
	江苏省苏州市吴中区南官渡路20号，邮编：215104	
开　　　本	787毫米×1092毫米　1/32	
印　　　张	8.125	
字　　　数	155千字	
版　　　次	2024年10月第1版	
印　　　次	2024年10月第1次印刷	
标 准 书 号	ISBN 978-7-5506-3562-3	
定　　　价	48.00元	

(本书凡印装错误可向承印厂调换，电话：0512-68180638)